SASKIA DE COSTER

Eine echte Mutter

ROMAN

AUS DEM NIEDERLÄNDISCHEN
VON ISABEL HESSEL

TROPEN

FLANDERS LITERATURE

Die Übersetzung dieses Buches wurde gefördert
von der Flanders Literature.

Tropen
www.tropen.de
Die Originalausgabe erschien unter dem Titel »Nachtouders«
im Verlag Das Mag Uitgevers, Amsterdam

Printed in Germany
Cover: Zero-Media.net, München
unter Verwendung einer Illustration von © A-Digit/Gettyimages und finepic®
Gesetzt von C.H.Beck.Media.Solutions, Nördlingen
Gedruckt und gebunden von GGP Media GmbH, Pößneck
ISBN 978-3-608-50454-5

Das habe ich noch nie vorher versucht,
also bin ich völlig sicher, dass ich es schaffe.
Pippi Langstrumpf

Streng wie ein Gott nickt ihnen der Junge zu. Wortlos lesen die beiden Frauen Steine vom Strand auf und schleudern sie mit verzweifelter Hingabe in die Brandung, so lange, bis sie sich japsend gegenüberstehen und die Steine auf dem Meeresgrund einander von den beiden Verrückten erzählen, die sie vollkommen sinnlos von ihrem Platz genommen haben.

IM BETT IN ANTWERPEN, VIER MONATE VOR DER ABREISE

Saskia: Also gut, wir verreisen. Ich buche dann mal unsere Tickets.
Juli: Du und Flüge buchen? Das glaube ich dir nicht.
Saskia: Stimmt, buch du sie lieber. Lass uns ruhig den Planeten zerstören, damit wir mit unserem Kind ans andere Ende der Welt kommen. Er wird sich später eh an nichts erinnern.
Juli: Wir könnten auch mit dem Schiff fahren.
Saskia: Dann sind wir da, wenn Saul groß ist.

(In der Nacht darauf)
Juli: Sie sind in deinem Postfach. Man muss sogar für einen Einjährigen bezahlen, diese Halsabschneider.
Saskia: Moment mal. Echt? Hast du gebucht? Wir verreisen wirklich?
Juli: Natürlich verreisen wir wirklich. Du hast doch Ja gesagt.

AM ABEND VOR DER ABREISE

»Wie hast du das damals gemacht?«, frage ich Julis Mutter. Es ist der Abend vor unserer Abreise, Julis Vater schenkt seiner Tochter und mir noch einmal vom selbstgemachten Limoncello nach. Das Babyfon schweigt.

»Wie ich was gemacht habe, Saskia? Limoncello?«

»Wie hast du ein Kind zur Welt gebracht und dann großgezogen?« Diese Frage erfüllt meine eigene Mutter immer mit Stolz; obwohl sie zwei Kinder geboren hat, ist sie auch jetzt noch rank und schlank. Spitzenleistung. Die Antwort meiner Mutter: Disziplin. Für Julis Mutter ist ein Kind ein Kind, daran ist nicht zu rütteln. Das erledigt das Kind schon selbst, es ruckelt an allem herum, zieht Sachen aus den Regalen, lockert Windeln, nimmt sämtliche Zimmer mit seinen Spielsachen in Beschlag. Julis Mutter sagt ständig, als junge Mutter bekomme man vor allem gute Ratschläge im Überfluss: »Schafft euch eine ordentliche Waschmaschine an«, hat sie uns bereits während der Schwangerschaft ans Herz gelegt. Sie erzählte uns von Müttern, die ein Leben lang hinter ihren Kindern herlaufen, um irgendwelche Flecken mit einem Lappen zu entfernen, vorsichtig Scherben zusammenzufegen, und die ihrem Nachwuchs mit Trost und warmem Kakao zur Seite stehen, wenn der sich trotz aller Liebesmühe verletzt und blutet.

Wie sie was gemacht habe?

»Schwanger werden, ein Kind austragen.«

»Na ja, gemerkt habe ich es eher zufällig. Meine Tage blieben aus, und dann verging eine Weile. Und dann fängt man an zu rechnen. Ich bin vor Schreck fast umgefallen, als mir plötzlich klar wurde, dass ich schwanger war. Mein Körpergeruch hatte sich verändert. Am Vorabend hatte ich mit meinen Freundinnen ordentlich einen draufgemacht, Portwein, Champagner und Cognac durcheinandergetrunken und bis zum Umfallen getanzt. Am nächsten Morgen dachte ich, ich sei tot und in der Hölle gelandet. Furchtbar. Ich roch meinen eigenen Schweiß, da wusste ich, dass ich schwanger war, dass da jemand Winziges in meinem Bauch war, und ich hätte sonst was gegeben, wenn ich mich an dem Abend nicht hätte überreden lassen, tanzen zu gehen. Vor lauter Panik bin ich zum Arzt gerannt. ›Herr Doktor‹, habe ich gesagt, ›ich bin schwanger, das brauchen Sie mir nicht erst zu sagen, das weiß ich schon. Aber ich habe ein Riesenproblem: Das Kind wird schwerbehindert.‹ Der Arzt bewahrte Ruhe: ›Nun machen Sie sich mal keine Sorgen. Das eine Mal betrunken sein ist nicht schlimm. Da hat Ihr Kind sicher nichts abbekommen. Oder wer weiß, vielleicht hat es ihm ja sogar geschmeckt, haha.‹ Die Ärzte sahen das damals nicht so eng. Ich machte mir aber trotzdem Sorgen. Monatelang habe ich mich elend gefühlt, weil ich Angst hatte, ich würde ein behindertes Kind bekommen.«

»Und stattdessen wurde es ein Genie«, sagt Juli.

»Dabei war das Ganze nicht gerade mein Traum«, sagt Julis Mutter. »Ehrlich gesagt wollte ich es bis zum Schluss nicht wahrhaben. Aber als ich das Kind im Arm hatte, war ich vom Fleck weg verliebt. Und das bin ich heute noch.«

Der Limoncello entfaltet seine besänftigende Wirkung bei Mutter und Tochter, während Julis Vater auf dem Sofa sitzt und fernsieht.

»Früher war das so. Damals gab es keine Ultraschallbilder, wir kannten nicht einmal das Geschlecht unseres Babys.« Julis Mutter sieht uns an. »Heutzutage können die Ärzte einfach alles. Sogar sechzigjährige Frauen bringen noch Kinder zur Welt. Zwei Frauen können zusammen ein Kind bekommen. Wenn mein Vater das wüsste, der würde sich im Grab umdrehen. Nicht, weil er was dagegen hätte, nein, er würde sich nur vor Lachen nicht mehr einkriegen. Schwangerwerden war nicht das Problem, die eigentliche Qual war die Schwangerschaft. Und dein Vater …«

Julis Vater schaut kurz auf.

»Was ist mit mir?«

»Ich sagte, das Schwangerwerden war kein Problem …«

»Ich brauchte sie bloß anzusehen, und schon war sie schwanger!«

»Überall hatten wir Eimer aufgestellt«, fährt Julis Mutter fort, während sie noch einmal nachschenkt. »Tag und Nacht habe ich mich übergeben, als hätte ich neun Monate einen Kater von diesem einen Abend Portwein und Champagner.«

»Vergiss den Cognac nicht«, ergänzt Julis Vater, der die Geschichte auswendig kennt. »Ich brauchte sie bloß anzusehen, und schon war sie schwanger!« Er wiederholt sich, um ein Lachen zu ernten. Seine Frau war einundzwanzig, als sie ein Kind bekam, eine Tochter mit weißblondem Haar und gletscherblauen Augen. Diese Tochter war allerdings fünfzehn Jahre älter als ihre Mutter damals bei der Geburt, als sie endlich einen kleinen blonden Sohn zur Welt brachte. Die Zeitspanne von nahezu einer ganzen Generation hat sie mit belanglosem Zeug verbracht, hat Literatur studiert, sich neu orientiert, ist lesbisch geworden und zur Kommunikationschefin einer politischen Partei aufgestiegen. Das mit dem Schwangerwerden ging nicht so ohne weiteres. Es brauchte mehr als den Blick eines Mannes.

Vom ersten Tag an behandelten Julis Eltern ihren Enkel wie einen kleinen Prinzen. Eigentlich hatten sie die Hoffnung längst begraben. Zwar hatten Saskia und Juli jahrelang einen gemütlich vor sich hin schnarchenden Mops gehabt, aber das sei natürlich nicht dasselbe, hatten sie gemeint. Eines Tages allerdings dämmerte es auch Julis Eltern: Als ihr Vater gerade ein Stück Grillfleisch in die flache Schnauze des gierigen, dauerhungrigen Mopses steckte, sagte er nüchtern: »Wir müssen uns wohl mit ihm hier zufriedengeben, oder?«

Heute halten sie ihren Enkelsohn für ein Wunder. Sogar die Tatsache, dass er noch kein Wort sagt, ist aus ihrer Sicht ein Segen: »Sobald sie sprechen können, geben sie Widerworte.«

Julis Eltern schenken noch einmal nach und vergießen Freudentränen über das, was ihre Töchter so alles zustande bringen. Ich zählte sofort zur Familie, das ist jetzt schon sieben Jahre her. Sie sind unglaublich warmherzig und tolerant, während in ihren Kreisen die Fahne der Intoleranz gegen jedwede Art von Minderheit weht und sie, ohne mit der Wimper zu zucken, eine rassistische Partei gewählt haben.

Sie sind schon wieder ein Stück weitergetorkelt auf dem Weg zur Trunkenheit, ich versuche, Schritt zu halten. Sie reden jetzt über die sündhaft teuren Hobbys dieser Irren, in die die Regierung auch noch Geld hineinpumpe, diese Künstler glaubten wohl, sie könnten sich alles erlauben, ach Quatsch, doch, …

Ich bin auf einmal ziemlich müde, sehne mich fort von dem Schnattern und Schnauben, ein paar Wochen fort von der Veranda namens Flandern, in die freie Natur Kanadas, zu Leuten, die sich sogar an der Supermarktkasse noch mit Worten zu Tode knuddeln.

Ich nehme mein Handy, schicke ihr eine letzte Nachricht.

»Künstler sind allesamt Schmarotzer.«

»Karl ist auch ein Künstler«, sagt Juli.

Ich bekomme sofort eine Antwort, lese die Nachricht und lösche sie.

»Ach Quatsch, nein, Karl ist anders. Karl«, sagt Julis Mutter, »ist ein Schatz von einem Mann und trotzdem ein angesehener Künstler, er kann ja auch nichts dafür, man wird so geboren, stimmt's, Saskia, schreiben liegt dir doch auch im Blut, und Karl, ja, wären bloß alle Männer wie er.« Sie schaut zu ihrem Ehemann hinüber. Wir verstummen kurz, denken liebestrunken an Karl.

Karl war gerade wegen der Samenspende bei uns in Belgien, da kam ich eines Abends nach Hause, und es roch zu meiner Überraschung überall nach Fleisch. Auf turmhohen Pumps stelzte eine bis zur Unkenntlichkeit gestylte Version von Julis Mutter durch die Wohnung. Ein Dekolleté wie ein V, tief wie die See, ihr Kuss hinterließ einen *paris-cherry*-rosafarbenen Abdruck auf meiner Wange. Wie konnte es anders sein? Am Tisch saß ihr Held, ihr Gott Karl, vor einer Lammkeule. Unseren vegetarischen Firlefanz könne man nach einer derart langen Flugreise niemandem antun, erst recht keinem echten Kerl wie Karl, meinte die Frau, die aus einer Metzgersfamilie stammt. Genussvolle, üppige Mahlzeiten will Julis Mutter ihren Lieben vorsetzen. Sie sorgt derart übertrieben für unser leibliches Wohl, dass sie sich erst zufriedengibt, wenn unsere Schlagadern bersten und sich unsere Bäuche wölben. Die Devise meiner eigenen Mutter lautet hingegen: Lieber etwas weniger, Hauptsache, es schmeckt.

»Über diese Insel, auf der Karls Familie lebt«, zerschneidet Julis Mutter die Stille, »lässt sich online kaum etwas finden.«

»Das sind Hippies«, sagt Julis Vater, der auf seinem Laptop

bereits alles recherchiert hat. »Die lassen sich's dort sicher gut gehen.«

Überschwänglich freuen sich Julis Eltern über alles, was ihrem Leben ein bisschen Farbe verleiht. Weil es jetzt ja dieses eine Kind gebe, ein hübsches blondes noch dazu, wollen sie mich dazu überreden, meinerseits eins zu bekommen. »Einen Blondschopf und eins mit schwarzem Haar, wäre das nicht toll, ein Geschwisterchen?« Sie ermutigen uns auch in regelmäßigen Abständen, doch bitte zu heiraten, weil dann so viele nette Schwule auf die Hochzeitsfeier kommen würden, mit denen könne man wenigstens ordentlich feiern. So einfach kann das Leben sein, wenn die eigenen Prinzipien nur ein Floß sind, das man auf hoher See den Strömungen überlässt.

Mit einem Mal – ist es der Alkohol oder eine göttliche Eingebung? – fällt Julis Mutter wieder ein, dass sie ihren Enkel mit anderen wird teilen müssen.

»Wir werden nur eine Stippvisite bei Karls Familie auf der Insel machen«, sagt Juli. »Wir wollen ihnen Saul zeigen und dann nach Alaska weiterreisen.«

»Ihr dürft ihn dort nie aus den Augen lassen, merkt euch das«, sagt sie. Besorgt nippt sie an ihrem Limoncello. »Schließlich weiß man nie. Ich verstehe auch immer noch nicht, wieso ihr keinen Rückflug gebucht habt.«

»Hoffentlich lernt er dort sprechen, das können die Amis ja so gut«, sagt Julis Vater.

»Der Kinderarzt meint, es sei nicht ungewöhnlich, dass Saul noch nicht spricht«, sagt Juli. »Wir sollen ihn einfach beobachten.«

»Den Kleinen wirklich keinen Moment aus den Augen lassen«, wiederholt Julis Mutter stirnrunzelnd, »wir sollten das ganz nüchtern angehen. Man hört ja so oft von Entführungen. Im Kreis der eigenen Familie, versteht ihr?«

»Ach was, höchstens nimmt ihn ein Bär mit.«

»Gibt es da etwa Bären?!«

»Ja, und Geier, habe ich gerade irgendwo gelesen«, sage ich.

»Geier?!« Ihre Augen sprühen Funken.

»Und Wölfe«, sagt Juli. »Und Dinosaurier.«

»Mach dich nur über deine Mutter lustig. Kauft doch bitte eure Rückflugtickets. Dann kann ich euch am Flughafen abholen. Und jetzt trinken wir noch ein letztes Glas, zum Abgewöhnen.«

Während Juli in den Keller verschwindet, um eine zweite Flasche des selbstgemachten Limoncellos heraufzuholen, nimmt mich ihre Mutter beiseite.

»Ich würde ihn wirklich nicht aus den Augen lassen.« Ihre kräftige Fahne schlägt mir entgegen. Dabei sieht sie mich an wie ein Geist, ganz weggetreten. »Die Gefahr lauert überall.«

IM BETT IN JULIS ALTEM KINDERZIMMER

Saskia: Was hast du denn hier getrieben? Die Matratze ist ja total durchgelegen.
Juli: Viel an die Decke gestarrt. Ein Wunder, dass das Bett noch steht. Aber leise jetzt, sonst wacht er auf.
Saskia: Entschuldige.
Juli: Wem schreibst du denn um die Uhrzeit noch?
Saskia: Mir selbst. Das sind Notizen.
Juli: Leg das Telefon weg und lass uns endlich schlafen, Alaska wartet.

IN DER NACHT VOR DER ABREISE

Schon bald höre ich die beiden in dem stockdunklen Zimmer gleichmäßig atmen. Zwei Rhythmen, die einander abwechseln, ein Gespräch in Träumen, eine Mutter und ihr kleiner, tagsüber noch stummer Sohn. Oder ist es die Nacht, die mit sich selbst redet? Traumschwaden ziehen vorbei. Ein Ährenfeld, ich liege unter der Erde. Ein Riese stampft darüber hinweg und lässt mich aus dem Schlaf hochfahren. Ich liege in der staubflockigen Hitze eines durchhängenden Bettes und lausche. Ich denke an den Morgen, an unsere Reise. An Schlaf ist jetzt nicht mehr zu denken. Ich brauche Luft.

Um Juli nicht aufzuwecken, schiebe ich mich behutsam unter der klumpigen Daunendecke hervor. Meine Füße suchen festen Boden, finden stockdunklen Teppich. Meine Hände halten sich krampfhaft an einem klobigen Nachtschränkchen fest, gleiten wie über Blindenschrift an einem Schreibtisch entlang, auf dem ein Drucker steht, über die Raufasertapete, um dann wiederum die polierten Konturen des massiven Schwarzeichenschrankes zu ertasten. Ich drücke die Tür einen Spaltbreit auf und schlüpfe hinaus. Einen Fuß vor den anderen setzend, wacklig auf den Beinen wie eine uralte Frau, schleiche ich die Treppe hinunter. Über allem liegt nächtlicher Nebel, betäubt die Schlafenden. Bei jedem Schritt kann ich in ein dunkles Loch stürzen.

Ich knipse das Licht an, jetzt erkenne ich dieses Haus für eine Nacht wieder. Unten in der Diele warten unsere gepackten Koffer. Der Kühlschrank erschaudert, irgendetwas zieht durch seine kalten Gelenke.

Im Wohnzimmer schaut mich der Name unseres Sohnes an. Zum ersten Geburtstag ihres Enkelkindes hatte Julis Mutter sämtliches Zinn, das sich in ihrem Haus fand, zusammengetragen und erhitzt. Zierteller, Schilder, die den Ruhm kleiner Gemeinden mit Größenwahn besingen, und pseudomittelalterliche Trinkbecher wurden zu seinem Namen umgeschmolzen, vier Buchstaben werden von einem horizontalen Band aus schwerem Metall mit dem erklärten Ziel zusammengehalten, das Ganze an der Tür zu seinem Kinderzimmer zu befestigen. Sein zinnener Name war allerdings ein solches Schwergewicht, dass die Tür aus den Angeln krachte. Jetzt hängt er hier, sicher festgenagelt: SAUL.

Die Geister verstorbener Großeltern starren mich aus ihren Rahmen an, adrett herausgeputzt in Anzug oder sittsamer Sonntagskleidung erheben sie Champagnergläser. Fotos von Julis Eltern als dem perfekten Paar bei einem Nachtischbüfett, vor dem Hintergrund eines prasselnden Wasserfalles. Ich bleibe vor dem Foto eines kleinen Nackedeis stehen, der sonnengebräunt auf einem Schafsfell vor einem Kingsize-Bett liegt; wegen des Kamerablitzes haben seine Haare die Farbe von Vanilleeis bekommen, das Weiß des Schafsfells strahlt lichterloh. Die spindeldürren Kinderarme hat sie um die Storchenbeine geschlungen. Es ist Juli. Schräg darunter hängt ein Nacktfoto von Saul, der zu dem Nacktfoto seiner Mutter aufschaut.

In wenigen Stunden bricht der neue Tag an. In der Garage wartet die neuste Errungenschaft von Julis Eltern, ein waschechter Mercedes. Morgen früh bringen sie uns damit zum Flughafen. Sollen sie nur fahren, ich komme nicht mit. Ich verstecke mich unter der Motorhaube.

Das erste Jahr mit Baby haben wir auf wundersame Weise überlebt. Wir haben Krankheitserreger und Wecker bezwungen. Wir haben Kratzhandschuhe und zu kleine Windeln gekauft. Wir haben es geschafft, sowohl uns als auch ein Kind am Leben zu erhalten. Jetzt werden wir einen Monat zusammen sein, ohne dass uns Beipackzettel oder die Zeit im Genick sitzen. Julis Sabbatical wollen wir dazu nutzen, Karls Familie einen Besuch abzustatten und von dort aus nordwärts zu ziehen. Vor langer Zeit haben wir uns eine Reise nach Alaska versprochen. Juli meint, dort kämen Eiswürfel aus dem Wasserhahn.

Wir fordern uns gegenseitig immer gerne dazu heraus, das Unmögliche zu tun. Wie Radrennfahrer in einem Peloton wechseln wir uns an der Spitze ab. Mal fährt die eine voran, mal die andere. Indem wir uns gegenseitig anstacheln, kommen wir weiter als alleine. Wie an jenem Morgen, als wir durch Berlin streiften und dachten: Wir halten einfach an, wenn wir nicht mehr können. Um Mitternacht waren wir immer noch unterwegs und hatten, ohne es zu merken, achtzig Kilometer zurückgelegt. So etwas finden wir lustig, andere nicht. Die denken: Diese Verrückten kennen keine Grenzen. Diese Frauen machen sich gegenseitig kaputt. Aber wir wissen es besser. Manchmal kennen wir tatsächlich keine Grenzen. Man bedenke nur, wie viele Grenzen man überschreiten muss, um ein Kind zu zeugen, wenn man ein Frauenpaar ist. Wer sich da brav innerhalb der Grenzen der Natur bewegt, erreicht gar nichts.

Ich nehme mein Notizbuch zur Hand und schreibe. Geschichten für Saul.

NOTIZBUCH

Schau, hier falle ich zwischen die Seiten und trete als dritte Person wieder hervor. Besser für den Abstand.

Papier sei geduldig, sagte Saskias Mutter immer. Mehr noch, Papier lüge. Damit meinte sie in erster Linie Werbeprospekte, die beige Sofagarnituren zu Spottpreisen an den Mann bringen wollen. Kinder würden lügen, das hat sie auch gesagt. Besonders ein Kind, das sich den lieben langen Tag Geschichten ausdenke. Damit war Saskia gemeint. Saskia erinnert sich, wie sehr sie es als Kind genoss, den Leuten einen Bären aufzubinden, und zwar nicht, weil sie sie hereinlegen, sondern weil sie herausfinden wollte, ob es auf dem Papier möglich wäre, fünfzehn Tage in einem Ballon über den Eisbären zu schweben und ihre Sprache zu erlernen, um zu testen, ob Frau Hilde von der dritten Klasse das glaubte, kurzum: Saskia wollte wissen, wie formbar die Welt war.

Als zerbrechliches, noch kindliches Mädchen, das es nicht in die Teenager-Clique schaffte, schrieb sie einmal einen leidenschaftlichen Brief an ihre einzige Freundin in der Klasse, eine Art Aufschrei des Herzens. Sie wollte den Gedanken, dass sie zu nichts tauge, loswerden, was an sich schon ein triftiger Grund war, jemanden zu mobben. In diesem bockigen, dunklen Kind verbarg sich ein echter Mensch, ein Ich. Im vollsten Vertrauen gab sie ihren

Brief, der mehr ein Glaubensbekenntnis an sie selbst war, dem zwergwüchsigen Mädchen. Ihr Körper würde sich nie zu dem einer Frau entwickeln, irgendwas mit den Hormonen, flüsterte man sich zu. Sie war diejenige, die das große Geheimnis als Erste erfahren durfte, nämlich dass Saskia Schriftstellerin war. In ein paar Jahren würde das sowieso jeder wissen. Für die Dauer eines Mittags schwebte Saskia durch die Schulflure und schloss sich nicht mal zum Weinen auf der Toilette ein. Bis der Wicht ihr triumphierend unter die Nase rieb, alle hätten sich über ihren Brief, der inzwischen vervielfältigt worden sei und an sämtlichen Klotüren hinge, schlapp gelacht. Damals erlebte sie am eigenen Leib, wie es sich anfühlt, »wenn man einen Eimer Wasser über den Kopf geschüttet bekommt« (gekränkt und erstaunt schrieb sie in ihr damaliges Tagebuch: »Es ist wahr! Kalt und nass und bibbernd«). Ihr Körper wurde von ein paar Worten berührt.

Später von weichen Händen, von unsanften Bordsteinkanten und messerscharfen Klingen, von einem Skalpell. Aber dennoch bleibt sie ein Außenseiter, was ihren eigenen Körper betrifft. In ihr ist nie ein Kind herangewachsen. Was sie auch nicht wollte.

•••

Noch bevor sie ihre Geschichtchen erfand, machte es ihr große Freude, die Welt einer Reihe von Tests zu unterziehen.

Was für ein Spaß es doch ist, den Löffel so oft fallen zu lassen, bis ihn jemand aufhebt, wieder und wieder. Manchmal würde sie am liebsten immer noch in einem Kinderstuhl sitzen und den ganzen Tag lang ihren Löffel fallen lassen.

•••

Vor vier Monaten, als Saskia erbitterte Kämpfe mit ihrem Roman ausfocht – sie hatte Lust, das Manuskript wütend in die Ecke zu schleudern, weil es ein lebloser Pfuhl stillstehender Wörter war –, stellte Juli sich neben sie an den Schreibtisch und sagte: »Wir verreisen. Widerstand zwecklos.«

Eine Stunde später schlug Saskia, die sich wieder beruhigt hatte, vor, dann eben bei Karl vorbeizuschauen. Schließlich sei er Sauls biologischer Vater und habe seinen einjährigen Sohn immer noch nicht gesehen.

Karl hatte sie wiederholt auf eine paradiesische Hippie-Insel an der kanadischen Westküste eingeladen. Er selbst wohne nicht mehr dort, aber seine Familie. Karls Mutter, eine in die Jahre gekommene Hippiefrau, den großen, modernen Städten abgeneigt, werde die Insel nicht mehr verlassen und würde Saul furchtbar gern einmal sehen. Ihr Ehemann sei vor vier Jahren gestorben. Juli war einverstanden, weshalb sie den Besuch in ihren Roadtrip von Victoria nach Alaska einplanten. Endlich Zeit füreinander. Und für Saskia eine gute Gelegenheit, die Geschichte, in der sie gerade feststeckt, vorübergehend loszulassen. Und ein Tagebuch für Saul zu beginnen.

An die Jahre, die für die Persönlichkeitsstruktur am entscheidendsten sind, die ersten, erinnert man sich im besten Fall nur schemenhaft. Sie will Szenen aus Sauls Leben aufschreiben. Später kann er dann alles nachlesen und wird gar nicht anders können, als zu glauben, dass sich alles um ihn dreht. Um sein Leben. Ihr Geschenk für ihn.

Das erste Jahr mit Kind hat sich ordnungsgemäß an die Regeln des ungeschriebenen Handbuchs *Erstes Jahr mit Kind* gehalten. Ungeschrieben deshalb, weil keine Mutter während des ersten Jahres mit Kind einen freien Moment findet, es zu schreiben. Das geht schon seit Generationen so. Und Generationen von Müttern davor sahen in einem solchen Buch überhaupt keinen Nutzen. Wenn Mütter heutzutage trotz allem einen Augenblick für sich finden oder ihn erzwingen oder von ihrem Partner oder der mitfühlenden Oma geschenkt bekommen, schlafen sie vor dem Fernseher ein oder genehmigen sich lieber ein Glas Wein, statt Buch zu führen.

Was für ein Glück, dass man im ersten Jahr keine Sekunde Zeit hat, länger über etwas nachzudenken, sonst würde man das Kind manchmal wohl einfach zum Sperrmüll stellen, wie ein bedeutender Philosoph behauptet. Welcher noch gleich? Ach ja, richtig, Julis Mutter. Im ersten Jahr hat es kaum Fragen gegeben. Nur tausenderlei Zweifel und Widerhaken, die plötzlich irgendwo hervorkommen wie rosa gefärbte Unterhosen aus der Waschmaschine, wie Tränen der Erschöpfung, wie an Saul gerichtete Stoßgebete, wie Rotz auf einem Kopfkissen.

•••

Zwischen dem Innen und Außen eines Körpers liegen Welten. Ein Unterschied wie zwischen einem Phantasma in einem Bauch oder einem Baby auf einer Spielmatte. So etwas kann Saskia sich kaum vorstellen: Ihr Körper hat ihr noch nie monatelang wehgetan oder sie irgendwie in ihren Handlungen eingeschränkt. Sie hat nie erfahren, was es bedeutet, wenn so ein kleiner parasitärer Körper von dem eigenen ganz und gar Besitz ergreift und ihn auslaugt.

Julis Mutter sagte heute Abend, dass ein Körper so ein Kind nicht vergesse. Dass sie glatt wieder stillen könne.

AM MORGEN DER ABREISE

Jeder Morgen ist wie eine neue Geburt. Das Leben auf der Erde beginnt mit einem überraschten Schrei: »Wer hat mich hier landen lassen?« In der Ferne weint auf einmal ein Baby. Ist das Saul oder das Kind der Nachbarn?

Auf dem Arm seiner schlaftrunkenen Oma kommt ein weinender Saul ins Wohnzimmer. Julis Mutter ist noch so jung und als Mutter um einiges überzeugender als ich. Ihr Enkelchen befindet sich noch in einem wolkigen Zwischenreich auf dem Weg zum Tag. Diese Leichtigkeit, mit der sie das Kind dirigiert, ihm den Speichel vom Mund wischt, es mir hinhält.

»Geh mal zu Mama«, sagt Julis Mutter. Er sieht mich mit ernsten Augen, aus denen Weisheit spricht, an und äugt nach einer Welt hinter mir, wo die Wahrheit wohnt oder seine echte Mama gerade mit etwas beschäftigt ist. Nickend gibt er mir die Erlaubnis, seine Windel zu wechseln. In der Küche spült Juli einhändig eine Kinderflasche mit kochendem Wasser aus, während sie mit der anderen Hand die letzten Textnachrichten für ihre Arbeit per Telefon in die Welt diktiert.

Mein Schwiegervater fährt den nagelneuen Mercedes sichtlich nervös aus der Garage. Wie immer schimpft er über die zu schmale Garage, die zu frühe Stunde, die zu schweren Koffer und die Ledersitze, die zu weiß für zwei Schludriane mit einem Baby, das gerade Blaubeerbrei gegessen hat, sind.

Unter seinem abwesenden Blick beladen wir den Wagen. Ein Rollkoffer für uns, und für unterwegs Tragetaschen und ein Koffer mit Rasseln, Milchflaschen, einem Dutzend Ersatzbodys, gefühlten achtzig griffbereiten Windeln, drei Wolldeckchen, fünfzehn Paar Socken und Pullis und Schnuller, und nicht zuletzt ein Junge im Strampelanzug mit einem Pinguin darauf.

»Habt ihr auch sicher nichts vergessen?« Julis Mutter hat Vaters Platz hinter dem Steuer übernommen. »Pässe, Sauls Pass, Flugtickets, Geld?«, zählt sie auf. »Alles dabei? Seid ihr sicher? Unterlagen, Bargeld?« Wiederholungen bilden den Motor dieses Haushalts. »Wenn ihr erst in Alaska seid, könnt ihr nicht einfach etwas nachholen.«

Saul lacht auf seinem Thron. Wir winken Julis Vater zu. Mit hängenden Schultern verschwindet der Mann im Bademantel wieder in der Garage, der Vorhölle seiner Verbannung, wo er vor seinem Fernsehgerät weiter um etwas trauern wird, ein Leben, das er vergessen hat. Jetzt überkommt auch mich bleiernes Heimweh. Abschied nehmen fällt mir generell schwer, erst recht um diese Zeit, wie dem kleinen Kind in mir, das in den Urlaub fährt und seinen Heften und Hütten im Wald Auf Wiedersehen sagen muss, um sicher niemals zurückzukehren.

Der Mercedes schneidet das flache, flämische Land in zwei Hälften und wirft es achtlos hinter sich.

»Habt ihr alles? Seid ihr sicher?« Julis Mutter dreht sich hinter dem Steuer noch einmal zu uns um. Ein tödlich erschöpfter Igel reibt sich an meiner Schädeldecke.

NOTIZBUCH

Ob Saskia ein Kind wolle.

»Wie bitte? Ein was?«, ruft sie über die Musik hinweg.

Sie war noch nie gut im Antworten. Ihr Blick wird trübe, der Mund trocken, sie weiß, dass die anderen auf ihre Antwort warten. In ihr erhebt sich ein Sturm. Sie redet Unsinn.

Leute mit Fragen löchern, sich Notizen machen, mit der Kälte in den Knochen am offenen Fenster stehen, sich munter unter einer Daunendecke auf die vielen unbekannten Geschichten freuen, sich mit nichts als einer großen Flasche Cola und einer Rolle Klopapier einschließen, um das ultimative Stück zu schreiben, große Fragen ausklammern, intime Bekenntnisse löschen, das kann sie.

Wie lautete die Frage noch gleich?

Ob sie ein Kind wolle, sie, ja, sie. Denn schließlich wollen alle Kinder.

»Ich? Ein Kind?«, fragt sie. Sie befindet sich im Wohnzimmer eines Paares, das gerade zum ersten Mal die gemeinsame Miete gezahlt und von der Mutter des Mädchens eine Nudelmaschine zum Einzug bekommen hat. »Ich? Bestimmt nicht. Kannst du dir mich als Mutter vorstellen?«

Sie eignet sich nicht für eigene Kinder. Sie lacht ihrer Bekannten mit den schlanken Fingern aufmunternd zu. Und dann stimmen die anderen in das Gelächter ein: »Haha, klar, du als Mutter … absurder Gedanke, haha, nicht auszudenken, das wäre ganz schön unverantwortlich.«

Ein Mann im weißen Hemd prustet derart unkontrolliert los, dass er sie dabei mit dem Ellenbogen anstößt und Rotwein verschüttet.

»Gibt es denn einen Grund, weshalb du kein Kind willst?« Die Bekannte mit den schlanken Fingern setzt sich neben sie aufs Sofa. Saskia fühlt sich in der Klemme. Sie überlegt, ob sie mit einer nachvollziehbaren erfundenen Geschichte von einer Vergewaltigung, Unfruchtbarkeit oder der Angst vor ihren eigenen pädophilen Neigungen kommen soll, schweigt aber bloß. Wer eine Frage nicht beantworten will, tut gut daran, das Mysterium einfach wirken zu lassen.

•••

Meistens kann auch sie die Stimme problemlos ignorieren, aber an diesem Abend, am Samstag, den 11. Mai 2013 auf ihrer eigenen Party (Quelle: ihr Tagebuch), kommt die Stimme aus dem Mund eines frisch diplomierten Psychologen.

»Alle wollen Kinder«, sagt der Psychologe. »Warum willst du keins?«

»Ich will schon ein Kind«, sagt Saskia.

So ein niedliches Marzipankind, ein batteriebetriebenes Schmusetier, ein Tamagotchi oder ein kleines Meerschweinchen, das man mit etwas Wasser und ein paar Körnern in einen Käfig sperren kann, die Anschaffung eines solchen Kindes könnte sie sich vorstellen.

Aber ein echtes Kind, ohne Käfig, geboren ohne Windeln, das allerdings ständig welche braucht: Nein, danke. Das ist ihr doch etwas zu lebensecht.

Es gibt einen biologischen Grund, weshalb sie keine Kinder will, vermutet Saskia. Anders lässt sich das nicht erklären. Sie empfindet ihn nicht, den Hormonschub, den unwiderstehlichen Drang, den Ruf des Körpers, der in biblischen Geschichten von sich selbst redet, als wäre er ein Obstbaum (»Dieser Leib soll Frucht tragen«), oder dafür sorgt, dass echte Frauen in ihre Tagebücher schreiben: »Dieser Körper will ganz alleine ein Kind zeugen, mit nur sich selbst, einer Samenzelle und Google für drängende Fragen während der Schwangerschaft.« Echte Frauen, Freundinnen von Saskia, haben einen Körper, der einem Diktator gleicht, er verlangt Kinder von ihnen, und die Frauen haben zu parieren.

Sie ist weder für noch gegen Kinder. Nicht einmal so weit reichen ihre Gefühle. Kinder, also die echten, mit zehn Zehen dran, von denen man manchmal meint, es seien bloß acht, und fieberhaft zu zählen anfängt, echte Kinder lassen sie einfach nur kalt. Als sie bei einer lesbischen Freundin, die gerade eine Emma bekommen hat, auf Babybesuch ist und sie das kleine Bündel für ein Foto in die Hände gedrückt zu bekommen droht, wehrt sie das freundlich dankend ab. Was würde geschehen, wenn sie die kostbare Fracht fallen ließe, dann bräche diese zwar nicht unbedingt in tausend Stücke, aber Saskia wäre auf jeden Fall um eine schöne Freundschaft ärmer. Sie kennt sich selbst gut genug, um zu wissen, dass sie aus purer Nervosität zittern und zappeln und vergessen wird, das Kind im Nacken zu stützen, weshalb es ein Schleudertrauma bekommt und sein restliches Leben mit einer hautfarbenen Halskrause herumlaufen muss.

Einzelne Fragmente aus ihrem Tagebuch:

Was gegen Kinder spricht

– die toten Zimmerpflanzen; die Fische, die ich drei Wochen mit Cornflakes gefüttert habe und dann in die Tanne unter dem Fenster geworfen habe (unfähig, Lebewesen zu versorgen etc.)

– schwanger sein bedeutet: Ein Alien wächst in deinem Körper heran, ein Wesen, das dich von innen ausdehnt und sich dort breitmacht, während du nichts zu melden hast, ein Hausbesetzer unter deinem Dach, den du nicht auf polizeilichen Befehl rauswerfen kannst, und dann, nach neun langen, total auslaugenden Monaten, musst du das lebensgroße Monster mit seinen kleinen Klauen und den gemein tretenden Füßen und einem Kopf vom Umfang eines Luftballons da auch noch herausgepresst kriegen. Physisch ein Ding der Unmöglichkeit, das schon seit Tausenden von Jahren allen Gesetzen der Wahrscheinlichkeit trotzt (offizielles Krankheitsbild: Schwangerschaftsangst).

– keine Zeit, muss schreiben (Autorin)

– eigentlicher Grund: Ich ich ich (ich).

DIE ABREISE

Unsere Taschen liegen nackt und ungeschützt auf einem Gepäckband am Flughafen. Bemüht gelangweiltes Sicherheitspersonal untersucht unsere Sachen mit archäologischem Instinkt. Schweigsam graben sie in den Koffern, auf der Suche nach Beweismaterial, eigenartigen Gegenständen, dem Antlitz der Gefahr zwischen Stillpads und Feuchttüchern. Schnell noch eine Nachricht auf einen anderen Planeten (mit einem einzigen weiblichen Bewohner) schicken, den Planeten Affäre.

Ich lege den Kopf in den Nacken und schaue nach oben, geradewegs in ein rot blinkendes Auge, das Bilder frisst und weiterleitet. Alles wird registriert. Wir sind fast raus aus dieser Beklemmung, fast im Land der Freiheit. Es fühlt sich an, als streife man einen nassen, hautengen Badeanzug ab, um nackt ins Wasser zu springen.

Eine untersetzte Frau mit Headset steht parat, um uns zu kontrollieren. Sie kann uns den Durchgang verweigern, es liegt in ihrer Macht, uns für unbestimmte Zeit einen Schreck einzujagen. Sie ist von Gesetzen durchdrungen, die Maße unserer Koffer sind entweder zu groß oder zu klein oder ich muss zum Drogentest, weil ich vor lauter Erschöpfung noch blöder aus der Wäsche schaue als sonst.

Bevor die von Berufs wegen misstrauische Frau fragen kann, in welcher Beziehung wir zueinander stehen, habe ich ihr die offiziellen Beweisstücke bereits ausgehändigt. Von meiner Schnelligkeit überrascht, nimmt sie die Dokumente entgegen, kneift die Augen zusammen. Schwarz auf weiß und selbstverständlich stehen wir zu dritt auf diesem Stück Papier, eine eingetragene Partnerschaft, mit Kind. Seit dem Tag, an dem Juli im Rathaus eine simple Unterschrift leistete und mir lebenslänglich als Sauls Mutter gab. Ich konnte nicht glauben, dass Juli das tat, ohne irgendeine Gegenleistung von mir zu erwarten. Mit welcher Selbstverständlichkeit und großzügigen Liebe Juli, die sich zu diesem Zeitpunkt noch mühsam von den Folgen der Geburt erholte, unserem neuen Leben entgegenblickte. Ein Komet raste durch meinen Kopf. Lebenslang werde ich bei ihr in der Kreide stehen. Im täglichen Leben überzeugen Saul und ich allerdings nicht gerade als Mutter und Sohn. Eine Schwarzhaarige, die gelegentlich für eine Jüdin gehalten wird, mit einem kleinen, charmanten, arisch-blonden Gott.

Die Zollbeamtin erkundigt sich nach dem Grund unserer Reise. Als wäre es nicht ihr Job, den Leuten die Hölle heißzumachen. Ihr Blick bohrt sich in die Dokumente, diesmal liest sie voller Misstrauen.

»Wir fahren nach Alaska«, erkläre ich.

»Und ich nach Moskau«, sagt sie. »Ich bin die Reiseleiterin dieser Gruppe und glaube nicht, dass ihr dazugehört. Aber nette Familie.«

Juli gluckst vor Lachen. Ich sehe mich von oben, wie ich mich mit dem ganzen Zeug abplage, mir selbst im Weg stehe, mit der Garderobe des Königs stolpere – die perfekte Besetzung für die Rolle des Dorftrottels.

•••

»Er ist zu schwer«, stellt die Stewardess fest. Die Passagiere sind über den Flugzeugbauch verteilt. Wie angekündigt hängt bei unseren Plätzen ein Babybettchen an der Trennwand zur Businessclass. Ich versuche, das schlafende, dreizehn Kilogramm schwere Kind dort hineinzuzwängen.

Ihm steht eine Reise bevor, die sehr viel länger dauern wird als ein Arbeitstag in einem sauerstoffarmen Büro ohne Internet.

»Er ist zu schwer«, wiederholt die Stewardess unerbittlich.

»Er sieht zwar kräftig aus«, sage ich, »aber …«

»Zehn Kilo ist das zugelassene Maximalgewicht«, herrscht mich die Stewardess an.

»Kinder, die mehr wiegen, müssen auf den Schoß genommen werden.«

»Er wiegt exakt zehn Kilo«, sage ich. Die Stewardess versucht angestrengt, mich zu ignorieren. Juli schaltet sich ein.

»Er wiegt exakt zehn Kilo«, sagt sie und küsst ihn stolz auf sein dickes Näslein.

Ein einziger Augenaufschlag genügt, und die Stewardess gibt sich zufrieden. »In Ordnung, Mama.« Für eine echte Mutter macht sie eine Ausnahme. Die darf die Fakten dieser Welt so verdrehen, dass sie zu ihrem kräftigen Kind passen.

Wir heben ab, verschwinden in der höchsten Wolkenschicht und werden zu einem weißen Sahnestreifen am Horizont. Irgendwo zeigt ein kleiner Junge nach oben. »Guck, Mama, ein Flugzeug«, sagt er und fragt: »Wann werden wir so klein, dass wir in ein Flugzeug passen?«

Saul gelingt es eine Weile, wach zu bleiben. Neben mir schaut Juli in eine Welt aus japanischen Anime-Figuren. In den nächsten Stunden werde ich mich ungeniert schlechten Filmen hingeben und in Frauenzeitschriften blättern, in denen sehr viele Rezepte mit noch mehr »Ohnes« stehen und Ratschläge mit zu vielen »Du Selbsts« und »Beinahes«. Ich lese ein Interview mit einer Mutter, die offenbar meint, Mutterschaft sei eine ästhetische Erfahrung, die man mit anderen Müttern teilen müsse. Als wären Mütter plötzlich nur noch dazu da, dahinzuschmelzen, wenn sie niedliche Babyaugen sehen. Unterdessen läuft der Film weiter und das Ende der Welt rückt näher. Die Roboter sagen einander, dass sie für immer zusammenbleiben werden. Ich glaube ihnen.

Über Ontario gibt es Turbulenzen, wir werden gründlich durchgeschüttelt. Saul brüllt im freien Fall. Juli, zart, wie sie ist, hebt ihn sofort aus seinem Bett. Sie streichelt die butterweiche Stelle hinter seinem Ohr. Mühelos hilft sie ihrem Sohn, wieder einzuschlafen.

NOTIZBUCH

Nichts ist von vornherein klar. Nichts erwartbar. Sie wusste nichts, als sie und Juli auf einmal, von einem Moment auf den anderen, Eltern wurden.

Sie wusste nichts. Sie weiß nichts.

Sie weiß nicht, wie viele Sekunden man sein Kind allein lassen darf.

Sie weiß nicht, wie sehr sich ein Nachrichtenbild von einem blutigen Anschlag einem Babyverstand einprägt.

•••

Was für ein Schreck, als sie die grobe Naht entdeckten, an der sein Ohr am Kopf festgenäht war, als sie sich geschockt fragten, wer ihn misshandelt und am Ohr gezogen habe, als sich die Rötung auf dem Weg in die Notaufnahme zu einem fleischfressenden Bakterium auswuchs, das sich in Nullkommanichts durch ein Baby fressen könne, das hatte Saskia gelesen … Sobald sich der Arzt des Kleinen annahm und ihm eine fetthaltige Salbe für die trockene Hautstelle verschrieb, trollte sich besagtes Bakterium sofort wieder.

Sie weiß nichts.

Sie zweifelt an den einfachsten Dingen, weil sie vergessen hat, wie es war, ein Baby zu sein. Sie weiß nicht, ob sich ein kleines Kind, das wie ein Bowlingkegel aus dem Sitzen heraus umkippt, dauerhafte Hirnschäden zuziehen kann.

Sie weiß es nicht. In einem Jahr lernt man nichts.

Im nicht existenten *Handbuch, das keine Mutter schreiben würde, weil sie keine Zeit dafür hat*, würde stehen, dass man nach einem Jahr etwas aufatmen könne. Normalerweise. Dieses Wort taucht jetzt öfter auf – normalerweise.

Im Handbuch würde auch stehen, das Baby sei bei der Geburt normalerweise etwa fünfzig Zentimeter groß, bei einem Schädelumfang von fünfunddreißig Zentimetern. Dass er beziehungsweise sie mit acht Monaten Zeigefinger und Daumen wie eine Pinzette benutzen könne. Saul konnte es nicht. In diesem Fall rät das Handbuch: keine Panik. Dann gelte es, die Abweichung von der Norm als solche hinzunehmen, oder sie zumindest liebevoll zu tolerieren. Hauptsache, keine Panik.

Wenn jemand »keine Panik« zu ihr sagt, hört sie die Verneinung nicht. Dann muss sie an ihre Mutter denken, wie die in einem Aufzug, in dem alle anderen seelenruhig auf die Ziffer über der Aufzugtür schauten, hyperventilierte und schrie: »Ganz ruhig! Keine Panik! Wir kommen wieder raus!«

Keine Panik! Ich komme raus!

Hat Saul das neun Monate lang in seiner immer enger werdenden Behausung gedacht? Das ist für Saskia das Schlimmste: neun Monate lang mit dem eigenen Körper ein Haus zu bilden, das zwar eng, aber maßgeschneidert und mit allem Komfort für den kleinen Bewohner ausgestattet ist. Man mauert ihn liebevoll ein, und dann klopft der kleine Parasit urplötzlich an die Tür und verlangt, herausgelassen zu werden, und richtet auf seinem Weg jede Menge

Schaden an, wobei er den Körper zuvor schon ordentlich geplündert hat, und man hat eine Heidenangst, dass der Ausgang zu schmal ist.

Oder hatte Saul überhaupt keine Zeit, in Panik zu geraten? Er wurde mit einem Kaiserschnitt geholt, weil die Ärzte eine Steißgeburt vermeiden wollten, denn Saul blickte seiner Zukunft erhobenen Hauptes entgegen. Der Eingriff wurde kurzerhand für eine Woche vor dem errechneten Termin angesetzt.

Am Tag vor dem Kaiserschnitt waren Juli und Saskia zu Hause. Juli ist nicht der Typ, der herumsitzt, auch nicht in hochschwangerem Zustand. Sie eierte durchs Haus und packte ihren Koffer. Auf einmal stellte Saskia fest, nach nahezu neun Monaten, dass ihr Sohn nicht länger im Bauch ihrer Frau, sondern in diesem Haus wohnen würde. In einem Anfall von Nestbautrieb machte sich Saskia wie eine Berserkerin daran, die Wohnung zu putzen, die Abzugshaube zu entfetten, Fußleisten abzustauben und Schränke zu rücken. Juli ertappte sie dabei, wie sie auf der Dachterrasse Blütenblätter mit dem Staubsauger entfernte.

•••

Die Außenwelt scheint durch das sonnige Fenster der Entbindungsstation herein und schaut auf alle herab. Vor einer Weile gingen in Frankreich eine Million Menschen auf die Straße, um gegen die Homoehe zu demonstrieren. Laut skandierten die Leute. Auf Fragen der Journalisten antworteten sie, jedes Kind habe das Recht auf einen Vater und eine Mutter. Ja, sagt Saskia lachend, das stimmt. Ich werde der Vater sein, Juli ist ganz eindeutig die Mutter.

Da stehen sie nun, in ihren vier Wänden, das Herz in der Hose, in ihren Armen ein kleiner Junge mit einem pochenden Herzen, ein frischgeschlüpftes Küken. Er riecht noch nach der Membran und dem Wasser, in denen er fast neun Monate lang gewiegt wurde, jetzt schimmert er in ihren Armen, seines sicheren Kokons entledigt, in seinem neuen Zuhause.

Am Tag von Sauls Geburt steht auf der Titelseite der Zeitung die große Neuigkeit, dass die Rechtsextremen bei den Wahlen wieder mächtig zugelegt haben, aber Toleranz ist etwas anderes, als eine Stimme auf einer Liste abzugeben. Dieselben Zweifel, die sie zuvor schon beschlichen, nagen auch während der gesamten Fahrt an ihr. Fragen, die sich nicht einfach wie Flusen in der Frühlingsluft wegpusten lassen. Wie soll sie das anpacken? Ist dieser Junge jetzt zwei Frauen, die weder von Tuten noch Blasen Ahnung haben, ausgeliefert? Ja, ist Saskia geneigt zu denken. Ist dieser Junge jetzt der intoleranten Realität ausgeliefert? Ja, ist Juli geneigt zu denken.

Pflegekräfte und Besucher kommen und gehen. Saskia glüht förmlich vor Stolz und lässt sie die universellen Stufen der Liebe durchkonjugieren, rauf und runter, in Superlativen zu seiner Schönheit hinauf und in Verkleinerungen wegen seiner Niedlichkeit hinunter. Er ist ein Ausbund an Gesundheit und Juli wie aus dem Gesicht geschnitten, nur ohne ihr gerades Kinn und ihre Sprachgewandtheit.

•••

Noch ist er eine Eintagsfliege. Saskia hat einen Krampf in den Fingern, weil sie am ersten Abend pausenlos überprüft, ob ihre Eltern auf die SMS antworten, dass der Junge zur Welt gekommen ist. Aber keine Reaktion.

Auf einem fleischroten Kunstledersofa dreht sie sich die ganze

Nacht hin und her, fünf Meter von Juli und Saul entfernt. Doch irgendetwas stanzt Löcher aus ihrer Freude.

Die Stunden des Tages und der Nacht gehen hier drinnen ineinander über, während sich die Knitterfalten an Sauls Körper nach seiner neunmonatigen Reise langsam glätten, Freunde kommen und bringen stückchenweise etwas von der Welt draußen mit, Bücher mit Feldmäusen in der Hauptrolle, Luftballons, Klatschblätter, Zeitungen, Wärme. Sie will es nicht fühlen, ihr Herz tut weh, weil ihm etwas Wichtiges fehlt.

Gerade als die Krankenschwester Juli versorgen will, acht Minuten vor Ende der Besuchszeit, klopfen Saskias Eltern an. Es folgen zehn unangenehme Minuten, in denen eine große Decke über Saul an Julis zensierter Brust drapiert wird. Juli habe ihre Eltern hinter Saskias Rücken angerufen, gesteht sie später, diskrete, rührende, liebe Juli, lieb ohne Zuckerwatte, lieb mit der größten Selbstverständlichkeit, zupackend lieb, aufrichtig lieb, das schreibt sie hier im vollsten Bewusstsein, dass man mit diesem Wort sparsamer sein muss als mit Safran, damit nicht alles die gleiche Farbe bekommt. Juli hatte sie angerufen, weil sie Saskia nachts hatte weinen hören.

Keinen Hauch bekommen sie von ihm mit, stellen nicht den Hauch einer Frage. Saskia hatte geglaubt, ihren Eltern zeigen zu können, dass sie es kann, Familie spielen, dass das Gefühl der Genugtuung überwiegen würde. »Schaut, Mama und Papa, denkt ruhig, was ihr wollt, aber dieses wehrlose kleine Ding ist auch mein Kind.« Doch jetzt empfindet sie zum ersten Mal das Klinische des Krankenhauses, die Wände kommen auf sie zu, das spüren auch Saskias Eltern, die schnell wieder verschwinden wollen, sie haben jetzt ein ruhiges Gewissen, ihre Pflicht ist getan.

Eine Woche bleiben sie im Krankenhaus, werden umsorgt wie

ein König mit zwei Königinnen. Das ganze Leben in einem Krankenhauszimmer, essen, schlafen, aufwachen, eine neue Jahreszeit mit einem neuen Leben, bei jeder Besucherwelle ein paar Flaschen Sekt öffnen, Tag und Nacht das Wundertierchen betrachten, beim winzigsten Geräusch, das die Nacht stört, aufstehen, an der Alarmglocke ziehen, und sofort erscheinen die Hebammen. Beim geringsten Betteln um Milch heißt es: alle Mann an Deck. Der Kleine muss zu Kräften kommen, sonst kann er sich nicht auf die Reise begeben. Jeder noch so winzige Tropfen Muttermilch zählt. Nach der Woche wollen sie ihre Aufenthaltsgenehmigung gerne verlängern, aber die Frauenschar weist ihnen den Weg zum Ausgang, in die bewohnte Welt, zu ihrem Haus.

Seinem Haus.

Zu dritt stehen sie vor der Eingangstür, Juli noch wacklig auf den dünnen Beinen. Saskia würde am liebsten ewig in der warmen Sonne stehen, die mit ihren Strahlen alles begreift, zusammen stehen bleiben, nicht hineingehen, aber der Moment vergeht schnell. Gemeinsam tragen Juli und Saskia Saul über die Schwelle, mehr Maxi-Cosi als Baby, mehr Erwartung als Wirklichkeit. Sie haben ihr Haus für Sauls Ankunft neu eingerichtet. Saskia hat ihr Atelier halbieren lassen. Erst als die Arbeiter die Wand, wenn auch krumm, hochzogen, dämmerte ihr allmählich, was für ein Zugeständnis sie damit machte. Ein Stück ihrer Grundfesten gestohlen, ihr *Zimmer für sich allein*, der einzige Raum, der eine Tür besaß. Juli lachte darüber. Saskia zog in den Elfenbeinturm; ihr jetziges Arbeitszimmer liegt in ihrem offenen Haus unter dem Dach, von wo aus sie nach unten ruft, wenn sie Ruhe braucht. Dann hallt es. Ab jetzt teilen sie sich alles.

IM BETT, ODER BESSER GESAGT IM FLUGZEUGSITZ

Saskia: Zum Glück durften wir unsere drei Kilo weißes Pulver behalten.
Juli: Genug Milchpulver für den Rest seines Lebens.
Saskia: Wenn er so weitermacht, bestimmt. Er schläft ja nur.
Juli: Er erholt sich immer noch von der Geburt.
Saskia: Als er noch in deinem Bauch war, war er so wild und gnadenlos, dass du dich gefragt hast, ob man Psychopathen schon im Mutterleib erkennt.
Juli: Weißt du noch, wie wir in der Umkleidekabine …
Saskia: Du bist vor Schmerzen eingeklappt, weil er dir voll auf einen Nerv in der Leistengegend getreten hat. Die Verkäuferin konnte uns gar nicht schnell genug loswerden.
Juli: Die hatte Angst, meine Fruchtblase würde in ihrem Laden platzen und ich zwischen den Sonderangeboten ein Kind kriegen.
(Sie schauen gemeinsam in die Wolken.)
Saskia: Weißt du noch, wie wir mit Saul den Flugzeugen hinterherschauten?
Juli: Er zwischen uns beiden im Gras unter einem Baum.
Saskia: Ich bin so erschrocken, als es geknallt hat.
Juli: Unglaublich, dass der Apfel ausgerechnet in dem Moment runterfallen musste, mitten auf Sauls Stirn.

Saskia: Die ist ja auch groß.
Juli: Weil er ein Genie ist.
Saskia: Und ich dachte, er hätte sich einen Hirnschaden zugezogen.
Juli: Da hat er zum ersten Mal gelacht.

NOTIZBUCH

Am vierunddreißigsten Geburtstag deiner Mama warst du plötzlich dabei, lieber Saul. Als säßest du schon mit uns am Tisch und würdest Müsli zum Frühstück essen. Deine Mama Juli hatte entschieden. Sie, die sich nie viel aus Geschenken machte, sagte, der Kalender und eine Freundin hätten ihr ein Geheimnis verraten: Ich bekäme jetzt ein Kind.

Juli und Saskia würden die Eltern dieses Kindes sein, aber sie wollten, dass auch der biologische Vater bekannt war. Man stelle sich vor, ihr Kind würde durch die Stadt laufen und in jedem Mann seinen Vater vermuten. Was für eine Qual. Ein Kind habe das Recht, seinen Erzeuger zu kennen, dafür plädierte Saskia. In der hintersten, dunkelsten Ecke ihres Geistes flackerte der Gedanke auf, so etwas könne sich noch als sehr nützlich erweisen, für den Fall, dass sie sich davonmachen würde. Da war es wieder, ihr Ich Ich Ich, das mit einem Kind keine Luft zum Atmen mehr haben würde. Solange es einen Notausgang in der Dunkelheit sehen konnte, würde es besser gehen. Der Samenspender würde als Papa einspringen können. Was schließlich auch das Beste für das Kind sei. *Win-win.*

Juli wollte nicht von einem Unbekannten schwanger sein. Juli wollte eine Geschichte statt einer Nummer bei der Samenbank, die ihr Kind eines Tages würde erfragen können, wenn keine administrativen Fehler gemacht worden waren. Ein Kleinkind bringt es fertig, sich ein Handtuch übers Gesicht zu ziehen und triumphierend zu quieken: »Ich bin weg!« Alle wissen, dass das Kind noch unter dem Handtuch ist. Das Gleiche gilt für einen Samenspender. Wenn sie sich einen anonymen Spender aussuchten, würde das nur zu hoffnungslosem Schattenboxen führen. Denn der Abwesende hat immer recht. Gerade weil er abwesend ist, wird er vermisst, wird die Leerstelle mit Fantasien über einen perfekten Vater gefüllt. Sie als Eltern würden für alles die Schuld zugewiesen bekommen. Zu Recht. Man darf einem Kind nicht die Chance nehmen, den biologischen Vater, von dem es abstammt, mindestens treffen zu können, früher oder später, oder nie.

Weil Saskia vom biologischen Standpunkt aus kein Elternteil sein würde, beschloss Juli, dass sie den Vater auswählen solle.

Wie wählt eine Frau einen Vater für ihr Kind? Und wie wählen zwei Frauen einen Vater? Wie lange durfte man darüber nachdenken? Zum Glück gab es eine natürliche Entscheidungshilfe, denn die Uhr tickte, und der Arzt hatte ihnen ziemlich deutlich gemacht, dass ab fünfunddreißig die Fruchtbarkeit nachlasse. Ab vierzig könne man es so ziemlich vergessen.

Die Suche nach einem nicht-anonymen Samenspender konnte losgehen. Eigentlich eine Aufgabe, für die man in Märchen vierzig Tagesreisen brauchte, unterwegs magische Tiere bestechen und Drachen in die Pfanne hauen musste.

Die Suche nach Sperma war eine ziemlich unglaubliche Mission in einem ansonsten normalen Leben.

•••

Wer nicht infrage kam:
– Heteromänner, die im Laufe der Jahre – bevor es überhaupt entsprechende Pläne gab – spontan ihre Dienste angeboten hatten. »Solltest du irgendwann mal Sperma brauchen, gib Bescheid«, platzten sie mitten im Gespräch damit heraus. Das Ganze habe dann selbstverständlich auf natürlichem Wege vonstattenzugehen.
– Ein enger Freund, der völlig aus dem Häuschen geriet, als Saskia ihn fragte. »Ich will nichts lieber«, sagte er, »und genau deshalb werde ich es nicht tun. Ich würde jeden Tag vor eurer Tür stehen, bei euch einziehen, das Kind Tag und Nacht bei mir haben wollen. Ich will so gerne Papa sein.«
– Ein gut situiertes Männerpaar mit blauen Samtsesseln und steilen Karrieren, mit allem, um einem Kind eine glänzende Zukunft zu bieten, und dem immensen Wunsch nach einem Kind, wenn auch nur in Teilzeit. Bei gekühltem Wein aus bauchigen Gläsern fingen sie an, Pläne zu schmieden. Das Gespräch lief ziemlich schnell auf sachliche, notwendige Vereinbarungen hinaus: Wer zahlt was? Wie würden sie das mit den Ferien regeln? Die Karrieren der beiden, der eine war Geschäftsmann, der andere Politiker, hatten rasant Fahrt aufgenommen, und ihre Kontostände wuchsen mit. Ein Traumszenario, weich gebettet – aber Saskia fand sich in dieser Konstellation nicht wieder und sorgte für eine peinliche Abweisung auf der marmornen Türschwelle, als sie und Juli die Überschuhe wieder auszogen, die sie hatten anziehen müssen. Ein schuldbewusstes, feiges »Tut mir leid«, um anschließend mit eingezogenem Kopf von dannen zu ziehen.
– Ein Investor, der sich einen Sohn wünschte, für später, wenn er alt sei, um mit ihm um die Welt zu reisen und sich in den teuersten Hotels Zimmerservice kommen zu lassen, und um ihm seine Lebensgeschichte zu erzählen.

– Eine Künstlerin, die behauptete, ihr Mann täte nichts lieber, als seinen Samen abzutreten, weil er für gleiche Rechte für alle sei. Die Frau war natürlich gar nicht in Juli verliebt.

•••

Die Geschichte, wie Karl und Saskia sich kennengelernt haben, ist eine Alles-oder-nichts-Geschichte, die fast in Vergessenheit geraten ist, obwohl sie sich erst vier Jahre kennen. Es scheint Ewigkeiten her, dass Saskia des Drogenschmuggels verdächtigt wurde, eine Art Willkommensgruß in Winnipeg, der Kleinstadt im eiskalten Herzen Kanadas, wo kein Mensch im Winter hinfährt, wenn er nicht gerade außergewöhnlich reines Kokain über Winnipeg in den Rest Nordamerikas schleusen will, oder schreiben. Auf Einladung eines Kunstzentrums reiste Saskia zu dem weißen Maulwurfshügel aus Schnee. Sie würde für die Dauer ihres Aufenthalts im Haus eines Künstlers leben. Juli ließ sie selbstverständlich gehen, wie Juli sie immer gehen lässt, wenn Saskia schreiben muss. Davor hat sie heiligen Respekt. Nicht so die Zollbeamten am Flughafen. Die tasteten mit Gummihandschuhen anal nach Beweisen für ihr angebliches Schriftstellerdasein. Als sie um drei Uhr nachts endlich frei, aber geschunden in die Ankunftshalle trat, platzte ihr alter, vollgestopfter Koffer an den Nähten auf und gebar ihre Unterhosen, ihre Tampons, ihre aufgerissenen Tütchen Fertigtomatensuppe mit Käsecroutons für Notfälle auf die kalten Fliesen. Herumstaksend wie ein Insekt häufte sie den ganzen Plunder wieder zusammen. Sie schaute hoch, während ein ekelhafter Typ grinsend auf sie herabblickte. So ein lesbenhassender Homo, zu attraktiv, um auch nur den kleinsten Finger zu rühren, noch eine Spur schlimmer als der Macho, der einem beim Einparken spontan

Anweisungen erteilt. So ein eingebildetes Ekel, das glaubt, es sei etwas Besseres. Ekelpaket machte keine Anstalten, ihr behilflich zu sein, sondern ließ sie wüten. Was sie nicht einmal befürchtet hatte, bewahrheitete sich trotzdem: Ekelpaket war der Künstler, in dessen Haus sie einen Monat wohnen würde.

Ekelpaket war Karl. Hinterher erklärte er, ihre Stacheln hätten so aufrecht gestanden, ihr ganzer Körper derart laut »Lass mich in Ruhe« geschrien, dass er es nicht gewagt habe, ihr seine Hilfe anzubieten.

Alles oder nichts. Das konnte er. Ihr Eis brach dank dieses Mannes sofort, wortlos legte er ihr eine Wolldecke über die Schultern und reichte ihr eine Tasse Ingwertee. Weil sie zwar erschöpft, aber zu müde zum Schlafen war, gab er ihr um vier Uhr morgens eine Führung durch sein seltsames Gruselhaus. Vieles hatte er selbst renoviert. Zwanzig ausgestopfte Hirschköpfe schauten sie an, die Vorbereitung für eine Installation im Whitney-Museum. Er erzählte ihr von der Sekte, die hier gewohnt hatte, Fundamentalisten, die glaubten, alle negativen Einflüsse von außen fernhalten zu können, indem sie ihre Kinder gefangen hielten. Unter den Dielen im Wohnzimmer hatte Karl eine Zeichnung gefunden, darauf stand in bunten, fetten Kreidebuchstaben: »*WE WILL BE A HAPPY FAMILY FOREVER.*« In den intensiven Farben dieser auffällig frohen Botschaft las er einen Hilferuf der Kinder, in ihrer Reinheit eingekapselt. Er würde es für eines seiner Werke verwenden. In einem der Zimmer konnte man tatsächlich noch erkennen, wie Kinderfinger die Tapete heruntergekratzt und das Muster um Kopffüßler ergänzt hatten.

Dieser blonde, muskulöse Mann mit getrimmtem Bart, durchtrainiertem Körper, blauen Augen und fliehendem Kinn war sehr gastfreundlich, ein Künstler ohne Handy, ein Ernährungssnob ohne eigenen Foodblog, stellte sogar seinen Blätterteig selbst her, probierte seine besten Zutaten und Rezepte, allesamt *organic, local* und *wholesome*, an ihr aus, steckte ihr sündhaft teures Shampoo aus ätherischen Ölen zu, gemischt mit selbstgepflücktem Lavendel. Er hatte nicht eine einzige Plastiktüte im Haus, geschweige denn Alufolie, sein größter Albtraum, und umsorgte sie die ganze Zeit mit seinem unerschöpflichen Wissen, seinem Sarkasmus und seinen Umarmungen. Er zeigte ihr sein Atelier, in dem Installationen in die Höhe wuchsen, überbordend wie die Werke Paul McCarthys, die Saskia in ihrer Intensität geradewegs in die Augen schauten.

Karl hatte Saskia so schnell für sich eingenommen, dass es schien, als würden sie sich schon seit Jahren kennen. Er vertraute ihr alles an: seine Trennung vor kurzem, seine Herumvögelei, seinen manchmal übertriebenen Argwohn seinen Freunden gegenüber, seine Liebe zu seiner Mutter, seine isolierte Jugend auf einer Hippie-Insel. Das sei eine krasse Kindheit gewesen, sagte er, mit zehn habe er eigenhändig Holzhäuser bauen können, aber keine Ahnung gehabt, was Zuckerwatte sei.

»Ich war ein Freak.«

»Ich war der Freak auf der anderen Seite des Zauns.«

Oh ja, was waren sie beide doch speziell. Oder umgekehrt, sie waren die einzig Gesunden, die den Wahnsinn der anderen erkannten. Karl schilderte ihr, wie groß sein Kulturschock gewesen sei, als er in die Stadt zog. Ein vollkommen unangepasster Inselbewohner. Die Großstadt habe auf ihn wie ein ohrenbetäubendes Laboratorium voller Rohre und Bauten gewirkt, wo mit Auspuffgasen und Radiofrequenzen ein riesiges Monstrum zum Leben erweckt werden sollte, das vielleicht aus Tausenden herumwuselnden Menschenwesen bestand. Wie er jeden einzelnen Penny habe hören können, der an der Kasse herunterfiel, und er fürchtete, ihm würde vor lauter Lärm der unterirdischen Metro, der von allen Seiten auf ihn einprasselte, irgendwann noch der Kopf platzen. Er habe bloß den Lärm gekannt, den es in der Natur gab und der über die Poren tief in einen eindringt, aber nie in den Ohren kreischt.

Sie lernten sich an einem Punkt in ihrem Leben kennen, als sie beide mit Haut und Haaren von der Liebe überwältigt waren. Er hatte sich gerade erst von seinem Freund, einem Regisseur, getrennt und weinte noch in Taschentücher, auf die seine Initialen gestickt waren. Sie hatte gerade entdeckt, wie herrlich tief eine feste Beziehung sein konnte, die zu ihrem Erstaunen anhielt und nur noch besser wurde.

Bei unzähligen Tassen Tee mit etwas Butter, zu denen er unaufgefordert Whisky servierte, erzählte Saskia von Juli und deren unbändiger Energie, von ihren Freunden mit Karrieren beim Radio und Musikerambitionen und Psychologenausbildungen, ihren kleinen Gärten, von dem Deal, den sie vor sieben Jahren mit Juli geschlossen hatte und der sich so gut anließ. Saskia würde ihr Leben lang schreiben und Juli irgendwann einmal Kinder haben wollen. Sie würden den jeweiligen Lebenswunsch des anderen respektieren. Bisher war das Ganze ja nur eine Einbahnstraße. Juli ließ Saskia den Globus abgrasen, um Geschichten zu sammeln. Juli fand das prima.

Nächtelang erzählten sich Karl und Saskia in Winnipeg ihre Geschichten von der Liebe und dem, was ihnen fehlte. Sie schmiedeten ihr Bündnis, spotteten über ihre Familien. Karl erzählte absurde Geschichten von seinem ältesten Bruder, einem Hippie, der noch auf der Insel Portes wohnte. Dessen Frau habe den Ort, an dem ihre Chakren am besten zur Geltung kämen, in einer Vision gesehen. Wie sich herausstellte, handelte es sich dabei um den gottverlassensten, gruseligsten Ort auf der ganzen Insel, tief im Wald. Dort hätten sie dann also ihr Haus gebaut. Völlig durchgeknallt, die beiden. Karl berichtete auch von der Einsamkeit des Insellebens. Weil er spürte, dass Saskia so etwas verstand. Und weil sie zusammen die Einsamkeit des anderen wahren mussten. Es gibt einen Bereich, wo jeder Mensch alleine ist, und das habe man zu respektieren. Etwas, über das man sagt: Das betrifft mich alleine, wenn du mich respektierst, gehst du keinen Schritt weiter. Saskia fand das wunderbar. Hatte sie doch selbst einen Keller randvoll mit dunklen Geheimnissen, fest verschlossen unter dem Deckel der Scham.

•••

Saskia: Bei uns zu Hause war nichts erlaubt.
Karl: Bei uns zu Hause war alles erlaubt.
S: Wir wussten von nichts.
K: Wir wussten über alles Bescheid.
S: Wir glaubten an Tradition.
K: Wir glaubten an Reinkarnation.
S: Mein Vater war im Mai '68 in Berkeley und saß lernend in der Bibliothek.
K: Meine Eltern schlossen sich zu der Zeit einem Hippietreck an, der Richtung Osten zog.
S: Wir durften nicht über unseresgleichen lachen.
K: Wir auch nicht, Fundamentalisten.
S: Wir hielten meterweise körperlichen Abstand.
K: Wir haben uns ständig in den Armen gelegen.
S: Wir waren extrem prüde und trugen hässliche Sachen.

K: Wir Kinder waren die reinsten Geschöpfe auf Erden und liefen nackt herum.
S: Wir experimentierten ausgiebig mit Doktorspielchen, und alle wussten es, und es war okay, solange wir nicht darüber redeten.
K: Wir redeten über alles, ohne etwas zu sagen.
S: Wir redeten über nichts und sagten nichts.
K: Wir hatten keine Salami auf der Insel.
S: Wir bekamen keine Salami auf unserer Insel.
S und K: Wenn das hier ein Kinderfilm wäre, dürften wir nicht miteinander befreundet sein.
S und K: Wir waren in den Augen unserer elitären Eltern zu nobel und zu rein, um einfach so auf die wilde Welt losgelassen zu werden.

In Karls Haus, bei minus dreißig Grad Außentemperatur, träumte Saskia eines Nachts von der Armee der Sektenkinder, wie sie über den Dielenboden donnerte, die Eingangstür aufriss und in den Schnee lief. Sie hörte sie mitten in der Nacht Schneebälle gegen die Fensterscheiben werfen, während Juli ihr in genau diesem Moment, aber mit neunstündigem Zeitunterschied, in einer Mail schrieb, dass ihr Kinderwunsch echt sei. Das sei Saskia doch klar, oder?

»Echt?« Viel mehr fiel Saskia partout nicht als Antwort ein.

Unterdessen schimpften Karl und Saskia auf sich und die Welt, damit sie einander nicht in die Arme fallen mussten. Die Außenwelt konnte bei ihrer platonischen Liebe auf den ersten Blick nicht gleich folgen. Alles oder nichts. Die gemobbte Quertreiberin und der starke Softie, zwei erwachsene Kinder, die Kombination ließ das Schloss aufschnappen. Saskia erlag Karl ebenso widerstandslos, wie sie Juli erlegen war, mit einer Art Urvertrauen, das nicht die geringste Bestätigung braucht. Zum Glück empfand sie bei seinem massiven, behaarten Männerkörper keinerlei Erregung, sonst hätte sie tatsächlich geglaubt, sie sei hetero geworden.

Wie eine fröhliche Irre lief sie durch die Straßen, es zog wie Hechtsuppe, der Wind lachte die Menschen aus vier Himmelsrichtungen gleichzeitig aus, und sie fand den Weg zurück zu dem gestörten Ort, den sie für eine Weile ihr Zuhause nennen durfte, weil ihr dort ein Fremder Tür und Tor sperrangelweit geöffnet hatte.

Es war auch die Phase, in der Juli sie auf Skype ignorierte, weil Saskia ihr zu jeder Tages- und Nachtzeit von ihrer Entdeckung erzählen wollte: wie sehr sie Juli liebe. Saskia stalkte Juli bei der Arbeit, auch wenn sie neun Stunden Zeitverschiebung, Tausende Tonnen Eis und Tausende Kilometer trennten. Wenn Saskia sah, dass Juli auf Skype eingeloggt war und sie belagerte, schmiss diese sie eiskalt und entschieden raus. »Geh an die frische Luft«, schrieb Juli, »geh spazieren. Such dir eine Geliebte. Aber lass mich in Ruhe. Ich muss arbeiten.«

Gehorsam, wenn auch etwas perplex, ging Saskia auf die Straße. Juli musste man nicht mit Worten überschütten, die glaubte ohnehin an sie beide als Paar. Also eine Geliebte suchen, weil ihre Liebste das so wollte, sehr lustig. Draußen war keine Sterbensseele zu sehen, von betrunkenen Spinnern einmal abgesehen. Sie streunte allein durch die tiefgefrorene Geisterstadt mit ihren Drive-in-Geldautomaten, unterirdischen Gehwegen und stundenlang laufenden Dieselmotoren. Saskia war die einzige Schlafwandlerin hier, sie öffnete den Mund, um Schneeschmetterlinge hineinflattern zu lassen.

•••

Sie rief Juli an mit der guten Nachricht. Ja, sie sei am Schreiben, aber sie wolle ihr auch etwas beichten. Sie habe sich verliebt.

Juli: Prima. Sonst noch was?

Saskia: Ich habe eine Geliebte.

Juli: Na endlich. Du, ich muss los, ich bin schon zu spät für das Meeting.

Saskia: Ich muss auch los. Meine Geliebte erwartet mich mit *Cherry pie*, Tee mit Whisky und Spukgeschichten.

•••

Der ultimative Freundschaftstest: Man schließe zwei Menschen in einem eingeschneiten Haus ohne Fernseher oder Internet ein und beobachte, ob sie sich aus dem Weg gehen, einander die Köpfe einschlagen oder sich ins Herz schließen. Karl und Saskia taten alles drei. Einen Monat lang. Bis Saskia nach Europa zurückmusste und Karl einfiel, er könne ja die Biennale in Venedig besuchen, quasi bei Saskia und Juli um die Ecke. Höchste Zeit, dass sich ihre Liebste und ihr geliebter Karl kennenlernten. Saskia hatte nun schon so abartig viel von Karl erzählt, Juli glaubte nicht, dass es ihn auch wirklich gab.

Er blieb drei Wochen und kam nicht bis Venedig. Alles oder nichts. Juli hatte kaum eine Wahl, sie sprang aber mit auf den Zug, begeisterungsfähig, wie sie nun mal war. Was Karl anging, blieb sie zunächst ein wenig auf der Hut, als müsse er sich ihren Segen verdienen, der Mann, der das Herz ihrer Frau so schnell und umfassend erobert hatte. Saskia und Juli taten sich zusammen. Ständig machten sie sich über sein Gewicht, über sein Kinn oder besser gesagt dessen Fehlen lustig, über seinen Scheißbart, der ganz schön viel kompensieren müsse, aber Karl ließ alles über sich ergehen und lachte seinerseits Saskia aus, hütete sich jedoch davor, Juli aufs Korn zu nehmen. Die drei fanden bei langen Gesprächen und Tagesausflügen zueinander. Karl lotste sie in exquisite Restaurants und zückte seine Visakarte ein wenig zu oft, sie gaukelten den Kellnern vor, sie beide seien Karls Frauen, sie spielten ein Spiel und spickten das Ganze mit Hannah Arendt, Grace Jones und Ólafur Elíasson, jedem sein Liebling.

Schließlich konnte Saskia mit absoluter Gewissheit sagen: »Ich habe einen Freund, einen besten Freund, einen echten Kumpel«, und Juli pflichtete ihr bei, wie wunderbar er doch sei. Sie hatten ihn im Grunde gerade erst kennengelernt. Aber manchmal brauchte Vertrauen keine Zeit. Und auch er schloss sie ins Herz. Teddybär. Bruder.

Sein Leben weist so viele Lücken auf und sein Verhalten so viele Bocksprünge, dass sie sich sicher ist: »Mein bester Freund ist ein Fremder, aber wir vertrauen einander blind.«

•••

Keine Sekunde lang hatte Saskia in ihrem Freund Karl einen potenziellen Samenspender gesehen. Es war so selbstverständlich, dass sie ihn als Option glatt übersehen hatte. Juli machte sie darauf aufmerksam. Wie so oft, seit sie zusammen waren, öffnete Juli ihr die Augen.

ERSTER TAG IN KANADA

Mit Sack und Pack watscheln wir im Gänsemarsch durch einen langen Gang zur Ankunftshalle von Victoria Airport. Wir motzen ein wenig vor uns hin, weshalb Karl unbedingt vom mitten im Kontinent gelegenen Winnipeg an die Westküste habe ziehen müssen, näher zu den Inseln. Wir hätten einen Jetlag von hier bis Tokio. Wäre er mal lieber dorthin gezogen. Blablabla. Meine Nerven fühlen sich an wie Stacheldraht. Juli geht voran.

Unser Freund, der angesehene Künstler, der Reisebegleiter, die sarkastische Tunte, abwesende Vaterfigur, der Mann, der nordamerikanischen Charme, Umständlichkeit und eine sture, unbändige Künstlerseele in sich vereint, Karl Olsen, der Mann, der einen Spritzer Sperma abgetreten hat und unser Kind erst möglich machte, wartet um die Ecke auf uns. Mehrere Wände, mit Mahnungen übersät, sämtliches Bargeld und all unsere Diamanten zu deklarieren, sowie eine Handvoll Zollbeamter trennen uns voneinander. Und über ein Jahr.

Es fühlt sich an, als nähmen wir an einem Fernsehprogramm teil, das entfremdete Familienmitglieder zusammenführt: Der Moment der Wahrheit rückt näher, wenn sie mit ihrem Kind auf den Vater – Korrektur – den Samenspender zugehen und wissen, dass da etwas zusammentrifft, eine Verbindung von Atomen, die in der Atmosphäre entsteht. Das eine Atom sagt Ja zum anderen, sie geben sich die Hände und bilden eine Kette, das Weltall umarmt sich, und so sind sie eigentlich schon beieinander, der Vater und der Sohn. Der Sohn schläft tief und fest. Noch bevor wir durch die Glastür gehen, erkenne ich bereits die breiten Hände seines Vaters, die über das Milchglas hinausragen. Sie halten eine schwarze Tafel, darauf steht in Kreide: WILLKOMMEN, DEICHE & SAUL.

Wir wirbeln durch die Tür, die Membran der Müdigkeit reißt, die Blase platzt. Die Uhr, die zwischen den Kontinenten stehen geblieben war, wird wieder in Gang gesetzt, jemand verpasst dem Mechanismus einen saftigen Schubs in die entgegengesetzte Richtung. Da sind wir nun abends in Victoria, an der kanadischen Westküste: drei Erwachsene vereint um ein Kind. In diesem Moment ist es so selbstverständlich, ist uns Karl, die ausgewachsene Version von Saul, so vertraut. Ein Riese außerhalb der Zeit erwartet uns mit seiner gutmütigen, gewichtigen Liebe. Ich hatte ihn nicht so groß in Erinnerung. Er gehört in dieses Riesenland, das mit zerbrechlichen Männern und Frauen nichts anfangen kann. Wir plauschen über die Unannehmlichkeiten unterwegs, Sauls Strampler, das Curry, das bis zur Decke spritzte, während eine Sache unausgesprochen bleibt, obwohl es durch die Gänge hallen oder von den Lautsprechern durchgesagt werden müsste, auf allen Titelseiten in den Zeitungsständern stehen müsste, Eilmeldung: Die Ähnlichkeit ist nicht zu übersehen, sie ist frappierend, sie sind sich gleich, Saul und Karl sind die einjährige und die sechsundvierzigjährige Version ein und desselben Mannes. Dieser Mann war ein goldiges Baby, aus dem ein molliger kleiner Junge geworden ist, der sich zu einem baumlangen Kerl entwickelt hat.

Karl zeigt Saul den kugelrunden Mond, wie er in der schwarzen Nacht dahintreibt. Seine großen, kräftigen Männerhände übernehmen unsere Koffer, als wäre es ein Klacks. Diese Hände haben Bäume gerodet und Häuser gebaut, auf der Kunstakademie unzählige nackte Körper und Linien aufs Papier skizziert, noch mehr Körper gestreichelt und Männern Lust verschafft, während der Kunstausbildung und auch später. Es sind die gleichen ungewöhnlich großen Hände, die auch unser Sohn hat, sie sind zu groß, um ein Spielzeug festzuhalten, aber gerade noch zu klein und zu weich, um eine Türklinke zu umfassen.

Wie auf Verabredung in dem großen Theaterstück, das manchmal kurz an die Stelle des Lebens tritt, öffnen sich Sauls Augen, während Karl ihn ansieht. Der Blick seines Sohnes spiegelt sich wider, erzählt, dass es hier eine besondere Verbindung gibt, und der Kleine wundert sich, dass er neben sich selbst stehen und einmal so groß werden kann. Zweimal dieselbe hohe Stirn, unter ihren Augen hat der Schöpfer eine kleine Rinne gegraben, eine Art Niedlichkeitszugabe, und hat – wie um das Ganze abzurunden – dieselben Apfelbäckchen hinzugefügt.

Karl öffnet die Arme mit einem breiten Lächeln. Ein Wiedersehen, wie sich Menschen täglich auf Flughäfen in die Arme fallen, es ist eine erste Begegnung. Wir erschrecken über so viel Echtheit, wir, an Karls breitem Holzfällerbrustkorb, während er, der kleine Saul, aus funkelnden Augen zuschaut, der kleine Wurm, der sich einen Weg durch unser aller Körper und Herzen zu fressen weiß. Bis ein Sicherheitsbeamter unseren emporsteigenden Traumballon mit der freundlichen Bitte durchsticht, doch Platz für das Golfwägelchen mit Senioren zu machen.

IM BETT IN EINEM SO KLEINEN ZIMMER, DASS ES UM DAS BETT HERUMGEBAUT SCHEINT

Juli: Was zum Geier meint er mit *Deiche*?

Saskia: Er meinte *Dykes*, Lesben, Mannweiber, Lezzys.

Juli: Lesben beleidigen dürfen nur wir.

Saskia: Wir, die wandelnden Lesbenklischees: die Schriftstellerin und die Kommunikationschefin bei den Grünen.

Juli: Schon komisch, dass er Saul nicht wenigstens kurz in den Arm nehmen wollte.

Saskia: Ich traue mich noch nicht mal, die Babys von unseren Freunden zu halten.

Juli: Aber sein eigenes Kind …

Saskia: Noch schlimmer. Aber er hatte an einen Autositz für ihn gedacht.

Juli: Wie kommen wir von der Insel nach Alaska?

Saskia: Erst geht's zu den Olsens, dann sehen wir weiter.

Juli: Wenn Saul später Schwierigkeiten macht, schicken wir ihn einfach auf die Insel.

Saskia: Ja, dann kann er da fröhlich mit Makramee und Fingerfarbe vor sich hin pubertieren, während wir uns auf Malle Schnitzel mit Pommes reinziehen und schwabbelig werden.

Juli: Und uns keine neuen Gesprächsthemen mehr einfallen.

Saskia: Aber Saul wird anrufen und sagen, dass er dich vermisst.

Juli: Und dass er Geld braucht.
Saskia: Dann sage ich: Geh damit zu deiner richtigen Mama.
(Sie lachen.)

NOTIZBUCH

»Warum in die Ferne schweifen, wenn das Gute liegt so nah«, schärfte Saskias Mutter ihr immer wieder ein, ob es dabei um die eigenartige Kunst ging, die sie machte (»Speziell. Was soll das darstellen?«), oder um Urlaubsreiseziele und dass die Leute nicht mal ihre eigenen Hinterhöfe richtig kennen würden, aber unbedingt auf irgendeinem Fluss in Thailand segeln wollten. Die Ferne fand keinerlei Gnade in ihren Augen. Sie hielt den Blick lieber auf die Kirche gerichtet, und die stand im Dorf, und da stand sie gut.

Mit Saul waren sie in weite Ferne geschweift.

•••

Karl kam zweimal im Jahr zu Besuch, es gab immer eine Biennale oder Ausstellungseröffnung, die ihn nach Europa lockte und in ihrem Haus landen ließ. Bei seinem dritten Besuch stellten sie ihm die Frage. Sie seien auf der Suche nach einem Samenspender und wünschten sich sehr, nein, sie hofften inständig, dass Karl dieser Jemand sein wolle. Mit etwas Glück würde er nur ein einziges Mal spenden brauchen, wovon sie dann viele Proben nutzen könnten. Aber egal, wolle er das denn überhaupt, könne er sich das vorstellen, man könne über alles reden, aber jetzt solle er erst einmal sagen, was er davon halte, was er denke.

Karl sagte nichts. Keine stolzgeschwellte Brust. Keine Wagenladung an Fragen oder kritischen Einwänden, weder damals noch hinterher. Er beugte sich über die Lasagne, die er konzentriert zubereitete, um ihre Kühltruhe mit nahrhafter Kost zu füllen, und bekam glasige Augen. Die Burrata in seiner Hand zitterte. Er war gerührt und erschüttert, fühlte sich geehrt und freute sich.

Vor einer gefühlten Ewigkeit habe er selbst Kinder haben wollen, gestand er, aber weil die Zeit so schnell vergehe, wegen seiner Zweifel und den unwilligen Boyfriends wisse er, dass er voraussichtlich kein Kind haben würde. Er sei gut im Umgang mit Kindern, könne ihnen ihre Bedürfnisse an dem noch unscharfen Blick ablesen. Sein ältester Neffe Ira sei schon als Baby hin und weg von ihm gewesen. Ja, er möge Kinder sehr, aber dafür sei es zu spät. Er versuche, seine Freiheit zu genießen. Inzwischen müsse er manchmal an sich selbst feststellen, dass er Kindern sogar aus dem Weg gehe, wenn die zu viel quengelten. Es war, mit anderen Worten, ein ohrenbetäubendes »Ja, ich will«. Er hatte keine einzige Bedingung. Saskia und Juli würden fantastische Eltern sein. Und wenn es im Leben des Kindes irgendeinen kleinen Part für ihn gäbe, wäre das wunderbar. Wenn nicht, auch gut.

»Gut«, sagten sie, »gut. Wir erwarten nichts von dir. Wir lassen alles auf uns zukommen und werden mit der Zeit schon sehen. Fühl dich bitte zu nichts verpflichtet, ehrlich.«

»Lasst uns erst mal abwarten, ob es auch funktioniert«, meinte Saskia.

Keine Erwartungen, keinen Druck, genau das wollte er.

Halt, sie erwarteten schon, dass sie sich wenigstens einmal im Jahr sehen würden.

Das fand Karl prima.

Jetzt war es an ihnen. Das internationale Recht schützte sie, aber er würde natürlich gern notariell beglaubigen, dass er keine Ansprüche geltend mache. Er war bereit, mit allem einverstanden, unter einer Bedingung: Er wolle kein Papa sein. »Nennt mich nie Papa«, warnte er, »das ist wichtig. Ich weiß, was ein einziges Wort alles anrichten kann.«

Er wolle keine Bezeichnung, keine Rolle als Stammgast an Weihnachten oder zu Geburtstagen. Er bitte um Vertrauen, betonte er, gegenseitiges Vertrauen. Schließlich würden sie von nun an eine Familie werden. Dabei machte er ein ernstes Gesicht, in dem kein Fünkchen Spott zu erkennen war. Familie. Das hatte noch keiner gesagt.

»Familie«, wiederholte er. Familien beschwören so leicht das große Wort von der Heiligkeit und Kraft ihrer Blutsbande, nur leider habe er ganz andere Erfahrungen gemacht. »Ihr werdet eure eigene kleine Familie gründen, *sisters.*« Mit seinem Genmaterial. Er finde es unfair, dass die stärksten Geschöpfe auf Erden – Frauen – nicht einmal ein Kind miteinander würden zeugen können. Das fehlende Stück, das Y-Chromosom, um das Männer so viel Aufhebens machen, sie dürften es gern von ihm haben.

Er war vom Stamme der Olsens: hatte nicht das kleinste Loch in seinem Gebiss, scharfe Augen, nie einen Knochen gebrochen. Aber er war eben auch eine schwule Tratschtante, die zu allem und jedem ihren Senf dazugeben musste. Eine sarkastische Dramaqueen, ein Charmeur, bei dessen Anblick jede Frau in Ohnmacht fiel.

Er frotzelte, Juli und Saskia könnten ja auch gleichzeitig schwanger werden – zwei Fliegen mit einer Klappe. Manche Frauenpaare würden das so regeln. Saskia hatte nicht das geringste Bedürfnis nach einem Spiegel, nach der Komplexität einer Mutter-Kind-Beziehung. Für sie sei es geradezu von Vorteil, dass sie sich nicht in ihrer beider Kind wiedererkennen würde, verkündete sie im Brustton der Überzeugung.

Ach, lieber Saul, mir fehlte dafür der Mut. Ich sah das innige Band zwischen Müttern und ihren Kindern und schreckte davor zurück, zog die Finger weg wie von einer heißen Herdplatte. Nichts für mich.

Das Ganze könne auch auf natürlichem Wege stattfinden, meinte Karl, allerdings ohne den schmierigen Beigeschmack der anderen, die einzig und allein auf ihren Spaß aus waren. Er war natürlich durch und durch ein Hippie. Ein großer, erwachsener, schwuler Hippie. Sie wollten es mithilfe eines Labors versuchen? Auch gut. Er würde herfliegen, so oft sie wollten. Jetzt seien sie am Zug.

Sie buchten die Flüge.

•••

Karl schickt Saskia in regelmäßigen Abständen die wunderschönsten handgeschriebenen Briefe. Seine Briefe sind derart durchdacht und literarisch ausgefeilt und zudem mit kleinen, äußerst detaillierten Zeichnungen am Rand versehen, dass Saskia sie lieber nicht bekommen würde, weil ihr das Stress verursacht. Weil sie ohnehin den ganzen Tag schreibt und sich Geschichten aus den Fingern saugt, hat sie Grund genug, »Brief an Karl« beschämend lange auf ihrer To-do-Liste stehen zu lassen. Sie hat natürlich auch Angst, schließlich ist sie Schriftstellerin, sie schreibt nicht einfach so über ihr eigenes Leben, das ist was für Amateure oder Blödmänner, die sich auch das Genre der kontemplativ-geistreichen Geburtstagsglückwünsche zu eigen gemacht haben.

Dadurch entstehen Lücken in ihrer beider Leben. Saskia schafft es oft nicht. Sie veröffentlicht ihr nächstes Buch, Juli arbeitet an einer Wahlkampagne, ohne dass Karl etwas davon weiß. Sie jedoch bekommen mit, wie Karl sich Hals über Kopf verliebt, die Galerie wechselt, sie hören sein Gemecker über dumme Politiker und zu kluge, zu machtlose Bürger.

Karl fliegt ein halbes Jahr nachdem sie ihn gefragt hatten nach Belgien, um eine Samenspende abzugeben. Von der ersten Sekunde an ist da wieder diese Verbundenheit. Sie fahren zur Brüsseler Kinderwunschklinik, deren Warteliste zwar immer länger wird, doch beim Antwerpener Krankenhaus war eine nicht-anonyme Samenspende ausgeschlossen. Karl fliegt ein weiteres Mal zu ihnen, ihre Liebe blüht erneut auf, er gibt seine Probe ab, fliegt zurück, kommt noch einmal, spendet wieder, reist ein wenig erschöpft zurück, vernimmt, dass von einer Schwangerschaft die Rede sei. Ab da schickt Juli ihm Fotos und Briefe, die beiden führen lange Skype-Gespräche. Karl macht ganz diskret mit. Sie staunen darüber, dass er sich mit der Entwicklung eines Fötus auskennt, Details zum Thema Fruchtwasser oder Kolostrum weiß. Was ist Kolostrum?

Drei Jahre, drei Samenspendenaktionen, zwei Fehlgeburten und eine Geburt später: Julis Eltern haben Karl ins Herz geschlossen, während Saskias Eltern nur vage etwas von einem kanadischen Samenspender wissen, aber vermutlich davon ausgehen, dass es sich bei ihm um Saskias kanadischen Ex-Freund handelt.

Vor Sauls Geburt eröffnen Saskia und Juli ein Bankkonto für ihn. Auf die Karte für die Geburtsanzeige schreiben sie, dass sie für eine Reise nach Kanada sparen.

Karl ist im siebten Himmel, freut sich über die Geburt, die Karte und ihren Plan. Er erklärt, sie bräuchten sich keine Sorgen zu machen, dass er plötzlich seinen Platz einfordern wolle, weil er den Kleinen jetzt auf einem Foto sieht, er halte es für wichtig, dass sie beide jetzt in aller Ruhe in die Elternrollen hineinwüchsen. Er werde im ersten Jahr nicht vorbeikommen. Saskia reagiert belustigt auf seine Sturheit, aber Karl ist nicht davon abzubringen. Das erschreckt sie schon ein wenig, wenn sie ehrlich ist. Es sei ja lieb, dass er sich so zurücknehme, aber wenn er Saul erst einmal gesehen habe, werde er es sich schon anders überlegen.

Karl bleibt dabei. Er erwartet nichts von ihnen, und umgekehrt dürfen sie auch nichts von ihm erwarten. Er hat einen minimalen Beitrag geleistet, das ist alles. Saskia und Juli haben die Ehre, ihren Sohn ins Leben zu tragen und zu beobachten, wie viel Milch in ihn hineingeht. Aber eine Bitte habe er vielleicht doch. Seine Mutter möchte Saul gerne einmal sehen. Irgendwann. Wann immer sie wollten. Auf der Insel Portes. Und übrigens, Kolostrum nenne man die Muttermilch der ersten Tage.

Kurz vor ihrer Abreise nach Alaska erhalten sie wieder einen seiner altmodischen Briefe. Er freue sich, sie zu sehen, schreibt er in seiner zierlichen Schrift. Seine Mama werde Saul mit offenen Armen empfangen, wenn sie den kleinen Umweg über die Insel machen. Es sei vielleicht gut zu wissen, dass seine Mutter schwierige Jahre hinter sich habe. Sie habe den Tod ihres Mannes Thor noch nicht verwunden. Er sei ein schweigsamer Mann und ein ziemlich abwesender Vater gewesen, doch die ganze Community habe ihn auf Händen getragen. Auch die wilden Sechzigerjahre habe sie irgendwie verpasst, und inzwischen hätten ihre Kinder längst das Nest verlassen. Ihre Enkel bedeuteten ihr nun alles. Er selbst habe eigentlich nichts mehr auf der Insel zu suchen, behauptet er, er sei kein Kind mehr und dort gehe es doch in erster Linie darum, das innere Kind zu umarmen. Er, der mittlere von drei Söhnen, sei schon vier Jahre nicht mehr auf Portes gewesen. Er habe seine Gründe. Böse Zungen gebe es überall. Auch bei den Hippies verdürben ein paar kranke Hirne die Stimmung. Aber er werde sie natürlich begleiten, für die paar Tage. Zurück in seine Hippieheimat.

AUF ZUR INSEL

»Mama!« Karls Gesicht erhellt sich. Ein Wortschwall auf der anderen Seite der Telefonverbindung. »Sie sind gut angekommen … Sie können es nicht erwarten … Ich werd's ausrichten …« Karl zwinkert uns zu. In der Zwischenzeit versucht Saul, die Steckdosen aus Bakelit an seinen Fingern anzuschließen, stützt sich auf den Fußleisten ab und wird nicht eher Ruhe geben, bis er die letzten Fotorahmen von den Wänden geholt hat. Abwechselnd folgen Juli und ich seiner Spur. Wir ziehen den Teppich wieder gerade, entwirren Schnürsenkel, nehmen ihm ein Foto ab, das er zwischen zwei Buchrücken hervorgezogen hat, ein braungebrannter Jüngling, der ziemlich große Ähnlichkeit mit Karl hat. »Aber Mama, du weißt, was wir abgemacht haben«, höre ich Karl ins Telefon sprechen. »Darüber reden wir nicht. Ein paar Tage, das sagte ich doch …«

Auf dem Esstisch hat Karl Bio-Marmelade bereitgestellt, selbstgebackenes Sauerteigbrot, Kaffee aus Bohnen, die selbst geröstet, selbst gemischt und selbst gemahlen wurden. »Wir wollten gerade frühstücken, Mama! … Ich dich auch.«

Karl überreicht Saul ein Geschenk, das in durchsichtige Folie gehüllt ist. Wir packen das kleine Holzbeil aus. Quer über der Maserung ist der Name SAUL eingekerbt.

»Willkommen bei den Holzfällern der Westküste, Saul«, sagt Karl, der das Mini-Beil selbst angefertigt hat. »Damit kannst du dich gegen die Bäume von Portes wehren. Und mithelfen.«

Portes, dieser paradiesische Landstrich, dreizehn Kilometer breit und fünfundzwanzig Kilometer lang, ist von Wäldern überwuchert. Die kleine, unscheinbare Insel liegt zwischen den größeren Inseln, wo die Südwinde ihre letzte Wärme ausblasen und so die eiskalten Nächte Alaskas fernhalten. Zweihundert Hippies in selbstgebauten Bauernhöfen im Süden, einige Klahoose im Norden und an der Westküste vereinzelt gigantische Häuser verschiedener Millionäre – damit ist Portes beschrieben. Die Einwohner dulden keine Menschen von außerhalb. Die kanadische Regierung macht sich nicht die Mühe, die kleine Insel – eine von Zehntausenden – zu kontrollieren.

Karl erzählt uns von Janos, dem Riesen, von dem Einsiedler, von der sexy Surferin Tammy. Alles Leute, die ihr Leben auf der Insel verbracht haben, eng mit dem des kleinen Karl verwoben, dem Jungen mit den Hasenzähnen. Er hatte ihre Namen bisher noch nie erwähnt. Unsere ganzen intimen Gespräche in Winnipeg oder in Antwerpen haben wir mit dem Rücken zur Vergangenheit geführt. Lieber nehmen wir die Affären von irgendwelchen Stars oder Sternchen auseinander, reden über *The Handmaid's Tale* oder lästern über das Gurkenwasser in einem Hipster-Café, aber jetzt ist Karl in Fahrt.

Er kramt Heldengeschichten aus seiner Kindheit hervor, zum Beispiel wie er und sein Bruder Thor Autowracks in den Ozean fuhren und sich dann aus dem sinkenden Fahrzeug befreiten. Bis ihr Bruder Trygve eines Tages ihrer Mutter davon erzählte. Wie sie als Acht- beziehungsweise Zehnjährige für ein Taschengeld reife Hanfknospen von den Sträuchern pflückten, ohne Handschuhe, und ihr Grinsen immer breiter wurde, bis es in unbändige Lachkrämpfe überging. Bis ihr älterer Bruder, das Muttersöhnchen Trygve, es spitzbekam und sie wieder bei Mama verpetzte. Der Verräter.

Als ob sie ihren Namen gehört hat, ist Karls Mutter bereits wieder in der Leitung. Karl versichert ihr noch einmal, dass wir keine Allergien hätten und dass es nicht mehr lange dauern werde. Diese Frau hat uns mit der Schneckenpost schon herzerwärmende Briefe geschickt, in den Umschlägen liebevolle Ergüsse und unscharfe, schlecht gedruckte Amateurfotos. Jedes ihrer Schriftstücke rührte mich; die unbekannte Frau verstand es mühelos, acht Seiten mit banaler, aber fesselnder Prosa zu füllen – eine Kunst für sich. Sie schrieb, wie ihr Garten gedeihe, was für seltsame Kapriolen das Klima auf der Insel schlage, sie schrieb, wie sie die Postkarte im einzigen Geschäft auf der Insel gegen einen Kürbismuffin eingetauscht habe. Ihre Nachbarin habe die Karte selbst gemacht. Und wie sehr sie und die Zwillinge sich darüber freuten, den *little fella* kennenzulernen. Und dass sie sicher sei, dass die Freundinnen ihres lieben Karls wunderbare, besondere Menschen seien. Und dass sie sicher sei, dass sie die denkbar besten Eltern für diesen hübschen Knaben seien. Und dass sie sich noch sicherer sei, dass sie jetzt, nach acht Seiten, längst eingeschlafen seien. Und sie hörte nicht auf. Sie legte ausgedruckte Fotos der überwältigenden Natur bei, Bilder ihres üppigen, vor Gemüse geradezu überquellenden Küchengartens, eines Sessels, dessen geblümter Stoff so überdreht war, dass einem vom bloßen Hinsehen fast schwindelig wurde, ein Foto eines rüstigen alten Mannes in einem urwüchsigen Wald mit einem Beil in der Hand. Auf der Rückseite stand: »Unser geliebter Opa Thor«. Dazu noch ein Foto ihrer drei Enkelkinder Ira, Thor Thor und Noah, drei Jungs an der Schwelle zum Erwachsensein, kleine blonde Olsengötter. Kein Foto von ihr selbst. So etwas tun Mütter nicht.

Karl meint, man könne erkennen, dass Saul ein schlaues Kerlchen sei, das alles in sich aufnehme. Als könne er unsere Gedanken hören, blinzelt der Kleine charmant mit seinen Klimperwimpern. Karls Neffe Ira, der Sohn seines ältesten Bruders Trygve, war damals genau in dem Alter, in dem Saul gerade ist, auch ein kleiner Philosoph. Karl habe auf der Insel oft mit dem kleinen Jungen gespielt, der inzwischen elf und für ihn ein Unbekannter geworden sei. Er werde nach viel zu strengen Hippieprinzipien erzogen, aber eines Tages werde er selbst alles hinterfragen.

Drei Augenpaare sind auf Saul gerichtet. Wie er da in seinem Körper aus Lehm sitzt, ungreifbar, unerreichbar, und das stumpfe Beil unter zusammengekniffenen Augenbrauen mäßig interessiert betrachtet, jetzt mit uns allen in Stille verbunden. In seiner Welt existiert gerade einzig und allein die glänzende Silberfolie, in der das Beil eingepackt war. Das Geschenk als Entschuldigung für die Verpackung. Sein Kindergehirn arbeitet, auch wenn wir keine Ahnung von den Bedürfnissen haben, die seine Synapsen gerade haben, den Sehnsüchten, die wir noch immer mit dem kleinen Kind in uns teilen. Ein merkwürdiger Austausch: Als hätte diese kleine Larve einst alles bereits gekonnt, reden und gehen zum Beispiel, aber jetzt ist sie in diesem unbeholfenen Körper gefangen und will aus ihm entkommen, während wir uns manchmal nach dieser mikroskopisch genauen Aufmerksamkeit zurücksehnen.

Und dann sagt Karl, endlich, zaghaft, vielleicht verblüfft, dass sein eigener Körper eindeutig diesen Jungen mitgestaltet hat: »In echt ist er noch hübscher als auf dem Foto.«

»Halt!« Juli ist blitzschnell aufgesprungen, schneller als ihr Schatten. Saul, der gerade versucht, seine Fingerchen in den Nussknacker zu stecken, wird schon an Karls Arm, der als festes Seil dient, in die Luft geschleudert. Die allzeit bereiten leiblichen Eltern … Während meine Kaffeetasse noch auf dem Weg zum Mund ist.

Die Berührung eines muskulösen Männerkörpers beruhigt Saul sofort, aber Karl erstarrt, federt plötzlich zurück. Er dauert nur den Bruchteil einer Sekunde, dieser unangenehme Moment, aber ich habe ihn mitbekommen. Dann strampelt Saul sich los, lässt sich heruntergleiten und macht einfach weiter, seine molligen Kinderhände auf der Suche nach Nussknackern, Steckdosen, Rasierklingen.

NOTIZBUCH

Die kinderlose Juli war eine verwegene Frau, lieber Saul. Eine, die zum Spaß Bungeejumping machte, und zwar an einem improvisierten Seil aus aneinandergeknoteten Handtüchern über einem reißenden Fluss in Simbabwe. Hatte sie Angst, dann fand sie es vor allem witzig, ihre Grenzen auszutesten. Wenn es um Saul geht, muss nur ein Fädchen locker sein, und die frühere Juli löst sich in ihre Bestandteile auf. Sie war außer sich vor Panik, als er sich übergab, die Tränen flossen in Strömen und hörten gar nicht mehr auf, als es mit dem Stillen nicht gleich klappte. Sie leidet schon Phantomschmerzen, wenn er seine Finger nicht in den Nussknacker steckt. Sind das die Hormone, die aus ihr sprechen?

Juli fragt sich beim Frühstück, schaudernd und voller Selbstvorwürfe, wie es sein könne, dass sie die Gefahr nicht erkannt hat.

Als fahre der Schmerz, dem Saul entkommen ist, jetzt durch ihren eigenen Körper.

Als hätte er eine Hand verlieren können.

Als hätte Saskia es nicht auch sehen müssen.

Saskias Mutter hatte ihren beiden Töchtern immer wieder eingebläut, man dürfe ein Kleinkind keine Sekunde aus den Augen verlieren. Dass bei hörbarer Stille Gefahr im Verzug sei. Dass man Augen am Hinterkopf brauche. Saskias Mutter sagte auch, dass man mit Kindern eine Karriere als Dienstmädchen beginne, man alles mitkriegen müsse, aber keine festen Arbeitszeiten, geschweige denn einen fairen Lohn oder einen Augenblick Ruhe habe. Als Mädchen fand Saskia das echt witzig, besonders das mit den Augen am Hinterkopf.

•••

Saskia ging mit dem eisernen Vorsatz durchs Leben, sich in keine Schublade stecken zu lassen. Bis sie vor acht Jahren eine besondere Kategorie entdeckte, eine Kategorie jenseits aller Schubladen, eine Kategorie, die sich selbst aufhob: die Kategorie »nicht-kategorisierbar«, deren einziges anderes Mitglied Juli war. Sie lernten sich auf einer Party bei gemeinsamen Freunden in einer rappelvollen Küche kennen. Eine ganze Nacht lang blieben sie in dieser Küche und quatschten, während die Gäste ein und aus gingen und ihre jeweiligen Partnerinnen schließlich in dem verzweifelten Versuch, ihre Aufmerksamkeit auf sich zu ziehen, engumschlungen miteinander tanzten, worüber Saskia und Juli sich einfach nur amüsierten. Sie befanden sich längst auf ihrem eigenen Planeten, und eine Flasche Wodka war mit von der Partie.

Nach einer turbulenten Anfangsphase, in der es sowieso schon genügend Schutt wegzuräumen und Hindernisse – die dem Ende geweihten Liebesversuche auf beiden Seiten – zu überwinden galt, um irgendwann einmal zusammen einschlafen zu können, nach einem Anfang voller Leidenschaft und Irrsinn also entdeckten sie, dass sie sich nach achtundachtzigtausend Mails, Kurznachrichten und noch mehr ausgedachten Geschichten und Fantasien, nach Abenden und Nächten ohne Schlaf und ohne Essen, aber mit reichlich Alkohol, noch unendlich viel zu erzählen hatten. Saskia war sich fast sicher, dass Juli ein Alkoholproblem hatte. Zum Glück, dachte sie, es minderte ein klein wenig ihre irrsinnige Verliebtheit, denn Alkoholabhängigkeit war eine ziemlich abstoßende Sache, doch dass Juli weder schlief noch aß, übersah sie. Als sie endlich ein echtes Paar zu werden schienen, blickte Juli sie ernst aus ihren blauen Augen an, aber Saskia lachte, sie musste immer lachen, wenn Juli sprach, erst recht, wenn sie in ihre blauen Augen sah. Juli sagte, Saskia solle nicht lachen und sie müsse ihr, bevor sie beide ein Paar würden, etwas mitteilen. Es gebe da etwas, das Saskia wissen müsse. Jetzt kommt's, dachte Saskia, gleich rückt sie damit heraus, dass sie Alkoholikerin ist. Aber was dann kam, war weitaus schlimmer. Todernst eröffnete ihr Juli, dass sie irgendwann einmal ein Kind wolle. Saskia solle das wissen, sagte sie in aller Ehrlichkeit, Saskia müsse sich das klarmachen und darüber nachdenken. Bloß keine Panik, dachte Saskia, während sie selbst ganz und gar in Panik geriet, gerade selbst erst den Kinderschuhen entwachsen, um sie nie wieder anzuziehen, da zog sie ihren Trumpf aus dem Ärmel und warf ihn auf den Tisch. »Und ich«, verkündete sie voller Pathos, »ich werde immer schreiben wollen, das ist mein Leben: Alles und jeder muss sich dem fügen, ich werde keinen Zollbreit davon abweichen.« Das müsse Juli wissen.

»Perfekt«, sagte Juli strahlend, »kein Problem, dann haben wir einen Deal, ich glaube, wir sind uns einig und es kann losgehen.« Sie sprangen hinein.

Was für ein fulminanter Auftakt und eine noch bessere Fortsetzung. Sie flatterten durchs Leben, alles an ihrem *joint venture* war so einfach, eine offene Handelsgesellschaft, sie machten sich gegenseitig steinreich. Juli, immer unter Spannung, immer auf Abwechslung aus mit ihrem Spieltrieb, sodass sie wie zwei kleine Kinder in allem zuerst das Lustige sahen und so das bürgerliche Leben weglachen und doch teilen konnten. Juli nahm sie leichthändig, aber bestimmt mit, Julis Ungeduld setzte alles so schnell um, dass Saskia manchmal Bauchweh bekam, Stress hatte, weil sie nicht folgen konnte, weniger geistreich, sozial oder energisch war. Saskias herrlich optimistisches Ich verkündete allmorgendlich ihren Wahlspruch, dass es jeden Tag besser werde. Und abends im Bett setzten sie ihr Gespräch einfach fort, dann auch ohne Worte. Pausen gab es nur, wenn die Müdigkeit sie dazu zwang.

Saskia klopfte sich ab und zu selbst auf die Schulter, wie geschickt sie das wieder eingefädelt hatte. Julis Kinderwunsch kam jahrelang nicht mehr zur Sprache. Zum Glück waren sie keine Heteros, es gab kein Risiko, dass es einfach passieren konnte. Probleme lösen, wenn sie auftreten, dachte sie, als Juli immer öfter von den neugeborenen Babys im Freundeskreis erzählte. Bis die Stunde der Wahrheit kam.

Juli wollte ein Kind. Das hatte sie doch gesagt.

Es ging Saskia nicht nur darum, ein Versprechen zu halten; ihr eigenes Schriftstellerdasein war der beste Beweis dafür, wie stark ein innerer Drang sein konnte. Niemand hatte das Recht, sich zwischen einen Menschen und dessen Schöpfertrieb zu stellen. Einen Kinderwunsch habe man zu respektieren, erklärte ihr eines Ich dem anderen. Man müsse die Angelegenheit auf sich zukommen lassen.

Das war ein ziemliches Wagnis, nichts tun, nicht eingreifen, nicht dagegenhalten. Sie setzte damit zwar vielleicht ihre Zukunft mit der Frau ihres Lebens aufs Spiel, aber *no risk, no fun*. Sie würden den Weg gemeinsam planen. Saskia konnte weglaufen, aber Juli würde sie – schnell wie sie war – jederzeit einholen. Außerdem hatte Juli sich etwas in den Kopf gesetzt und würde Saskia bei der Stange halten, weil es jetzt an ihr war, das Spiel mitzuspielen.

Leute, die »Ich will, was du willst, ich nehme das, was du nimmst« sagen, machen Saskia nervös. Dabei geht es meistens um die Wahl eines Getränkes oder um ein Mittagessen unter Frauen, die auf ihre Figur achten. Wählen bedeutet, sich zu äußern und für etwas zu entscheiden, wählen heißt, einen anderen Weg einzuschlagen oder eben keinen Salat zu bestellen, also muss jemand anderes die Drecksarbeit für dich machen. Jedes Mal, wenn Saskias Mutter der Putzfrau ein Plätzchen zum Kaffee anbot, lehnte diese dankend ab: »Nein, danke. Ich stelle mir einfach vor, dass ich es esse, das reicht mir.« Das Angebot wurde zwar wertgeschätzt, aber sie wollte keinen Keks, die gute Frau, die tagsüber immer auf Diät war, denn abends vorm Fernseher schliefen diese nervigen Biester, Kalorien genannt, dann konnte sie nach Herzenslust essen.

Saskia konnte nicht sagen: »Ich danke dir für das Angebot, ein Kind zu bekommen, aber ich stelle mir einfach vor, ich hätte eins. Behalte du es lieber.«

Springen, belog sie sich selbst, bedeutete nicht automatisch, dass man nass werden würde. Sie hatte zwar durchaus gesagt, sie würde Julis Wunsch unterstützen, aber sie konnten sich ja nicht sicher sein, dass dieses ganze Schwangerschaftsprojekt auch gelingen würde. Springen hieß überhaupt nicht, dass Saskia auch tatsächlich im Wasser landen würde. Denn lagen zwischen dem Augenblick des Sprunges und dem Moment der Landung im aufspritzenden Wasser nicht Tausende Frames, und dauerte es nicht ewig, von einem Bildchen zum anderen weiterzugehen, sodass man nie im Wasser landete, weil der Abstand zwischen ihr und dem Wasser immer ein unendlicher bleiben würde, und ein Schritt näher an unendlich bleibt nun mal unendlich weit weg?

Eine andere Möglichkeit war, dass gar kein Wasser im Schwimmbecken war und sie in den sicheren Tod sprang.

Je weiter sie sich übers Wasser beugen würde, umso scheußlicher die Konturen eines Babys, das dort zur Welt kommen und an die Oberfläche schwimmen würde, in ihre Arme.

•••

Juli und Saskia sind zusammen hineingesprungen.

Halt den Sprung kurz an, spul zurück.

Schau genau hin.

Ein Gespenst ist am Rand stehen geblieben.

Kurz reinzoomen, näher ran.

O Gott, das darf nicht wahr sein!

Es ist das Ego, das große aufgeblasene Schriftstellerego, das da am Rand stehen geblieben ist.

Dieses höchst autonome Teilchen mit der Denkerfalte der Bedeutsamkeit.

Die liebe Schriftstellerin, die immer nur schreiben, aber nie ein Kind wollte.

Die liebe Schriftstellerin, die einer anderen, jüngeren, talentierten Frau nachsieht und mit ihr aufs Zimmer geht.

Die liebe Schriftstellerin, die triumphiert: Ich tue das jetzt, ich kann das, ich kann dem Schlamassel, den man Die Wirklichkeit nennt, eine lange Nase zeigen und damit durchkommen.

Haha. Ist das nicht herrlich?

Diese Saskia-Version, die Schriftsteller-Bademeisterin, die nicht nass werden wollte, ist am Rand stehen geblieben. Bademeisterin Saskia will die beiden, Juli und halbe Saskia, aus dem Wasser rufen, sie verspricht ein kuschelig-warmes Handtuch sowie lebenslang tägliche Massagen und alles, was sie wollen, wenn sie dafür diese Geschichte mit dem Kind lassen. Hauptsache, das echte Saskia-Juli-Team ist wieder zusammen, das perfekte Tandem, das sich am Steuer abwechselt, sich ohne Worte versteht.

Die Geschichte mit dem Kind geht weiter. Halbe Saskia und Juli gehen weiter. Halbe Saskia und Juli gehen zu weit. Experimente, Fehlgeburten. Halbe Saskia hat manchmal das Gefühl, als sei die bessere Version ihrer selbst am Rand stehen geblieben. Halbe Saskia fürchtet manchmal durchzudrehen. Auf keinen Fall mit jemandem reden, hoffen, dass es vorübergeht. Zusammen im Wasser. Sie können sich gegenseitig untertauchen. Sie müssen einander vertrauen. Saskia und Juli sind voneinander abhängig, von Saul. Alles schön und gut. Aber wer steht da grinsend am Rand im Gebüsch und schaut zu?

•••

Man frage ein Paar mit Kindern, wen sie mehr lieben, den Partner oder die Kinder. Die Mutter wird ohne zu zögern antworten: »Meine Kinder.«

Der Vater überlegt und sagt: »Meine Frau. Denn ohne sie gäbe es meine Kinder nicht.«

•••

Saskia liebt Juli mehr.

Saskia ist abhängig von Juli.

Juli ist abhängig von Saul.

Saul ist abhängig von Juli.

Saskia hat eine Geliebte.
Saskia hat ein Recht auf eine Geliebte.
Die Geliebte hat nichts mit Juli zu tun.
Saskia gehört zu Juli.
Juli hat Schwangerschaftshormone.
Saskia hat eine Geliebte.
Ob sie dieses Notizbuch Saul später tatsächlich geben soll?
Lösung suchen.

AUF DEM WEG ZUR INSEL

Nach einer Tagesfahrt erreichen wir in der Dämmerung die kleine Hafenstadt, wo unsere Fähre ablegen wird. Juli geht vorneweg, Saul hängt im Tragetuch vor ihrem Bauch. Sie kauft fünf Sets Kühlschrankmagneten mit der kanadischen Flagge, aus Jux und für Saul, für später, falls es dann überhaupt noch Kühlschränke gibt. Sie weist einem Bettler den Weg zur öffentlichen Bücherei, wo es offenbar gratis Kaffee und Donuts gibt, und hilft einer hinkenden Krähe über die Straße. Die Stadt gehört ihr bereits, als wir zum Wagen im Hafen spazieren. Ich haste hinter ihr her, verschicke noch rasch eine Nachricht.

»Hör auf damit.«

Ich schrecke ertappt zusammen.

Karl sagt scharf: »Ich weiß, was du treibst. *It's wrong.*«

Saul wendet grimmig das Gesicht zur Seite, als Juli ihn an mich weiterreicht. Sieht so aus, als würde er jeden Moment einnicken. Aber er kämpft dagegen an. Mit seinen Fäustchen reibt er sich die Augen, reißt sie auf, will nicht Richtung Schlaf rutschen. Ich erzähle Saul von den Bäumen auf Portes, wie sie ihre Wipfel in den Himmel recken, weil sie sehen wollen, wer da sechzig Kilometer entfernt von der anderen Seite des Wassers herüberkomme. Sie erwarten uns, ganz besonders warten sie auf diesen lieben Jungen.

Wir werden mit einem großen Kanu fahren, erzähle ich, während ich ihn streichle.

»Heb dir die Klischees lieber auf, falls du später Kindergeschichten für Saul schreibst«, spottet Karl. Auf der Insel hat niemand ein Kanu. Die Klahoose fahren mit subventionierten Luxusschiffen. Ein armseliger Wiedergutmachungsversuch der Regierung für das, was die Siedler angerichtet haben. Im offiziellen Jargon wird damit ihr Zugangsrecht gewahrt. Die gesamte Schifffahrt liegt deshalb in den Händen der Klahoose, sie entscheiden, wer übersetzt und wer nicht. Inzwischen bestehen die Klahoose nur noch aus dreißig Personen.

Die tiefstehende Sonne wird an einer Stelle durch die Bäume der Insel zurückgeworfen. Dieser gläserne Brennpunkt – Karl zeigt in die Richtung – sei das Fitnessstudio der Klahoose.

Jahrhundertelang war Portes eine wüste, verlassene Insel, auf der die Klahoose, ein Stamm von Seefahrern, jedes Jahr anlegten. Als Teil eines Initiationsritus ließen sie die jungen Männer dort zurück. Für die Dauer von vierzig Monden mussten sie beweisen, dass sie alleine auf der berüchtigten Insel überleben konnten. Damals gab es dort nur dicht wuchernden Urwald, in dem wilde Tiere lebten, den Ozean mit stachligen Fischen und Einsamkeit. Mit einem rituellen Opfer, dem Geweih eines erlegten Hirsches, bewiesen die Jünglinge, dass sie jagen konnten und dass sie die kleinen Jungen, die sie gewesen waren, hinter sich gelassen hatten. Oft ging das Ganze auch schief. In Strandnähe zeugen vereinzelte Felsenmalereien davon, wie Kopffüßler Artgenossen begraben. Wir Stadtmädels hätten dort nie überlebt. Karl selbst auch nicht.

Für den Entdeckungsreisenden Cortés war Portes zu unbedeutend gewesen, weshalb er daran vorbeisegelte, ohne sich die Mühe zu machen, alle Buchstaben seines Namens zu hinterlassen. Hunderte von Jahren später entdeckten die Hippies auf der Suche nach Abgeschiedenheit diesen Ort, dank ihres Anführers Thor, Karls Vater. Sie waren eine richtige Chaostruppe. Aus allen Himmelsrichtungen kamen sie nach Portes, um hier ein neues Leben zu beginnen. Man ließ die Vergangenheit ruhen, gemeinsam blickte man nach vorne.

In den Siebzigern traten dann die Energiekonzerne mit Plänen zur Förderung fossiler Brennstoffe auf den Plan. Die Hippies wollten für die Klahoose Partei ergreifen. Einer der Ihren, ein Anthropologe, versuchte, mit den Ureinwohnern ins Gespräch zu kommen. Doch es stellte sich heraus, dass er die fast ausgestorbene Sprache der Klahoose nicht so gut beherrschte. Jedenfalls verärgerten seine Worte die Klahoose höllisch, woraufhin sie die Hippies aus ihrem Gebiet verjagten und den Energieunternehmen Tür und Tor öffneten, im Tausch für eine Menge Geld und Mitbestimmungsrechte bezüglich des Elektrizitätswerks. Noch heute entscheiden sie mit, ob und wann es auf der Insel Strom gibt. Die Hippies heizen weiterhin mit Holz, um den Launen der Klahoose nicht völlig ausgeliefert zu sein. Karl dürfe das zwar nicht sagen, aber die Hippies würden den so offensichtlichen Kapitalismus der Klahoose verurteilen, eigentlich lebten Hippies und Klahoose gewissermaßen auf Kriegsfuß. Wie dem auch sei, sie lassen einander in Ruhe. Jeder bleibt strikt auf seinem eigenen Gelände.

Karls Telefon klingelt. Wir stehen gerade auf buckligem Asphalt in einem traurigen kleinen Hafen, der einen Postkartenblick auf Portes freigibt. Für jedes Telefonat müssen Karls elfjährige Neffen Noah und Thor Thor ihre Oma mit dem Pick-up zum Hafen von Portes bringen, wo das einzige Telefon steht.

Fünfundsiebzigjährige Frauen, ob Hippie oder nicht, rufen ihre

Söhne an, damit die Zeit schneller vergeht. Unter fadenscheinigen Vorwänden meldet Karls Mutter sich diesmal, um zu fragen, was der Kleine nicht gerne isst, rät ihnen, Kamille gegen Seekrankheit zu nehmen, und will erfahren, ob es für die Mädchen in Ordnung sei, dass sie nur Gardinen habe und keine Rollläden. Der rote Faden in diesem ganzen Geplauder: Wo um alles in der Welt bleibt er denn, ihr kleiner Enkel, der Junge, der ein Teil ihres Sohnes ist und dem Unbekannte den Namen Saul gegeben haben? In Briefen hatte sie bereits geschrieben, wie besonders sie den Namen Saul finde, wie schön es sei, unsere Namen auf dem Wege der Sprache das tun zu lassen, was mit unseren Körpern leider nicht gehe, nämlich zu verschmelzen, das »Sa« von Saskia und das »ul« von Juli. Das war uns gar nicht aufgefallen. Die Spießigkeit unseres Unterbewusstseins lässt uns lachen. Sind wir in einem Namen also doch zusammengekommen und haben uns fortgepflanzt …

Auf den Ästen der Stromkabel sitzen ölschwarze Krähen mit aufgerissenen Schnäbeln und krakeelen herum. Sie waren eben noch durch Albträume geflattert und legen gerade eine Pause ein. Als die Angestellten des Diners die Mülltonnen vor die Tür stellen, erwachen sie. Giftig schlagen sie mit ihren Krallen, kämpfen um Brot und tunken ihre Köpfe in Ketchup. Plötzlich gestört, blitzen sie uns mit blutigen Schnäbeln an. Sie winden ihre schwarzen Leiber in die Kartons auf dem Abfall, sie bahnen sich fressend einen Weg, weg, sie sind verschwunden. »Auf, zum Wasser«, sagt Juli, während sie mit der Magnetflagge vor Sauls Augen herumwedelt. Er wundert sich wahrscheinlich, wie der Wind auf einem einzigen Metallbild wehen kann.

Karl ist müde und möchte lieber beim Wagen bleiben. Widerwillig lässt er sich breitschlagen, Saul kurz zu nehmen, während wir am Anlegesteg die Füße ins Wasser halten wollen. Nach zwei

Schritten dringt der Gestank von Fäkalien in unsere Nasen. Zwischen einem Kind und den eigenen Plänen stehen des Öfteren praktische Hindernisse. Seufzend lege ich Saul auf die Rückbank des Wagens. Wie eine hilflose Schildkröte liegt er auf dem Rücken und strampelt mit Armen und Beinen.

»Du darfst ihm schon auch die Windeln wechseln«, sage ich.

»Nein«, sagt Karl. »Ich will keinen Ärger.«

Genervt knie ich mich neben die Tasche, die am Autoreifen lehnt, und hole eine Baumwollwindel hervor. Gerade eben hatte Karl noch Julis Balanceakt mit dem dicken Baby bewundert, äußerte sich erstaunt über das ergonomische Tragetuch, jubelte über die fortschrittliche belgische Homo-Gesetzgebung und unseren Sinn fürs Abenteuer. In Bestform ist Karl ein Charmeur, er entdeckt in den Bastelarbeiten von Julis Mutter große Kunst und lobt sogar bei meinem zu Pampe verkochten Brokkoli eine besondere Geschmacksnote. Jetzt ist er ein schwitzender Otter, der sich nicht mal die Hände an seinem eigenen Kind schmutzig machen will, gönnt uns keinen Moment Ruhe. Welchen Ärger gibt es denn beim Windelwechseln? Gestank? Ein unangenehmes Gefühl? Stress?

Üben wir zu viel Druck auf Karl aus, geht ihm das alles zu schnell? Vielleicht will ich ihm ja Saul aufs Auge drücken, obwohl er sich noch nicht von dem Schock erholt hat, dass das Kind wirklich existiert und atmet und Bananenbrei mampft.

Ich beiße die Zähne zusammen und versuche, nicht durch die Nase zu atmen. Es stinkt nach faulem Obst gemischt mit Magensäure. Karl sieht mir auf die Finger, während ich Sauls Hintern abputze. Mir dreht sich der Magen um. Eine echte Mutter bekommt keinen Würgereiz, wenn sie ihr Kind saubermacht.

In der Zwischenzeit räumt Juli unsere Koffer, sämtliche Habseligkeiten und den Kinderwagen aus dem Auto. Dadurch kann

Saul im ganzen Wageninneren herumkriechen. Unachtsamerweise habe ich unsere Tasche mit allen Dokumenten, E-Readern, Geldbeuteln und meinem Laptop neben dem Auto stehen lassen. Hippies würden nicht stehlen, wiederholt Karl, und wenn ich die Tasche jetzt ins Auto legen würde, wirke das misstrauisch. Fast beleidigend.

Hand in Hand steigen Juli und ich endlich zu dem tiefer gelegenen kleinen Steinstrand herab. Einen Moment entkommen.

Saul und Karl sind zum ersten Mal allein. Saul, reglos, auf Gott weiß was konzentriert, und sein biologischer Vater, der Schöpfer des lebenden Kunstwerks *Kleiner Junge namens Saul*, in einem T-Shirt mit der Aufschrift *HAS THE ARTIST BEEN PAID?*. Das Jungenkunstwerk kann nicht weg. Karl wird schon gut darauf aufpassen. »Du musst immer ans Wasser gehen«, sagte mein Vater, selbst so schweigsam wie das Meer, immer, »denn das Wasser weiß alles. Die Erinnerung des Wassers ist so alt wie die Welt selbst.«

Erschöpft von den vielen anstrengenden Stunden setzen wir uns mit den Füßen ins Wasser und sehen zu der geheimnisvollen Insel hinüber, die sich vor uns im grauen Abendnebel erstreckt. Wir sind unbeweglich wie die Steine, die am Strand liegen und dort für immer bleiben können, ihre Hand auf meinem Oberschenkel, fast reglos, als habe sie es vergessen. Unsere Gedanken begegnen sich: Wir brauchen diesen Roadtrip, uns ist schwindelig vor Erschöpfung nach einem ganzen Jahr des Abrackerns.

Ich sehe einen fremden Körper, der angespült wird und meinen berührt. Als würden zwei Hälften miteinander verschmelzen, als bildeten die Schatten zweier Menschen einen gemeinsamen Fleck. Ich senke den Blick, lasse mich vom Kräuseln des Wassers hypnotisieren, von Wasser, das unsere Beine verbiegt, ich sehe Steine nach Luft schnappen und Fische sich auflösen, als ob sich die

Atome von ihrem Platz lösten. Ich schwimme unter Wasser, ich sitze am Rand. (Für den Bruchteil einer Sekunde löst sich mein Ich von mir ab, sie erwähnt es besser nicht, schlüpft wieder in ihre Rolle.)

Ein Hupen holt uns in die Realität. Als wir hinter uns schauen, erkennen wir einen überdimensionalen Pick-up, der Karls Wagen verdeckt. Fröhlich rollt der Truck über unsere Sachen.

Da taucht Saul wie ein Kapitän hinter dem Steuer auf. Hupend versucht er, Karls Auto über das Wasser zu dirigieren.

NOTIZBUCH

In der Kinderwunschklinik roch es nach Zigarre. Der Raum war nicht größer als ein Schlafzimmer: Die Wände weiß wie Zahnpasta, grauer Stuhl mit Beinstützen. Der Arzt trat ein, der Assistent hustete. War er es, der geraucht hatte? Seine Latexhandschuhe pistaziengrün, seine Körpersprache klar. Eine Spritze mit langer Kanüle, gefüllt mit einer Mischung aus Zellen ihrer Liebsten und ihres besten Freundes. Die Wege der Gene, die sich kreuzen und verschmelzen. Der Arzt fragte, ob Saskia die Kanüle durchdrücken wolle. Nein, danke. Bei dieser klinischen Prozedur blieb Saskia außen vor. Da Romantik oder sich selbst ins Spiel zu bringen wäre fake gewesen.

•••

»Es lebt«, hatte der Spezialist für In-vitro-Befruchtungen verkündet, die Zellen teilten sich weiter. Der fünfzehn Tage alte Embryo hatte zunächst in einem Petrischälchen gewohnt und wurde jetzt in den natürlichen Brutkasten verpflanzt. Wir beobachten alles, Tag für Tag.

Ein medizinisch interessantes Experiment war das Mädchen, das da lag. Das Mädchen, das ein kleines Kind in sich trug.

Julis fragiler Körper. Während der von Saskia so stark ist, dass er fast nie krank wird und sie Männer beim Joggen einholt. Wie unlogisch.

Neun Monate, drei Jahreszeiten, vierzig Wochen, zweihundertachtzig Tage bekam Julis Körper Zeit, einen kompletten Menschen zu bilden, nicht länger.

Saskia schwor Juli spontan, nie die Worte »Wir sind schwanger« in den Mund zu nehmen.

•••

Der Moment, als sie Saul in der Krippe abholt: Der Papa des Mädchens mit dem Kraushaar, das wie ein großer Wespenschwarm um ihren kleinen Kopf schwirrt, steht am Ausgang und wartet auf seine Tochter. Wie üblich plaudert er in einer Tour. Er begrüßt jeden Ankömmling, erklärt dieses und jenes, hilft dabei, Kinderwagen über die Schwelle zu heben, und kompensiert sein gebrochenes Niederländisch mit vielen Gesten und lauter Stimme.

Fasziniert von den beiden Frauen, die Männlein und Weiblein spielen, hat er stückchenweise Informationen zusammengefügt. Jetzt möchte er auch das letzte Puzzlestück an seinen Platz bekommen.

»Gott segne Schaul«, wiederholt er noch einmal.

Dass Gott den beiden Frauen ausgerechnet einen Jungen geschenkt habe, sei der definitive Beleg für die Unergründlichkeit seiner Wege.

»Danke.«

»Kind selbst gemacht?«

»Äh …?«

»Selbst gemacht? Schaul selbst gemacht?« Er artikuliert übertrieben, drei Dezibel lauter.

»Ja, klar, selbst gemacht«, antwortet sie.

»Oder mit Spritze in Krankenhaus?« Mit seinem Daumen betätigt er eine imaginäre Spritze.

»Also ...«

»Oder zu Hause?«, fragt er mit einem Funkeln in den Augen. »Mit Mann?« Er lacht aus vollem Hals, seine Fantasie geht mit ihm durch.

Saskia ist sprachlos. Sie bekommt die Szene auch später nicht aus dem Kopf. Dieser Mann sprach aus, was sich so mancher verkniff. Sie hätte schneller reagieren, den Spieß umkehren müssen und fragen, in welcher Position er und seine Frau denn ihre Kinder gezeugt hätten.

•••

In der trägen Hitze Antwerpens, in einem kleinen Park, wo sich die Leute im Sommer um einen Spielplatz und eine Bar tummeln, sitzen sie mit Saul im Gras. Juli geht zur Bar, als zwei kleine Mädchen, wie es aufgeweckte kleine Mädchen nun mal tun, Fehler in der Welt aufspüren und den Dingen auf den Grund gehen wollen. Sie rücken ein wenig näher und sammeln Mut, bis die jüngere der beiden, eine Freche mit Kopftuch, Saskia anspricht und fragt: »Seid ihr Schwestern?«

»Wir sehen uns doch gar nicht ähnlich, oder?«

»Hihi, nein.«

»Wir sind ein Paar.«

(Sie kichern.) »Das geht nicht, ihr seid zwei Mädchen.«

»Ihr doch auch.«

(Das Unmögliche muss erst mal sacken.) »Aber wir sind kein Paar! Wir sind Schwestern«

»Wir aber schon.«

»Schwestern?«

»Nein, ein Paar.«

»Wer ist dann der Mann?«

»Wir sind zwei Frauen.«

»Von wem ist das Baby?«

»Von uns.«

»Aber wer hat das Kind im Bauch gehabt?«

Die Ältere rempelt ihre Schwester an. »Das sieht man doch.«

»Juli hat das Kind geboren. Sie steht gerade Schlange an der Bar, die mit den blonden Haaren und den blauen Augen.«

»Du nicht?«

»Nein, ich nicht.«

»Also bist du keine Frau«, schlussfolgern die Schwestern, »du bist der Mann!«

•••

In der ganzen Kinderangelegenheit werde es ja wohl einen Part für Saskias Körper geben, denkt sie vor der Geburt. Ihr Körper werde als Trostspender, Einschlafhilfe zum Einsatz kommen. Da Babys oft nicht einschlafen wollen, sieht sie sich bereits auf vielen nächtlichen Spaziergängen, das Kind eingemummelt wie eine Matroschka auf dem Arm, durch die Straßen ziehen, über den Stadtring, auf die Schnellstraße, katatonisch, den Blick auf die weißen Streifen geheftet, die Ausfahrt nehmen, als ein nächtlicher Fahrer hupt, der Abzweigung folgen, dem Tageslicht entgegen, den Kokon kontrollieren – fast schläft es –, das Geschäft betreten, durch IKEA streunen, Wildfremde sich das Kind ansehen lassen, die Bettenabteilung erreichen, sich unter die Decke legen, das Kind schlafen lassen, selbst einschlafen, nach Ladenschluss aufwachen.

Aber Saul, du schläfst fast immer wie ein Murmeltier.

AUF DEM SCHIFF

Eine hypermoderne, kompakte Fähre beschnüffelt den Kai. Die lange Schnauze ihrer Laderampe hakt sich vollautomatisch ins Festland ein. Nacheinander fahren etwa zwanzig Autos von dem stromlinienförmigen Schiff mit den glänzend verspiegelten Fenstern herunter.

Wir stellen fest, dass Karl sich wieder ans Lenkrad gesetzt hat, und spurten zum Wagen. Aus der entgegengesetzten Richtung kommt ein Riese in Gummistiefeln, kahlköpfig, aber mit langem weißem Bart, japsend und pfeifend angelaufen. Außer Atem reißt er die Fahrertür auf.

Karl steigt aus und versucht, den baumlangen Mann zu beruhigen, der irre Wortfetzen ausstößt.

»Baby, Baby«, kann ich halbwegs verstehen, »*the baby.*« Der kahle Hinterkopf des Mannes hat etwas von einer rauen, roten Schürfwunde.

»Beruhige dich, Janos«, redet Karl auf den verzweifelten Riesen ein. »Janos, was ist denn passiert?« Hinter uns setzt sich die langsam gewachsene Wagenkolonne in Bewegung. Der Riese kann gerade genug Sauerstoff in seine Lungen pumpen, um auszuatmen.

»*The baby… I killed it*«, ruft er. Er wiederholt es, schreit heraus, dass er ein Kind ermordet hat, und bricht plötzlich zusammen.

Gliedmaßen fallen übereinander. Ich ringe nach Luft. Wovon redet er? Was ist das hier für ein kranker Scherz?

Er sei mit seinem Pick-up über den Kinderwagen gefahren. Erst beim Blick in den Rückspiegel habe er den Kinderwagen gesehen.

Karl gelingt es mit seiner beruhigenden Bassstimme, den Mann wieder zur Vernunft zu bringen. Er zwingt Janos, sich das Kerlchen auf der Rückbank anzuschauen, das Speichelbläschen produziert, als wäre nichts geschehen.

»Oh! Was für ein Glück, was für ein Glück«, schluchzt Janos erleichtert auf.

Ein zermalmter Kinderwagen und ein Rucksack mit plattgewalzten Bankkarten, es gebe Schlimmeres, versichern wir dem armen Alten. Auch wenn ich mir nicht vorstellen mag, wie es meinem Laptop geht, der ebenfalls in dem Rucksack steckt.

»Nicht auszudenken«, sagt Juli schaudernd und verpasst Saul einen Kuss auf seinen Blondschopf, »Saul überfahren, während wir Idioten am Wasser abhängen.«

Die Fähre löst sich vom Anleger. Auf dem hellgrünen Deck summen die Wagen wie Hummeln in der Abendsonne. Etwa dreißig hellhäutige, meist ältere Leute, ein einziger Dunkelhäutiger sticht in seinem neongelben Arbeitsanzug hervor, alle für eine dreistündige Bootsfahrt vereint auf einer fahrenden Scholle. Männer schwatzen wie Frauen und sehen sich neugierig um, Frauen schlagen Männern mit ihren schwieligen Händen auf den Rücken, umarmen Nachbarn und Freunde, die zurück auf die Insel fahren, während die Nacht langsam hereinbricht und das Wasser zu Tinte färbt.

Sämtliche Tierarten sind auf dem Schiff repräsentiert. Ein Hippie hat einen Flechtkorb mit Hühnern dabei, daneben ist eine Ziege an einer Chromstange festgebunden, als wolle sie gleich einen Poledance zum Besten geben. Ich entdecke einen Hamster in einem grauen Haardutt. Die Klischees fließen hier sanft und selbstbewusst ineinander über. An Deck eine Großfamilie, lauter fröhliche Geschöpfe mit blauen Augen, rosigen Gesichtern und Haaren, die dank der Sonne über die Jahre blondgrau ausgebleicht sind, mit überquellenden Taschen voller Klopapier und Reis und Zeitschriften, die wenigen Dinge, die sie auf ihren Bauernhöfen nicht selbst herstellen können. Saul atmet die Ozeanluft, schaut zufrieden um sich. Unschuldslamm auf Luxusarche.

Etwas weiter weg brüllt Karl gegen die Wucht der Wellen in sein Handy, als müsse seine Stimme das andere Ufer erreichen, wir äßen alles gerne, seine Mutter dürfe keinen Herzinfarkt bekommen, wir würden selbst mit dem Wagen zur Reef Point Farm fahren, sie könne sich in der Zwischenzeit ein bisschen hinlegen.

Die Inselbewohner schwärmen um Juli und Saul herum, sie kommen und gehen, nehmen Saul auf den Arm, verdoppeln sein Lächeln, nennen ihn ein Weltwunder und Karl wie aus dem Gesicht geschnitten. Sie versichern Juli, dass Molly uns ganz schön verwöhnen werde. Karls Mutter sei eine besondere, intensive Frau. Seit dem Tod ihres Ehemannes habe sie ihre Enkelkinder unglaublich gut im Griff.

Die Insel erstreckt sich vor uns wie ein nackter, schlafender Riesenleib auf einer großen schwarzen Decke, mit starker Waldbehaarung und Flüssen wie Rinnsale aus Schweiß.

Ein beeindruckender Moment! Ich kann meine Augen kaum von der Insel loseisen. Auf wackligen Beinen drehe ich mich noch ein letztes Mal um. Das Festland treibt von uns fort. Juli ruft mir zu, dass die verschrumpelte Frau neben ihr tatsächlich mal das Bett mit meinem Helden Bob Dylan geteilt habe. »Er kam nach gerade mal drei Minuten.« Die beiden Frauen prusten vor Lachen. Mit

Koala-Saul auf dem Bauch quasselt Juli munter vor sich hin, zeigt auf mich, jetzt drehen sich alle in meine Richtung. Ich winke dämlich zurück. Statt mich zu ihnen zu gesellen, wende ich mich geniert in Richtung Wasser. Bevor sich Karl ebenfalls in den Menschenstrudel stürzt, sehe ich, wie er dem Fährmann einige Dollarscheine zusteckt.

Der baumlange Mann mit den Gummistiefeln, Janos, mit den gutmütigen Augen, stellt sich zu der Gruppe, zieht Karl am Ärmel und nimmt ihn kurz zur Seite. Während die anderen weiterkrakeelen, schnappe ich Worte auf, die nicht für meine Ohren bestimmt sind. Der Riese fragt mit lauter Stimme – offenbar ist er schwerhörig –, ob Karl es schaffen werde, nach vier Jahren und allem, was passiert sei, ob er inzwischen seinen inneren Frieden ein wenig wiedergefunden habe. Karl gibt ihm Zeichen, doch bitte leiser zu reden, und meint, es gehe schon, müsse gehen, es sei ja nur für ein paar Tage. Es sei heftig, feststellen zu müssen, dass die Gerüchteküche noch immer brodele, als würden es manche immer noch glauben.

An Deck spielt der Wind mit der Girlande aus dreieckigen Fähnchen. Ich wünschte, ich wäre auch so ein Fähnchen, das gedankenlos vor sich hin wehen kann.

»Du bist keine Olsen«, tönt es neben mir. Ich erschrecke mich zu Tode. Eine Silhouette, die plötzlich aus der Dunkelheit aufgetaucht ist, bläst Rauch aus. Breitbeinig steht der Fährmann da, ein Mann mit einer Haut wie aus Lehm, einer der Klahoose. Quer über seiner Nase verläuft eine große Narbe. Es stimmt, ich bin nicht blond wie die Olsens.

»Du bist auch kein Olsen«, sage ich.

»*I Am From The Sea*«, sagt er, als sei das sein Nachname. Er steht etwas zu dicht vor mir, reglos wie eine Galionsfigur.

Vor vielen Jahren, erzählt er mit rauer Stimme, habe er seinen Bruder an das Wasser verloren. Sein Bruder sei ein Einsiedler gewesen, der in einer Hütte auf dem Felsstrand lebte, an den gefährlichen Rändern der Flutlinie, wo die Welt anbrandet und im Wasser vergeht. Sie hätten sich auf einem Schiff gestritten, es sei mit Ziehen und Schubsen einhergegangen, und mit einem Messer. Er sei über Bord gegangen, es sei stockfinster gewesen.

Man habe ihn nie gefunden. Seither fahre er auf diesem Schiff – immer mit dem Rücken zur Insel. Er schaue aufs Wasser hinaus, er könne nicht anders, denn wenn er nachts versuche, die Augen zu schließen, sähe er ständig den Ozean mit seinem ertrinkenden Bruder darin. Jeder Wellenschlag würde noch ein wenig Hoffnung bergen. Die Augen des Fährmanns wirken vom vielen Ins-Meer-Starren traurig und erschöpft. Ich höre das Fauchen der Insel. Der wütende Wind weht durch die Nasenlöcher des Riesen.

»Wir reden später weiter«, sage ich in das Dunkel vor uns.

»Falls ihr dort je wieder wegkommt«, höre ich die raue Stimme neben mir.

»Wir bleiben nur für ein paar Tage.«

»Niemand geht für ein paar Tage ins Paradies. Du wirst hier finden, was du nicht suchst.« Die schwere Eisenkette des Ankers ruht in seinen Händen. Jedes Wort wird mit blutigem Ernst ausgesprochen. Dieser Besuch ist von Bedeutung.

»Ich geh dann mal«, sage ich, »ich will dich nicht von der Arbeit abhalten.«

»Ich gehe nirgendwo hin«, sagt er. »Ich warte hier.«

»Fährst du Tag und Nacht?«

»Hä?«, raunzt er mich an. »Bist du verrückt? Einmal am Tag hin und her. Obwohl, das hängt davon ab. Manchmal habe ich keine Lust, dann fahre ich nicht. Aber du darfst mich immer fragen.«

Ich rieche schon die Wälder von Portes, den mildsüßen Geruch modriger Blätter und Schimmelfäden, Zedernholz und Sägemehl, den Humus, in dem sich Tiere für eine Saison ein Haus bauen und dann weiterziehen. Es sind die Wälder meiner Kindheit, wird mir klar. Ein unangenehmer Gedanke. Ein paar Tage durchhalten. Karl hat keine Gegenleistung für seine Hilfe gefordert. Also ist es eine Selbstverständlichkeit, dass wir seiner Mutter und Familie einen Besuch abstatten. Das bedeutet ihm sehr viel. Und Juli hat ebenfalls ein Recht darauf. Ich habe nicht die geringste Lust.

Das orange Glühwürmchen einer Zigarette im Mundwinkel, so bleibt der Fährmann stehen.

Ich werfe einen Blick auf mein Telefon, dessen Bildschirm im Stockfinstern aufleuchtet. Kein Netz, wir sind noch auf See. Die Insel kommt immer näher. Oberhalb des Strandes neben dem kleinen Hafen ragen immer mehr scheußlich magere Baumskelette empor, ausgezehrt vom salzigen Ozeanwasser und dem Wind. Sie klammern sich an der Klippe fest und berühren fast das Wasser. Am felsigen Strand steht ein ausgebrannter Pick-up. Ich möchte das filmen, *gothic horror*, und X schicken, habe aber immer noch kein Netz. Das Boot kriecht wie eine Amphibie zur Anlegestelle.

Ich drehe mich um und greife zum Rucksack, der gerade einen Autounfall überlebt hat. Ich schlage die schwarze Lederhülle des E-Readers auf und versuche, den Bildschirm zu reanimieren. Eine andere Geschichte wird mich beruhigen. Doch der Reader zeigt seltsame Streifen. Sie rühren sich nicht, formen keine Buchstaben. Ich schnappe mir meinen Laptop, klappe ihn auf. Auch ihn hat's erwischt, dieselbe Krankheit. Dem Erdboden gleichgemacht, plattgewalzt. Und das ausgerechnet jetzt.

Davon darf ich mich nicht aufhalten lassen. Wenn ich nicht lesen kann, werde ich schreiben. Schreiben werde ich. Schreiben werde ich, wie Jack Nicholson in *Shining*, ich werde auf große Papierbogen schreiben, ich werde endlos schreiben: Angst Angst Angst.

NOTIZBUCH

Hab keine Angst, Kleiner.

Es ist alles gar nicht so ernst, das Spiel, das sie das Leben nennen.

Mal sehen, womit wir anfangen werden.

Am Anfang, klar.

»Fang am Anfang an«, sagte meine Mutter immer, »der Rest ist schwer genug.«

•••

Im Wartezimmer der Kinderwunschklinik näherte sich ihnen eine stattliche Frau in einem Gewand wie ein Teppich. Sie nahm sie mit in ihr beengtes Büro.

Das Rollenspiel hatten sie zu Hause in der Küche einstudiert. Um überzeugend in die Rolle des Psychologen schlüpfen zu können, nahm sich Saskia ein Notizbuch und einen Stift. Juli setzte ein missmutiges Gesicht auf und mimte Saskia. Es war von größter Wichtigkeit, dass sie ein wasserdichtes Alibi hatte, weil man sie sonst als unsichere Eltern entlarven würde. Jemand konnte sie über Saskias Zweifel informiert haben. Überall lauerten Spione, der Kommunismus der Elternschaft machte sie total paranoid.

Nachdem die Psychologin sie eine halbe Stunde lang mit ihren eigenen Ausführungen in Sachen Steigerung der Geburtenquote im Parlament unterhalten hatte, fragte sie gar nicht nach dem Warum. Sie fragte Saskia, wie ihre Familie wohl auf ihren Kinderwunsch reagieren würde.

Diese eine Frage reichte, eine Nadel, die unter den Nagel gestochen wird. Auf starke Schmerzen gefasst zu sein, heißt noch nicht, dass man sie damit vermeiden kann. Äußerst professionell, als sei das Teil des Prozederes, wurde ihr eine Packung Kleenex vor die Nase gehalten. Sie wagte es nicht, neben sich zu schauen, zu Juli. Sie wusste, sie hatte es verbockt. Und irgendwo tief in ihr glitzerte ein Fünkchen Hoffnung: Wer weiß, vielleicht war ihre Chance damit vertan, und die ganze Prozedur wurde abgebrochen, vielleicht stieß das Märchen hier auf ein unüberwindliches Hindernis, wodurch sie wieder wie früher wurden, zwei Frauen, ein unfruchtbares Paar.

Zusammen. Einfach so. Normal. Sie spielen das normale Paar.

Die Psychologin überging mögliche Familienquerelen diskret, taktvoll, aber bestimmt.

Sie hielt es für ausgesprochen gut, dass Saskia den Spender ausgesucht hatte. »Sie gleichen die biologische Differenz aus, indem Saskia, die nicht-leibliche Mutter, diesen Punkt entscheidet.«

Sie machte uns auch darauf aufmerksam, den Samenspender nicht Vater zu nennen. »Worte sind wichtig. Glauben Sie bitte nicht, Sie würden etwas Besonderes oder Widernatürliches tun. Genau da, wo wir der Natur ein bisschen nachhelfen, ist die Medizin entstanden«, sagte sie und wies mit ausladender Geste auf die drei Wände, die sie wie ein Insekt in einer Streichholzschachtel umgaben. »Sehen Sie diese Ordner hier? Das sind lauter Akten von künstlichen Befruchtungen. Die meisten stammen von Heteropaaren, da ist die Scham noch extrem groß. Und die Leute kommen von überallher.« Im Wartezimmer hatten sie orthodoxe Juden, Verschleierte, Barbäuchige gesehen. Auf der Begrüßungs-DVD, die sie erhalten hatten, konnte man zwischen fünfzig Sprachen wählen.

Die Frau richtete sich auf, wobei ihr dramatisches Gewand wie Regen an ihr herabfiel. Wie viele Kinder sie wohl geboren hatte? Was war ihre persönliche Verbindung zu der ganzen Kinderwunschgeschichte? Juli und Saskia schüttelten ihr die Hand. Sie zeigte auf die offene Tür, hinter der sich ein stickiger Gang befand. Wenn man dem bis zum Ende folgte, den Aufzug nahm, bei dem die dritte Etage durchgestrichen war, als sei Drei eine Unglückszahl, und dann am Geruch von gebratenem Kotelett aus der Kantine vorbeiging, kam man zum Parkautomaten, und dahinter – eine Schiebetür später, wenn die funktionierte – wartete die weite Welt. In diesem Land dachten Eltern mit Kindern auf dem Rücksitz im Riesenstau zur Hauptverkehrszeit an Urlaube und Arzttermine, und kinderlose Paare an Psychologinnen in selbstgewebten Teppichen.

•••

»Es passiert wirklich«, sagte Juli, »wir werden Eltern.«

Saskia suchte ein Kind zum Üben.

Saskia fand eine Aubergine.

Sie wiegte die Aubergine in ihren Armen.

Saskia würde, so wie Juli, den Namen Mutter bekommen.

Sie würden der Mutter-Sekte beitreten.

•••

Karls Spermien hatten noch Jetlag, als sie ihn für die allererste Spende vom Flughafen direkt zum Labor fuhren. Sie hatten eine Nachricht erhalten, in der ihnen Tag und Uhrzeit für die Abgabe der Spermaprobe genannt wurden. Ein durchgeknalltes Navi schickte sie in ein Industriegebiet außerhalb der Stadt. Sie betraten eine riesige Halle, die noch am meisten Ähnlichkeit mit einem Versammlungsort der Nazis hatte. Die Architektur war darauf ausgerichtet, das Individuum klein zu machen. Sie gingen einmal quer durch die Halle zum Empfangsschalter und meldeten sich ordnungsgemäß an.

»Wir haben einen Termin für eine Spende.«

»Sie meinen, Sie geben eine Samenprobe ab?«

»In gewisser Weise, ja.«

»Wo haben Sie sie denn?«

»Oje, ja, ähm, in ihm.« Saskia und Juli zeigen auf Karl.

»Entschuldigung? Wo ist Ihre Probe?«

»*I am the donor*«, sagt Karl.

»Wir dachten, der Samen müsse frisch sein …«, sagt Saskia belämmert.

»So läuft das Verfahren aber nicht. Die Probe muss innerhalb von zwölf Stunden nach Erbringung bei uns eingeliefert werden.«

»Wir liefern es ab, frisch, in ihm.«

»Und ich dachte schon, ich hätte langsam alles erlebt …«, wendet sich die eine Sprechstundenhilfe zur anderen. Als wären sie die Heilige Dreifaltigkeit, beraten sich die Damen am hocherhabenen Empfang ausgiebig.

»Ich bin deswegen extra aus Kanada eingeflogen«, versucht es Karl tapfer, aber angespannt, unsicher, was die nahe Zukunft bringen wird und was er ihnen bringen kann.

»Frisch eingeflogen«, sagt Juli, »gerade gelandet und bereit, die beste Samenspende der Welt abzugeben.«

Die drei Schicksalsgöttinnen stecken die Köpfe zusammen. Laut seufzend taucht eine der strengen Damen unter den Tresen, kommt nach einigem Herumkramen mit einem Plastikbehälter von der Größe eines Frühstücksbüfett-Marmeladenglases wieder hervor und stellt ihn auf den Tresen.

»Und wie sollen wir die Probe jetzt in den Behälter kriegen?«, fragt Karl seltsamerweise in königlicher Mehrzahl.

»Also, üblich ist das nicht, aber dann wird es wohl hier stattfinden müssen.«

»Und wo könnten wir es machen, ich meine, er, wo kann er …?«

Erneut stecken die drei die Köpfe zusammen.

»Die Toilette des Reinigungspersonals«, schlägt eine der Damen vor und winkt vage in Richtung Gang. Sie machen sich auf die Suche. Sämtliche Türen sind verriegelt, bis auf die Tür einer Besenkammer, die kein Schloss hat. Karl atmet tief durch, bevor er sich mit dem Mut der Verzweiflung zwischen die Eimer, Chirurgenhandschuh-Vorräte und Spucktüten begibt.

Juli und Saskia nehmen unterdessen auf einer Sitzbank Platz und warten. Warten lange. Länger. Fürchten das Schlimmste. Nach entsetzlich langem Warten öffnet sich die Tür wieder, und heraus kommt ein leichenblasser, o-beiniger Karl mit hängenden Schultern. Scheußlich leergemolken, so nennt er es, mit einem Klecks, der für das bloße Auge kaum zu erkennen ist. Saskia und Juli halten sich die Bäuche vor Lachen.

Damit auch ja keiner hereinkäme, habe er sich mit einer Hand auf der Türklinke behelfen müssen. Über ihm hätten die Schritte von Nazistiefeln gehallt. Ein Wunder, dass überhaupt etwas herausgekommen sei.

Auch der Laborant, dem wir die Beute für die Tests aushändigen müssen – mit dem Strauß Stifte in seiner tintenbefleckten Kitteltasche der Prototyp eines Laboranten –, erkundigt sich mit dem heiligen Ernst der Wissenschaft, ob diese Probe tatsächlich alles sei.

Karl, dessen Männlichkeit bis auf die Knochen blamiert war, ertrug auch die vorübergehende verbale Kastration, den völlig unfairen Spott, wobei er wohlgemerkt alles gegeben habe. Nach mehrstündigem Warten konnte uns der Stifte-Mann berichten, dass Karls Sperma wirklich von außergewöhnlicher Qualität sei.

IN EINEM AUTO UNTER DEN BÄUMEN VON PORTES

Saskia: Schon ein bisschen gruselig, oder?
Juli: …
Saskia: Ich hab dich was gefragt.
Juli: Hörst du mich nicht, macht die Klimaanlage zu viel Krach? Ich frage dich was.
Saskia: (Sie deutet auf den schlafenden Saul in seinem Kindersitz.) Wecken? Wir sind fast da.
Juli: Saul! Schau mal, wo wir hier sind.
Saskia: Was, wenn er die ganze Reise verschläft?
Juli: Und alles verpasst …
Saskia: Was, wenn er sein ganzes Leben verschläft?
Juli: Du musst gar nichts, Saul …
Saskia: Du darfst die ganze Zeit über schlafen …
Juli: Du musst auch nichts werden …
Saskia: Wir erwarten überhaupt nichts von dir …
Juli: Alles, was du tust, ist gut …
Saskia: Aber …
Juli: Wenn nichts aus dir wird …
Saskia: Oder wenn du nichts tust …
Juli: … werden wir sehr enttäuscht von dir sein.
(Sie lachen.)

DER ERSTE ABEND AUF DER INSEL

Ich stelle mir vor, wie wir aus der Perspektive eines hohen Baums aussehen müssen: Da fährt ein Wagen durch die aschgraue Nacht, Karl Olsen am Steuer, auf den Sitzen zwei Frauen und ein rotblondes Baby, das Olsen-Blut in sich hat. Rötlich. Blond. Hochblond. Die beiden Frauen sind bei ihrer Suche nach nordischem Sperma, das bei europäischen Samenbanken wahnsinnig gefragt ist, über Umwege schließlich auf einer kleinen, von einer norwegischen Familie namens Olsen eroberten Insel im Pazifik gelandet.

Blut ist dicker als jenes Wasser, das sie gerade hierhergetragen hat.

Sobald Karl seinen Geburtsort betritt, erwacht der Patriot in ihm. Hier liegen seine Wurzeln. Um seine Nerven zu beruhigen, redet er in einer Tour über seine Abstammung, den Stamm der Holzhacker und unerschrockenen Helden. Ob wir einen Beweis ihrer Heldenhaftigkeit bräuchten? Die berühmten Schwimmhäuser. Auf dem Wasser schwimmende Häuser. Ob wir wirklich noch nie davon gehört hätten? Ein Olsen sieht angeblich keinen Baum, sondern ein Haus mit Wurzeln, fällt ihn und fängt an zu bauen. Seine Vorfahren hätten stabile Häuser auf Baumstämmen gezimmert, Haus und Boot in einem. Sie hätten damit den Ozean überquert, etliche tausend Kilometer über flüssige Weltenwege hätten sie ohne Schwierigkeiten zurückgelegt. Karls Worte kringeln sich vor Stolz.

Immer wenn die Holzfäller einen geeigneten Ort ausfindig machten, wo es genügend Baumriesen gab, an denen sie ein paar Monate zu hacken hatten, legten sie mit ihren Schwimmhäusern an, Pferde zogen die Häuser aus Baumstämmen dann an Land. Gemeinsam mit ihren Kameraden, ihren Frauen und Kindern, schlugen sie ein Lager auf. Die wirklich cleveren *first settlers* reisten allein, Junggesellen im Dienst der Holzhändler. Sie konnten sogar in abgelegensten Gebieten Rehbraten zum Mittagessen verlangen, mit Preiselbeeren und Kroketten, und täglich frische Zimtbrötchen und zum Dessert alle Frauen, die sie wollten. Schließlich waren sie die talentiertesten Holzfäller weit und breit und brachten die wertvollsten Bäume an den unmöglichsten Stellen zu Fall, noch dazu konnte ein Olsen die Arbeit von vier Pferden verrichten. Sie verbrannten täglich zehntausend Kalorien, das Vierfache eines normalen Erwachsenen, das Doppelte eines Rennfahrers auf Bergetappe bei der Tour de France. Diese Topathleten brachten ihren Brötchengebern eine schöne Stange Geld ein.

Karls Vater, Opa Thor, wuchs in so einem Schwimmhaus auf. In seiner Jugend zog seine Familie vierundvierzig Mal um. Sie fuhren die gesamte kanadische Westküste ab, von einem Lager zum anderen, bis Karls Großvater beschloss, dauerhaft vor Anker zu gehen, hier, an der paradiesischsten Insel von allen: Portes.

Die Hippies, die in den Sechzigern Opa Thor nachfolgten, wollten alle dasselbe: als eine große Familie in der Natur leben. Als Ausdruck ihrer Hochachtung nahmen sie alle den Nachnamen Olsen sowie die kulinarische Tradition an, täglich Kuchen und Brot zu backen.

Juli stupst mich an und deutet auf Saul, der wie verzaubert im dunklen Wald umherblickt. Baumstämme laufen an uns vorbei, eine große Menschenmasse in einem jahrhundertealten Marsch, die Fäuste in die Luft gereckt.

Zwischen den Nadelbäumen treffen Sterne auf den tiefblauen Himmel und schlagen Funken.

»Hier läuft ein Bär herum«, sagt Karl, die Hände locker am Lenkrad.

»Wie bitte?«

»Die gute Nachricht ist, dass er die Träume der Menschen mit sich trägt.«

»Und das erzählst du jetzt erst?«, sage ich und erschaudere.

»Wenn du ihm begegnest, darfst du ihm nicht in die Augen sehen. Und am besten gibst du ihm fünf Steine.«

»Wieso das denn?«

»Bären können nur bis vier zählen. Gibst du einem Bären fünf Steine, wird er immer wieder von vorne anfangen zu zählen. Und du kannst mit deinen Träumen weglaufen.«

Juli prustet vor Lachen. Ich sei wirklich leicht auf den Arm zu nehmen.

»Nicht nervös werden«, sagt Karl lachend.

»Wer ist hier nervös?«, frage ich gekränkt.

Ein Stück weiter weist uns Karl auf einen Baum hin, an dem an einem Nagel ein vergilbtes Foto von zwei Jungen hängt. Frische Blumen am Fuße des Baumes. Es ist ein Schrein für die beiden einzigen Verkehrsopfer seit den Sechzigerjahren. Auf Portes gibt es nur einen einzigen asphaltierten Weg, er umrundet die Insel in einer Schleife. Die Jungen hatten gerade das Leben, Gras und die drei Mädchen ihres Alters entdeckt, die Portes zu bieten hatte. Bekifft stiegen sie auf gegenüberliegenden Seiten der Insel in ihre Wagen und gaben ordentlich Gas. Sie hielten das entgegenkommende

Fahrzeug für eine Halluzination und wichen nicht aus. Prallten frontal zusammen.

»Hört sich wie Absicht an«, sage ich. »Als wollten sie Selbstmord begehen, entkommen.«

»Quatsch, Fräulein Paranoia«, sagt Juli.

Im Rückspiegel sehe ich, dass Saul schon wieder schläft. Sollte er nicht etwas Hübscheres anhaben für die Olsens? Oder eher etwas Hässlicheres? Im Rückspiegel steht: *Objects in mirror are closer than they appear.* Karl und sein Sohn, einander näher, als sie ahnen oder Karl sich eingestehen will. Als säße der geschrumpfte Karl auf der Rückbank, in roten Shorts aus Frottee und einem T-Shirt mit Tintenfischchen. »Er ist nicht dein Kind und deshalb auch nicht unser Enkel«, höre ich die Stimmen meiner Eltern durch meinen Kopf hallen.

Um etwas zu tun zu haben, klappe ich den E-Reader auf meinem Schoß auf. Wer weiß, vielleicht hat er sich ja wieder erholt.

NOTIZBUCH

In ihren Händen ruht ein E-Reader, den sie nie wieder zum Sprechen bringen wird. Sie könnte heulen. Rigor mortis. Der Bildschirm ist tot. Sämtliche Buchstaben überfahren. Voller Abscheu erinnert sie sich plötzlich wieder an den Ultraschall vom toten Fötus, das unliebsame Bild, das sie zu sehen bekamen, wie hart sie die Trauer traf, die sie irgendwo zurückgelassen haben. Wohin der Doktor seine Sonde auch manövrierte, er konnte den Fötus nicht mehr zum Schwimmen bringen. Juli und Saskia begruben den Kummer in den Dünen, zusammen mit dem blutigen Kittel, den Juli bei der Ausschabung getragen hatte, und dem Namen, den sie sich für den kleinen Pharao ausgedacht hatten: Horus. Und tief darunter machte Saskias Geheimnis sie krank vor Selbstvorwürfen – die Erleichterung. Aber Juli wollte sich nicht lange mit dem Fehlschlag in ihrem geschundenen Bauch aufhalten, sondern direkt weitermachen. Es wieder versuchen. Wenn man es nicht wieder versucht, kann es auch nicht klappen. Oder schiefgehen. Es ging wieder schief. Es ging wieder richtig schief. Bis es dann doch klappte.

Sie hat Juli nichts erzählt, aber lange bevor sie diese Reise angetreten haben, stand schon alles fest. Sie traut sich nicht, Juli davon zu erzählen. Womöglich würde sie sie nur mit ihrer Angst anstecken. Wenn Juli ihr nicht glaubt, ist Saskia die Verrückte, während sie bloß nach Wegen sucht, die vielen einzelnen Kabel dieser Welt zu entwirren. Deshalb schreibt sie in dieses Notizbuch. Sie will jetzt erst mal ihre eigenen Ängste aufschreiben, bevor sie die Geschichte für ihren Sohn wieder aufgreifen kann.

Wie eine Möchtegern-Wahrsagerin, die keine Karten legen kann, hat sie andauernd nach irgendwelchen Zeichen gesucht. So sah Saskia Monate vor Sauls Geburt beim Einschlafen ein ums andere Mal, wie ihr Kind auf der Dachterrasse herumkrabbelte und über das Geländer kletterte. Während sie auf es zuhechtete, drehte sich das Baby noch kurz zu ihr um, bevor es vier Etagen nach unten stürzte und sie nur mitansehen konnte, wie es wie eine Puppe auf dem Asphalt aufschlug und in blutige Fetzen zerplatzte. Wenn sie dann tagsüber draußen auf der Dachterrasse stand, überkam sie ein unwiderstehlicher Drang, sich über den Rand zu beugen und die Szene noch einmal vor ihrem inneren Auge zu sehen. Diese Horrorvorstellung suchte sie immer wieder heim. Sie redete mit Juli darüber, aber die lachte sie nur aus. Sie habe wirklich andere Probleme, zum Beispiel Sodbrennen und Gelenkschmerzen, und brauche sich nicht irgendwelche zusätzlichen Schmerzen auszudenken. Sie sollten ein Gitter aus messerscharfem Stacheldraht über der Mauer anbringen, hatte sich Saskia überlegt, sonst würde ihr Sohn nicht mal das erste Jahr in ihrem Haus überleben. Juli bezeichnete sie zwar nicht als verrückt, doch die Tatsache, dass sie, sonst zupackend wie keine andere, nicht augenblicklich anfing, alles auszumessen und den Stacheldraht zu bestellen, sprach Bände. Saskia übertrieb mal wieder.

Im antiken Sparta legte man ein Kind mutterseelenallein auf eine Bergflanke, um zu sehen, ob es die Entbehrungen überleben würde, statt in eine Felsspalte zu rollen oder von wilden Tieren angegriffen oder adoptiert zu werden. Nach der Entlassung aus dem

Krankenhaus wurde Klein Saul von Erwachsenen mit musizierenden Glückwunschkarten heimgesucht, von platzenden Ballons, guten Absichten und noch besseren Ratschlägen, was bei seinen Eltern zu Verstopfung führte.

Da wären die liebe Tante, die die Schwangerschaftskleidung wieder enger nähte, die Hebamme mit der wohltemperierten Stimme, die eine Anleitung im Stillen gab, und der Babyflüsterer alias Polizist, der eigentlich einen Abschleppbescheid vorbeibringen wollte, aber Saul den Zettel dermaßen vollsabbern ließ, dass er zu Papierbrei wurde. Alles Zeichen einer schönen Zukunft mit vielen Menschen, denen Saul etwas bedeutete, selbst wenn sie nur kurz durch sein Leben flatterten.

•••

Wer hat je behauptet, Kinder würden einen stärker machen?

Eines Nachts fuhr Saskia aus dem Schlaf hoch. Irgendetwas stimmt nicht, dachte sie. Sie lief auf die andere Seite des Flurs und warf einen Blick in sein Zimmer: Totenstill lag er in der Holzwiege. Sie wagte nicht, ihn zu berühren, weil keine Atmung zu hören war. Sie beugte sich über ihn, ihre Ohrmuschel über seinem Mund – nichts. Nachdem sie eine geschlagene Minute um sein Bettchen geschlichen war, holte sie, ziemlich außer sich, Juli.

»Nicht«, sagte die, während Saskia an seinem Ärmchen rüttelte, »lass ihn schlafen.« Juli fühlte schon von weitem, dass alles in Ordnung war. Julis Körper spürte es.

Am folgenden Tag erfuhren sie, dass in derselben Nacht die vierzigjährige Nachbarin im Schlaf gestorben war.

Und es wird trotzdem schiefgehen, dachte Saskia.

Denkt sie.

DER ERSTE ABEND BEI DEN OLSENS

»Er ist es …« Langsam und voller Bewunderung tröpfeln die Worte aus der alten Frau. Gerade war sie noch aus dem im Grünen verborgenen Häuschen auf uns zugestürmt, als sei sie auf der Flucht. Ihre Maulwurfsaugen funkeln hinter runden Brillengläsern. Auf ihrem Kopf balanciert ein grauer Bienenkorb. Ich erkenne ihr moosgrünes, viktorianisches Kleid mit Kragen von einem Foto wieder, offenbar ihre Festtagsrobe. Sie lupft das Reisedeckchen mit dem nötigen Respekt.

»Einfach perfekt«, stößt sie hervor, und wir nicken, noch immer auf der Schwelle des kleinen Hauses. »Einfach perfekt, ganz der Vater.«

Karl nimmt seine Mutter lächelnd beim Arm und geht mit geducktem Kopf voraus. Aus dem Bauch der hölzernen Klause schlägt uns der Geruch von Rauch entgegen. In der Dunkelheit sprüht ein ewig-brennender AGA-Herd, gegen den ein Stapel Holz lehnt, Funken. Perserteppiche mit vielen verschlissenen Stellen und langen Fransen dämpfen unsere Schritte. Kaum haben sich meine Augen in dieser beengten Behausung ein wenig an die Dunkelheit gewöhnt, entdecke ich an einer Wand eine Kachel mit dem Sinnspruch: *Lass noch ein wenig Platz für die Liebe.* Ich sehe auch ein Poster mit einem Globus darauf, Schmetterlings-

und Baumarten auf braven Buntstiftzeichnungen an einem Bücherregal, das sich vor Übergewicht durchbiegt. Familienfotos bedecken die Zimmerwände, der durchdringende Blick eines vitalen alten Mannes folgt uns. Ein Uno-Kartenspiel auf der Fensterbank neben der Gießkanne, ein hysterisch geblümtes Sofa, ein Teddybär mit einem Stück Holz auf dem Rücken, ein einzelner Zeh, wohl eine Art Keramikkunstwerk von einem Kind oder einem ungeschickten Bastler, ein orangefarbener Stein, ein überquellender Schreibtisch. In Zeitlupe prasseln kleinere Gegenstände und Papiere wie ein Gebirgsbach zu Boden. Die Spuren der Zivilisation: Kabel kriechen wie Schlangen über den Boden, bis sie alle in eine einzige Steckdose beißen, über uns irgendein Ungetüm, ein Trockengestell mit Tüchern, die aussehen wie Gebetsdecken in einem buddhistischen Tempel, der Geruch von Weihrauch und Zedernholz und süßem Essen. Türen führen in unbekannte Räume. Hinter den Fenstern ruft und schäumt der schwarze Ozean.

Auf dem über die Jahre blankpolierten Dielenboden im Wohnzimmer schläft Saul friedlich in seinem Körbchen. Karls Mutter kann den Blick nicht von ihm abwenden.

»Am 24. März vergangenen Jahres fühlte ich mich morgens federleicht«, sagt sie, »ein sehr heller Geist kam zu mir, da wusste ich, dass er geboren war. Ein wundervolles Baby, das habe ich ganz deutlich gespürt, auch auf die Entfernung. Ihr Eltern, die ihr so nah dabei wart, müsst doch überglücklich gewesen sein.«

»Julis Eltern, Miss Olsen, die wollten …«, sage ich.

»Ach, die Miss habe ich vor langem hinter mir gelassen, in England«, fällt mir die Frau lächelnd ins Wort. »Hier heiße ich Nana, Mama oder Molly, und hier habe ich nach all den Jahren meine Wurzeln geschlagen, aus mir ist beinahe selbst schon ein Baum geworden. Zum Glück sind der Holzfällerbranche inzwischen gewisse Beschränkungen auferlegt, hihi. Setzt euch doch.«

Da ist sie bereits in der Küche. Triumphierend kehrt sie mit einem Tablett zurück, darauf reichlich Gebäck und prächtig aufgegangene Muffins, frisch aus ihren Ofenbettchen geholt.

»Sie schmecken anders«, sagt Karl. Gespannt beobachtet sie ihren kauenden Sohn. Er wirft sich den letzten Bissen in den Mund. Nickt. »Besser.«

Karls Mutter strahlt noch immer, nachdem sie unsere wenig originellen Geschenke ausgepackt hat. Wir sind auf Nummer sicher gegangen: eine Flasche belgischer Double-You-Gin und eine Schachtel belgische Pralinen. Unsere Herkunft auf die harmlose Karikatur eines Landes voller Schokolade und Waffeln reduziert. »Wir sind schlechte Belgier«, bekennen wir. Juli und ich haben während der neun Jahre, die wir zusammen sind, nie auch nur eine einzige Waffel gegessen.

Dann ist Molly definitiv der schlechteste Hippie der Welt. »Ich habe noch nie einen Joint geraucht«, gesteht sie uns, »immer, wenn ein Joint herumgereicht wurde, sah ich einen Haufen Mikroben von Mund zu Mund reisen.«

Unser Gelächter füllt das ganze Haus.

»Wie lange werdet ihr bleiben?«, erkundigt sich Molly.

»Wir dachten, ein paar Tage.«

»Bleibt, so lange ihr wollt, mehrere Wochen, Monate.«

»Mama!« Karl starrt ihr in die Augen.

»Ich darf das doch fragen, oder? Wir werden ja sehen.«

Molly, die Güte selbst, betrachtet ihre staubigen Besucher. Sie könne es immer noch nicht fassen, wie sehr Karl und Juli einander ähneln, sie hätten Geschwister sein können. »Und sieh dich an.« Sie deutet in meine Richtung. Ehe wir uns versehen, befinden wir uns in einer Gruppenumarmung von Oktopussen. Karl möchte etwas sagen, etwas Liebes und Süßes, das wir wieder hervorholen können, um es in der Wiederholung größer zu machen und ihn lachend damit aufzuziehen, da sagt Molly beschwichtigend: »Keine Sorge, *everything is fine.*« Wir lassen uns von der Wärme unserer eigenen Körper einschließen, bis Karl röchelt, dass er keine Luft mehr bekomme, und das leichte Unbehagen, das für erste Begegnungen typisch ist, wieder zwischen uns steht.

Das Holzhaus knarzt. Zu dieser nächtlichen Stunde geistern noch irgendwelche Lebewesen in diesen vier Wänden herum. Menschen oder Mäuse? Hinter uns ist Saul zum Leben erwacht und aus seinem Körbchen gekrochen. Molly schaut ihn an und erhält einen erstaunten Blick zurück. Saul späht durch das Dunkel des Wohnzimmers, zieht sich quietschend vor Vergnügen an einem Couchtisch hoch. Irgendetwas da draußen fesselt seine Aufmerksamkeit. Wir folgen seinem Finger, sehen einen monströsen Traktor unter einer Wellblechabdeckung, eine rostige Windmühle, die träge Wind schöpft, Baumstämme wie Streichhölzer aufeinandergestapelt.

»Was sagt Saul?«, fragt Karl lachend.

»Er möchte die Koffer im Haus haben«, übersetzt Molly, »und er möchte bestimmt mal sein neues Zimmer sehen.«

Ein molliges, langhaariges Kind ist hinter Mollys breitem Rücken aufgetaucht. Es schiebt Molly vor sich her, verlegen wie Kinder, die es gewohnt sind, in ihrer eigenen kleinen Welt zu bleiben, nun mal sind.

»Thor Thor!«, ruft Karl aus. »Mein Gott, wie hab ich euch vermisst!«

Der Junge lächelt zu uns herüber, zögert einen Moment und wirft sich dann in Karls Arme, der sich bereits zu ihm heruntergekniet hat.

»Noah!«, ruft Molly ins Dunkel. Wie aus dem Nichts erscheint jetzt ein magerer Schlacks mit kantigen Gesichtszügen im Zimmer. Noah sieht genau wie die Hälfte seines korpulenten Zwillingsbruders Thor Thor aus. Bevor wir uns vorstellen können, ist der hochaufgeschossene Junge schon zur Tür hinausgestürmt.

An den Haustüren von Portes fehlen die Schlösser, was Schlüssel überflüssig macht. Was das angeht, macht die grenzenlose Toleranz hier keine Ausnahmen. Vertrauen, lachen mir die Holzwürmer in den Wänden zu. Unter einem schwankenden Turm aus Reisetaschen watschelt Noah ins Haus. Wir folgen ihm durch einen schmalen Flur, am Schlafzimmer der alten Frau vorbei, wo eine Katze im Mondschein auf einer Häkeldecke döst. Kurz bevor wir das Gästezimmer betreten, sagt Molly, stolz wie eine Einser-Schülerin, sie habe eine Überraschung für Saul, die sage und schreibe hundertfünfzig Jahre alt sei. Er würde nie erraten, was das sei. Kann ein kleines Kind überhaupt raten? Ja, er rät den lieben langen Tag.

Sie reißt die Tür auf. In der Mitte des Zimmers steht ein wunderschönes rotlackiertes, schmiedeeisernes Kinderbett. Opa Thor persönlich habe noch darin gelegen und alle Olsens, die vor und nach ihm kamen. Es hat Überschwemmungen und Schiffbrüche mit Schwimmhäusern sowie mehrere Brände und einen plötzlichen Kindstod überlebt.

Molly nimmt Saul aus Julis Arm, flüstert ihm etwas ins Ohr, das er mit einem Gurgeln quittiert. Sie küsst ihn auf die hohe Stirn und legt ihn wie einen kostbaren Schatz in das Olsen-Bett. In dem Geschenk wartet noch ein Geschenk auf ihn: eine Filzpuppe mit zwei schlanken Beinen und einem kurzen und einem langen Arm. Eine behinderte Puppe. Juli und ich werfen uns einen Blick zu, wissen nicht, ob lachen erlaubt ist. Ich beiße mir auf die Lippen.

Saul reibt sich die Augen mit seinen Fäustchen. Geschickt und routiniert streift Molly sämtliche Kleidungsstücke von seinem erschöpften Körper.

»Ein Olsen braucht eine Wolldecke zum Schlafen«, sagt sie, während sie ihn zudeckt. »Nicht wahr, Thor?« Ihr Blick ist zärtlich auf das Foto eines wettergegerbten, älteren Mannes mit muskulösen Oberarmen und vollen grauen Locken gerichtet, dessen rosa Wangen wie frischpoliert leuchten. Thor, ihr Mann, Karls Vater, Opa Thor für die Zwillinge.

Molly schließt die Vorhänge.

»Können wir noch etwas tun?« Juli holt Sauls Rassel aus einer der Taschen.

»Zur Ruhe kommen, Mädchen«, sagt Molly. »Schone deine Kräfte, du wirst sie für dieses Kind noch brauchen. Wir werden ihn in den nächsten Tagen mit einem Ritual willkommen heißen.«

»Ja, aber …«

»Du wirst sehen, du wirst schon sehen. Eins nach dem anderen«, hören wir Molly aus einer verdunkelten Welt heraus sagen. »Eins nach dem anderen. Du wirst es nicht glauben, was einem mit einem Kind noch alles begegnen wird.«

Die Worte meiner Mutter aus dem Mund dieser Hippiemama. Ziemlich beruhigend, dass alle Mütter der Welt die gleiche Sprache sprechen.

IN DEM VON OPA THOR GEZIMMERTEN BETT AUS ZEDERNHOLZ

Saskia: Was für eine liebe, aufmerksame Frau.
Juli: Jetzt verstehe ich auch, woher Karl seine warme Art hat.
Saskia: Und dann die Puppe.
Juli: Saul hat sie direkt in die Arme genommen und ist mit ihr eingeschlafen. Ziemlich *open-minded.*
Saskia: Was meinst du, was Karl sich hiervon erwartet?
Juli: Ziemlich viel? So viel wie Sterne am Himmel stehen.
Saskia: Schon irre, dass wir jetzt unter denselben Sternen schlafen wie vorgestern bei deinen Eltern.
Juli: Als Kind konnte ich ganz oft nicht einschlafen unter diesen Sternen.
Saskia: Bei mir lag es am Weltall. Weil es so unendlich war.
Juli: Ich konnte wegen der Risse in der Zimmerdecke nicht schlafen, weil da die ganze Zeit so unendlich viele Spinnenbeine herauskrabbelten.
Saskia: Ich habe das mit der Unendlichkeit des Alls nicht kapiert. Wenn man es in eine Schachtel stecken wollte, musste da noch eine Schachtel drumherum, und immer so weiter.
Juli: Um ehrlich zu sein, kapier ich's immer noch nicht. Wie wollen wir das Saul erklären?
Saskia: Er wird auf dem Mars sitzen und denken: Arme Eltern, die

Menschen der letzten Generation waren ja so gefangen auf diesem Mini-Planeten Erde, die konnten nirgendwo anders hin.
Juli: Wir sind jetzt schon altmodische Eltern, die ihm nicht folgen können.
Saskia: Brauchen wir auch nicht. Er muss vorausgehen.
Juli: Mindestens dreißig Meter vor uns, so habe ich das bei meinen Eltern gemacht.
Saskia: Dazu muss er aber erst mal laufen lernen.
Juli: Wetten, dass er läuft, bevor wir in Alaska sind?
Saskia: Bis zum Nordpol.
Juli: Du immer mit deinem Handy. Wem willst du denn jetzt noch was schicken?
Saskia: Gute Nacht.

DER ERSTE MORGEN AUF DER INSEL

Sieben Uhr früh. Das Tageslicht befreit das Haus von seinen schweren Schatten. Zum ersten Mal seit über einem Jahr nimmt Juli ein morgendliches Bad. Im vergangenen Jahr war ihr sogar die Suche nach Entspannung zu viel Stress, weil sich währenddessen die unerledigte Arbeit weiter auftürmte. Der Duft frischgebackenen Brotes holt mich aus dem Schlaf und lockt mich in die Küche.

Karl kommt mit frischen Eiern der Freiland-so-weit-das-Auge-reicht-Hühner herein, überlegt, wohin er den Abwasch räumen kann, dann schneidet er das Brot. Molly, festlich in einem moosgrünen Kleid, ist überall zugleich. Sie verteilt Lätzchen und Servietten, verstreut Guten-Morgen-Krumen im ganzen Haus.

Alle Lebensmittel auf dem überladenen Tisch haben sie selbst hergestellt; die Marmelade und die Rhabarberkonfitüre hat Molly eingekocht, das Brot hat Tammy gebacken, der bröcklige Ziegenkäse stammt von einer Zicke, die uns von der Weide aus beäugt. »Setzt euch, setzt euch, nehmt, was ihr mögt«, befiehlt Molly, »so machen wir das hier.«

Saul, gerade aufgewacht, stimmt ein Gebrüll an, das wie ein Orkan über den Frühstückstisch fegt. Neben dem unzerbrechlichen Bambusteller liegt noch ein Geschenk für ihn, aber Saul sieht es nicht, weil seine Tränen ihm die Sicht nehmen. Molly singt

Sauls Namen in Endlosschleife. Der Zauberspruch erreicht ihn, der Sturm legt sich, das Geschenk wird geöffnet: eine kleine Aufmerksamkeit der Zwillinge – ein Hundeknochen.

In der wiedereingekehrten Ruhe blickt Saul sich um. Ob er versteht, dass er gestern Abend auch schon hier war, im selben Zimmer, das jetzt strahlt? Molly steckt ihm noch ein Stückchen Butterbrot in den Mund. Dankbar schaut er zu ihr auf. Karl zwinkert mir zu, schenkt seiner Mutter und mir noch Kaffee nach. Auf ihrer Tasse steht in Frakturschrift: *Lady of the House.*

•••

Wie eine Marionette baumelt Saul an meinen Armen. So betreten wir den Garten. Die spitzen Pfähle der Einfriedung sollen das hungrige Rotwild fernhalten. Einen einzelnen, mageren Hirschkopf habe ich bereits hereinlugen gesehen, ansonsten wirkt es hier recht abgeschieden. Keine Horde *Kumbaya*-singender Zen-Buddhisten im Garten, die in irgendwelche Rituale oder hermetisches Schattenboxen versunken sind. Karl ist gerade hinter den Nadelkissen aus Gräsern und den wollknäulförmigen Sträuchern in seine Werkstatt verschwunden. Als er so alt war wie Saul, muss ihm dieser umzäunte Garten unermesslich groß vorgekommen sein, der Obstgarten und das verkrüppelte alte Bäumchen über eine Tagesreise entfernt. Saul zieht an meinem Arm, er will wieder nach drinnen, zu Juli. Auf einmal hat sie die Zeit, sich Zeit zu nehmen. Zu Hause steht sie ständig unter einer nervösen Spannung, die auch mich ansteckt und unter Zugzwang setzt. Jetzt entspannt sie sich für uns beide.

Saul und ich warten auf dem Bett auf Julis Rückkehr. Mit beiden Händen streichelt Saul den kleinen leuchtenden Apfel meines

Laptops, als wolle er ihn pflücken. Der Apfel leuchtet zwar, das Gerät gibt aber auch nach einer ganzen Nacht kein Lebenszeichen von sich.

Ruhig Blut. Die Katastrophe hält sich in Grenzen. All meine Dokumente und Träume hängen irgendwo in der Cloud. Und von Hand kann ich schließlich auch schreiben. Es ist sogar besser. Man denkt länger nach, bevor man etwas in Worte fasst.

Unterdessen ist mir entgangen, wie es Saul gelingen konnte, eine volle Windel aus dem Abfalleimer zu fischen, obwohl er nur bäuchlings vorwärtsrobben kann wie ein Fisch auf dem Trockenen, aber ich bekomme durchaus mit, wie er die Windel an meinem Rücken reibt, und als ich mich umdrehe, drückt er sie mir quietschend vor Vergnügen ins Gesicht. Bei einem Erwachsenen würde man von Absicht ausgehen.

Es braucht eine ganze Packung Feuchttücher, bis wir wieder halbwegs sauber sind. Wütend fängt Saul an zu brüllen. Ein Drama, dessen Ursprung sich mir nicht erschließt, scheint ihn zu erschöpfen. Er prallt gegen die Sprachbarriere zwischen uns. Seine unverständlichen Schreie werfen ihn auf sich selbst zurück.

Juli taucht hinter mir auf und nimmt ihn hoch. Mitten auf seiner Nase prangt eine Beule. Ein Mückenstich. Sie wiegt ihn an ihrem nackten Körper, gibt ihm sein Püppchen. Sofort schmilzt er dahin, er bringt sogar ein breites Lächeln für sie zustande.

»Geh eine Runde spazieren«, schickt mich Juli weg. »Du hast es anscheinend nötig.«

•••

Ich öffne das Gartentor, das zu einer Wildblumenwiese führt. Mein Telefon weigert sich, von irgendwoher ein Signal zu empfangen. Offenbar gibt es auf dieser Welt noch Orte, an denen man seiner Geliebten nicht einmal berichten kann, dass man keine Nachrichten verschicken kann. Seltsam erleichtert atme ich auf. Der Ozean plätschert vor sich hin, die Sonne trocknet meine Zweifel. Wann war ich das letzte Mal unterwegs, ohne irgendwohin zu müssen, zu einem Termin, einer Lesung, auf dem Weg in einen Stau, der in einen weiteren Stau mündete? Oder ganz allein unterwegs, ohne Kinderwagen, ohne heruntergefallenen Schnuller im Mund, um ihn wieder keimfrei zu nuckeln, ohne Feuchttücher oder ohne Juli?

Eine Krähe, die einbeinig auf einem Pfahl sitzt und vor sich hin meditiert, sieht mich an. Irgendwo bellt ein Hund. Das ist alles. Es ist mehr als genug. Ich erwische mich dabei, wie ich leise ein Lied singe. Die Insel driftet unter meinen Füßen dahin, ich lasse mich von ihr mitnehmen. Hier in diesem irdischen Paradies werden Juli und ich von vorn anfangen. Wir sind zwei Evas, also kann nichts schiefgehen. Ich will bei ihr sein, so einfach ist das.

»Ja«, sage ich entschlossen, laut. Ich höre noch immer das Bellen des Hundes. Es scheint, als würde es meinem Ja eine Extraportion Kraft verleihen. Er könnte auch wütend sein, weil man ihn eingesperrt hat.

»Achtung!«, höre ich.

Ich schaue genau ins Sonnenlicht, erkenne eine gedrungene Silhouette. Das erste Lebewesen, dem ich auf dieser Märcheninsel begegne, ist ein Zwerg. Aus dem Lichtfleck bewegt sich ein Körper auf mich zu, die Ränder bekommen Farbe: Thor Thor. Seinen Bruder Noah im Schlepptau. Der Zwilling gibt mir Zeichen, ich solle still sein, deutet ins Gebüsch. Noah, der Hagere, duckt sich, greift nach riesigen Steinen. Er hat zu viel Kraft für einen Elfjährigen. Grinsend verschwindet er im raschelnden Gestrüpp. Thor Thor flüstert mir zu, dass der Hirsch, der die Träume der Menschen gefangen hält, nur eine einzige Schwachstelle hat: »Er kann nur bis vier zählen. Aber wenn du ihm fünf Steine hinlegst, bringst du ihn total aus dem Konzept, und er wird nicht aufhören zu zählen und alles andere vergessen, sodass du in der Zwischenzeit deine Träume stehlen kannst.«

Auf allen vieren kriecht Noah aus dem Gebüsch hervor. Der Hirsch zähle gerade, sagt er. »Papa kommt nachher zum Essen«, stellt Thor Thor zufrieden fest. Da ist er, sein Traum.

Schallendes Gelächter. Und weg sind sie. Weg mit ihrer schönen Geschichte von den Steinen. Ob sie das allen Fremden erzählen? Jeder hat hier seine eigene Version des Aberglaubens. Der Anfang der Literatur.

Entlang schwarzversengter Bäume, Zeugen des schweren Insellebens, gehe ich gemächlich zur Reef Point Farm zurück, vorbei an einer verrosteten Badewanne, die falsch herum den Regen im Paradies abwartet. Wo ist Juli?

NOTIZBUCH

Wenn Saskia Juli anschaut, denkt sie an Bob Dylans Songs. Seine Worte sind die Untertitel ihrer Welt. In einem seiner Lieder singt er von einem Zug und einem Geheimnis und einem Mädchen: »*I can't help it/ if you might think I'm odd/ if I say I'm not loving you for what you are/ but for what you're not.*«

Juli macht Saskia stolz, wegen allem, was sie nicht ist: Modepüppchen, dicke Bärin, schlampige Schlaftablette, Beamtin mit Perlenkette, arrogante Kulturtante, gönnerhafte Geliebte. Und noch mehr wegen dem, was sie eben schon ist, sie selbst, aber das würde hier und jetzt den Rahmen sprengen.

Wenn Saskia Juli ansieht, erkennt sie sie manchmal wieder, die Frau ihres ersten gemeinsamen Dates. Um vier Uhr früh standen sie in der Tür des alten Herrenhauses mit den hohen Decken, wo Saskia eine Etage angemietet hatte, und plauderten unablässig in ihrem selbstgesponnenen Kokon, weil ihre Lippen sich nicht zu berühren wagten, und während sie redete, klemmte Juli ihre Füße in den Türrahmen, lehnte sich mit dem Rücken gegen die andere Seite und krabbelte wie eine Spinne nach oben. In vier Metern Höhe erzählte sie weiter über dieses und jenes, darüber, wie man das Problem der Lichtverschmutzung bekämpfen könne, nämlich indem man die Leute genmanipuliere und ihnen Katzenaugen verpasse, sodass sie im Dunkeln würden sehen können. Welche Frau tut so etwas?

Das Geheimnis jedes Pärchens: Etwas, das stärker ist als die Liebe, hält sie zusammen, es ist der unsichtbare Körper, den sie zusammen geschaffen haben und den sie bewohnen.

Sie will Julis breite Hände, ihre Finger auf sich, in sich.

DER ERSTE MITTAG AUF DER INSEL

Wir haben Saul gerade in Mollys Obhut gelassen. Friedlich lag er auf ihrem moosgrünen Busen und lauschte andächtig auf etwas da drinnen, ihren Herzschlag, ihre strömende Großmutterliebe. Die Zwillinge tigerten um sie herum, ihr Papa konnte jeden Augenblick kommen. Durch die Holzwand unseres Schlafzimmers hörten wir, wie Karl den Zwillingen ein Donnerwetter verpasste. Wie ein Vater schimpfte er sie, dass sie aufhören sollten, Saul wie einen Sack Kartoffeln herumzuzerren.

Benommen betreten wir das Wohnzimmer, unsere Körper noch warm voneinander.

»Sitz!«, ruft Noah.

Saul kneift seine hellblonden, fast unsichtbaren Augenbrauen zusammen.

»Sitz!«, tönt es noch einmal.

Thor Thor legt eine getrocknete Pflaume vor Saul hin, der hastig darauf zukrabbelt.

»Aus!«

Molly blickt von ihrem vergilbten Khalil-Gibran-Taschenbuch auf. »Seid lieb zu eurem Cousin, Jungs. Saul ist kein Hund, verstanden?«

»Wolf kann wenigstens Kunststücke.«

»Ein Wolf, der Kunststücke kann?«, erkundigt sich Juli.

Der rotbackige Saul schaut verwirrt von Molly zu Juli. Mollys cremige Sprache prallt auf Julis scharfen, unverhüllt flämischen Zungenschlag.

Wolf sei der Deutsche Schäferhund ihres Cousins Ira, klärt uns Molly auf. Die Jungen richteten den Welpen gemeinsam mit Onkel Trygve ab. Zur Zeit aber nicht, weil ein Welpe in der Nähe eines Kleinkindes wegen seiner Unberechenbarkeit zu gefährlich sei. Da gebe es grässliche Geschichten.

Die Zwillinge wollen wissen, wieso alle behaupten, Saul werde ein Riese wie ihr Papa Thor werden. Sie zerquetschen seine dicken Handgelenke, krümmen ihre Hände um seinen Schädel, legen seine noch nutzlosen Beinchen zum Vergleich neben ihre Unterarme.

»Wackelpudding«, stellt Noah fest.

»Das ist Babyspeck, Dummkopf«, verbessert ihn der Naseweis Thor Thor.

»Du bist dick.« Noah wehrt sich. »Kein Riese, sondern ein Fettmops.«

»Niemand ist dick«, schreitet Molly ein, die massiven Arme in die Hüfte gestemmt.

»Ja, aber Nana, er ist …«

»Das wollen wir nicht hören, hier ist keiner dick. Ich fände es richtig toll, wenn ihr euch beieinander entschuldigen würdet.«

Die Jungen werfen sich einen hasserfüllten Blick zu, reichen einander aber pflichtschuldig die Hände, wofür sie Nanas Zustimmung ernten. Mit Getränken aus einer prall gefüllten Vitrine bereitet Molly Gin Tonics aus unserem belgischen Mitbringsel zu. Für Karl nur Tonic. Hier in seinem Elternhaus rührt er keinen Tropfen an. Man schlüpft wieder in die Haut des Kindes, das man an dem Ort war, an dem man die Rolle so viele Jahre gespielt hat. Doch einen Drink auszuschlagen, auch nur einen einzigen, einen winzig kleinen, gilt im traditionellen Flandern mit seiner Bauernkirmes und dem freitäglichen Fisch als ultimative Beleidigung. Wer nicht trinken will, der führt Julis Mutter zufolge irgendwas im Schilde. Mit einem Glas Quellwasser nimmt Karl zwischen seinen Neffen Platz. Sie umfassen seinen Bizeps und bitten ihn, ihn doch einmal anzuspannen. Sie reiben mit den Händen über Karls raue Wangen, schmiegen sich genüsslich an seinen breiten Brustkorb.

»Wenn ich erwachsen bin, mache ich Kinder wie *uncle* Karl«, sagt Noah.

Karl lacht laut auf.

»Du bist noch lange nicht erwachsen, Junge, genieß die Zeit«, sagt Molly. Auf dem Festland ist man mit elf fast erwachsen, aber hier bleiben selbst alte Riesen Kinder in Gummistiefeln. »Sie werden viel zu schnell groß«, sagt Molly mit den Worten meiner eigenen Mutter, »ein Kind muss so lange wie möglich Kind bleiben.«

Auf dem Tisch erscheint eine beeindruckende Holzschüssel voll giftgrünem Salat neben einer großen Schale goldgelb gebratener Kartoffeln und einem Teller faserigen Geflügels – Nelson und Janis sind heute Morgen in den Kochtopf gewandert, um ein vierstündiges Dampfbad zu nehmen. Für Thor Thor hat Molly eine Portion Püree gekocht.

»Papa kommt nicht«, sagt Noah, plötzlich Prophet.

»Du weißt doch, dass Papa auf der Arbeit ist, mit dem Hubschrauber, da kommt oft etwas dazwischen«, sagt Molly. Die Eltern der Jungs sind geschieden, sie arbeiten nicht auf der Insel, weshalb die Zwillinge jetzt bei Nana wohnen.

Thor Thor erstarrt hinter seinem Vorhang aus langen Haaren, bleibt reglos sitzen. Das Einzige, was sich bewegt, sind seine Wimpern. Seit dem Tag, als seine Eltern die Insel verlassen haben, hat er seine Haare zur Trauerweide wachsen lassen. Niemand darf seine Traurigkeit anfassen, geschweige denn sie stutzen.

»Wir können ja versuchen ihn anzurufen«, sagt Nana.

Thor Thor nickt. Es ist ihm schnurzpiepegal, dass er den Rest des Monats nicht mehr wird surfen können, um Fotos von Bäumen oder Dinos aus dem weltweiten Netz zu pflücken. Er würde das letzte Guthaben auf seiner Prepaid-Karte nur zu gern opfern, wenn er dafür ein Skype-Gespräch mit seinem Papa Thor führen könnte …

Alle versammeln sich um einen klobigen, gelblichen PC. Auf dem pixeligen Bildschirm taucht Karls jüngerer Bruder, Papa Thor, auf. Der Gott des Donners heißt Saul so ungestüm, wie es sein Name vermuten lässt, in der Familie willkommen und erklärt, wie leid es ihm tue, dass er nicht bei ihnen sein könne. Letzte Nacht seien sie mit dem Hubschrauber gegen eine Bergflanke auf Quadra Island geflogen und reparierten jetzt den Rotor. Ohne innezuhalten fragt er, wie zwei Lesben eigentlich ein Kind bekommen, dröhnt und redet mit rührender Kraft auf seine Söhne ein, dass sie ihren Grünkohl aufessen und lieb zu Nana und ihrem Onkel sein sollen, und sagt an seinen Bruder gewandt: »Oder du kommst gar nicht mehr auf die Insel zurück, Dreckskerl. Karl, Mann, meine Söhne wollen dich immerhin noch sehen. Also benimm dich.« Plötzlich geben die Pixel den Geist auf, die Verbindung reißt ab.

»Kommt er nicht?« In der Tür erscheint eine attraktive, dunkeläugige Frau um die dreißig, herausfordernder Blick, mit ihrem strammen Surferbody strotzt sie vor Gesundheit. Sie trägt haargenau die gleiche Nickelbrille wie Molly. Wie selbstverständlich setzt sie sich an den Esstisch neben Saul. Ihr linker Arm ist sehr kurz. Sie gibt Saul ein paar Küsschen auf den Bauch, dann küsst sie das Püppchen. »Die habe ich für dich gemacht, Kleiner.« Ein selbstgenähtes Selbstporträt.

»Tammy«, stellt sie sich vor. »Ich wohne auf dem Bauernhof nebenan.« Sie benutzt kein Deo.

»Hey, Tammy«, sagt Karl lasch. Wie ein ungeduldiges Kleinkind kickt er gegen das Tischbein, dass der ganze Tisch wackelt. Dieser Mann geht auf die Fünfzig zu, und noch immer versucht ein wildes Tier aus ihm auszubrechen.

»Was ist eigentlich los?«, frage ich. »Will dein Bruder Thor dich nicht mehr sehen?«

»Jungs!« Molly duckt sich unter den Zipfel der Tischdecke. »Hört jetzt auf, am Tischbein zu rütteln, und setzt euch bitte wieder hin«, sagt sie.

»Aber wir haben gar nichts gemacht ... Das war Karl.«

»Nicht die Schuld auf andere schieben, Schätzchen«, sagt Molly. »Was kann Nana gar nicht leiden?«

»Streit, Abfall und Cola«, tönt es.

»Nein, ich meine: Was mögen wir nicht?«

»Cola.«

»Uns streiten.«

Im Nu sitzen die beiden wieder brav auf ihren Stühlen, während Molly, Juli und Tammy sich endlos über Simbabwe unterhalten. Tammy hat, wie Juli, dort ehrenamtlich gearbeitet. In vielen überflüssigen, aber farbenfrohen Details erzählt Juli die Geschichte von ihrer Abreise: Ihre Mutter hatte anfangs mit Selbstmord gedroht, sie dann aber gehen lassen und sogar gesagt, sie würde das Kind gegebenenfalls adoptieren, falls Juli schwanger aus Afrika zurückkehre. Juli erhielt jedoch die sofortige und bedingungslose Unterstützung samt Segen ihrer gottesfürchtigen Großmutter.

»Den Negerlein helfen und sie bekehren« sei Gotteswerk und die für eine Lesbe sinnvollste Art, ihre Zeit zu verbringen. Das Gelächter der Frauen flattert durchs Haus.

Karl schaut aus dem Fenster auf die glatte Oberfläche des Ozeans, um seinen Ärger abebben zu lassen, bis Juli ihn fragt, was ihn denn wurme. Da schnaubt er verächtlich durch seine markante Olsen-Nase und erzählt, was ihm heute Morgen im Laden zu Ohren gekommen ist: Irgend so ein reicher Kerl, der eine App entwickelt hat, mit der man Sneaker nach Farbe sortieren und reinigen könne, habe die kleine Insel vor der Austernfarm gekauft.

»Ein Naturliebhaber«, bestätigt Molly begeistert. Alle Olsens dürften auf seiner Insel gärtnern, für einen guten Lohn.

»In unserer Community ist jeder willkommen«, pflichtet Tammy ihr bei.

Karl wird rot, er findet nicht die richtigen Worte. Er verlangt von seiner Mutter, zuzugeben, wie verlogen das ist. Diese reichen Typen würden ihre nierenförmigen Pools, künstlich angelegten Grotten, privaten Filmsäle mit Megabildschirmen und Vergnügungsparks mitten in die letzten unberührten Wälder knallen und die Tiere vertreiben, aber Hauptsache, sie haben *panic rooms* im Bauch ihrer Villen.

Sein ganzes Leben lang würden die Olsens schon über die Klahoose, diese Raffgeier, lachen, und jetzt hießen sie selbst die Millionäre und kapitalistischen Kolonisten aus dem Silicon Valley willkommen. Die kämen hier nicht her, um Freunde zu finden, die wollten schlicht und ergreifend in Sicherheit sein, wenn die Kontinente wegen der Überschwemmungen und extremen Temperaturen unbewohnbar geworden seien.

Molly bleibt unbeeindruckt. Diese Diskussion kenne sie so ähnlich noch von früher, als sie als junges Mädchen gegen die spießbürgerliche Mentalität Englands, gegen die alten Spinnweben aus Regeln und Gesetzen und für absolute Toleranz und Offenheit gekämpft habe. So habe sie ihre Söhne erzogen.

»Dass ich nicht lache«, sagt Karl. Er ist kurz davor, etwas zu sagen, doch er überlegt es sich anders, lässt die Gelegenheit verstreichen.

Noah schneidet mit seinem Messer in die Tischdecke mit dem bunten Blumenstrauß-Motiv, wobei er eine der Baumwollblumen köpft.

Wenn man einen Ort verlässt, leben die, die zurückbleiben, ohne einen weiter. Sie übernehmen das Zimmer mit demselben Bettzeug, sie ergänzen die Kalender um neue Namen, sie lassen einen gehen, ohne zu fragen, wann man zurück sein wird.

»Und du, Saskia?«, wendet sich Molly an mich. »Erzähl uns doch ein bisschen von deiner Community, deinen Eltern.«

Ich erzähle etwas. Die eigenartige Stimmung wird nur noch schlechter, erfüllt den ganzen Raum und drückt mit ihren Fettfingern gegen die Fensterscheiben.

Munter kramt Molly dann lieber Erinnerungen an den Tag hervor, an dem Karl endlich über seine sexuelle Orientierung gesprochen habe. Noch am selben Abend hätten sie ein großes Fest gegeben, der liebe Opa Thor bestand darauf.

Ein Kratzer im Holz. Karl hat seinen Stuhl mit einem Ruck nach hinten geschoben.

»Wo ist die Mayonnaise für den Salat?«, fragt Molly, während sie den Tisch danach absucht. Angestrengt schiebt sie ihren Stuhl nach hinten. »Pass auf dein Knie auf«, sagt sie zu sich selbst.

Karl steht steif auf und verlässt den Esstisch.

Im Grunde ist es sonnenklar. Sie können sich in allem Möglichen unterscheiden, aber wenn es ums Streiten geht, sind alle Familien gleich. Als Außenstehender kann man nur raten, welche Rechnungen hier noch offen sind.

In der Küche kommt es zu einem Wortwechsel, die Hintertür knallt zu, Karl poltert über die Veranda davon, über das Stück Gras, an den verrußten Baumstämmen vorbei, durch den Obstgarten, verschwindet. Jeder am Tisch schaut auf die Schüsseln, die Teller, die eigenen Finger.

Unter unseren Stühlen verschiebt sich das Haus, unter dem Haus die dunkle Erde mit den schwarzen Baumwurzeln, und unter den schwarzen Wurzeln treibt die Insel und unter der Insel der ölschwarze Ozean.

In Belgien hätten sie Dinosaurier ausgegraben, weiß Thor Thor zu berichten. Papa und Mama würden sie dorthin mitnehmen. Bernissart heißt das Dorf im französischsprachigen Teil des Landes, von dem wir zum ersten Mal hören. Ausländer können nicht verstehen, wie es möglich ist, dass zwei Landesteile ganz voneinander getrennt leben und trotzdem einen Staat bilden. Wie die Hippies und die Klahoose. Vor Urzeiten lebten überall nur Dinos.

»Die Dinosaurier in Belgien sprachen also Französisch«, sage ich.

Saul schaut mich mit großen Augen an.

»Er kann noch nicht sprechen, stimmt's?«, sagt Tammy. »Das wird schon.«

IM BETT

Juli: Karl hat eben einfach kurz die Geduld verloren.
Saskia: Stimmt, wir sind gerade erst angekommen. Er muss sich wieder eingewöhnen.
Juli: Er will wieder anfangen zu arbeiten, du ja auch. Noch so jemand mit mangelndem Talent fürs Entspannen.
Saskia: Er hat mir erzählt, er sei todmüde.
Juli: Er war vier Jahre fort.
Saskia: Aber er hat Streit mit Molly gesucht.
Juli: Molly macht einen ziemlich taffen Eindruck. Die kann schon was ab.
Saskia: Ja, aber …
Juli: Die sind eine Familie, die testen sich gegenseitig, wollen schauen, wo noch mal die Grenzen lagen.
Saskia: Genau das meine ich.
Juli: Du denkst immer, dass Familienmitglieder miteinander im Clinch liegen.
Saskia: Das stimmt doch auch.
Juli: Suchst du Streit?
Saskia: Lieber in Alaska, wenn wir uns verirrt haben und vor einem Bären stehen, und wir nicht mehr wissen, wessen Idee es war, diesen Weg zu nehmen.

DER ZWEITE TAG AUF DER INSEL

Um Molly wenigstens eine Aufgabe abzunehmen, sammeln wir zu dritt die Eier ein, obwohl sie sich mit den Worten widersetzt, sie sei schließlich keine steinalte Frau. Karl ist schon in seiner Werkstatt zugange. Zweihundert Hühnerfüße scharren in den Maiskörnern um uns herum. Als Saul damals auf seinem Schildkrötenbauch auf dem Boden lag und wie gebannt auf den Fernseher bei Julis Eltern hochschaute, auf dem der gelbe Vogel Bibo durch die Sesamstraße stolzierte, sahen wir ein leibhaftiges Wunder. Was war er doch für ein außergewöhnlich starker Junge, dass er in seinem Alter schon den Kopf heben konnte. Jetzt stehen hundert Möchtegern-Vögel im Hühnerstall um ihn herum. Als Winzling bleibt einem nichts anderes übrig, als die Welt für einen normalen Ort zu halten, auch wenn man urplötzlich in diesem Irrenhaus landet.

Saul will das Ei nicht loslassen und in den Korb legen. Auf der Schwelle zum Wohnhaus lässt er es aus seinen Händchen gleiten. Er patscht in den Schleim, krabbelt zum Korb und schmeißt zwei weitere Eier in die zähflüssige Pfütze. Statt ihn daran zu hindern, lacht Molly, jedes Mal, bei jedem Ei. Ihre Geduld ist wie die Null beim Multiplizieren: Am Ende löscht sie jede Komplexität aus.

Man solle Kinder so viel wie möglich selbst machen lassen, findet sie. Er solle sich ruhig dreckig machen, das störe hier niemanden, mit etwas Wasser und Geduld werde alles wieder sauber. Gelber Schleim trieft von Sauls Brust. Molly nimmt ihn hoch und schlurft mit ihm zum Frühstückstisch. Ihre Knie, wegen Arterienverkalkung brüchig wie Baiser, lassen ihren Gang steif wirken.

»Saskia, auf meinem Bett liegt ein sauberer Strampler für Saul«, sagt sie.

Als ich die Schlafzimmertür öffne, springt die Katze von Mollys Bett. Das Tier verschwindet in den moosgrünen Kleiderwald im Schrank. Molly besitzt ein einziges Kleid, und das in vierunddreißigfacher Ausführung. In den Siebzigern wohnte eine Modedesignerin auf der Insel, die ein Kleid entwerfen wollte, das für alle Jahreszeiten und Größen passte. In Sachen Garderobe hat Molly ausgesorgt. Ich nehme den Strampelanzug vom Bett. Aus dem Augenwinkel entdecke ich auf dem Boden des Kleiderschranks ein kleines aufgerissenes Paket. Eine Schachtel, gefüllt mit grellbunt gefärbten, kugelrunden Kaubonbons. Sie müssen giftiger sein als eine Flasche Abflussreiniger und ziehen Kinderzähne garantiert gleich mit der Wurzel heraus. »Süßes für meine Schätze Thor Thor und Noah, Küsse, Mama, PS: Mit Ira teilen!«, lese ich und eile zurück zu den anderen.

Die Zwillinge schnallen Saul gerade in dem hohen Kinderstuhl an, den ihr Ururgroßvater aus Zedernholz geschreinert hat. Rußspuren verraten, dass auch dieser Stuhl einen Brand überlebt hat. Molly mahlt unterdessen Kaffee, wiederholt ihr heidnisches Gebet (»Saul Saul Saul«), füttert unseren Jungen mit Brot, gibt Thor Thor sein Püree. Für Saul ist anscheinend alles an ihr selbstverständlich, irgendwie weiß sie genau, was ein kleiner Junge braucht.

»Heute werden wir Trygve besuchen«, sagt Juli.

»Tut mir leid, Mädels, das muss sein«, entschuldigt sich Molly dafür, dass sie sich jetzt über Saul beugt, um ihn mit Küsschen zu bedecken.

»Ich auch! Ich auch Bonbons, Bonbonmonster!«, schreit Thor Thor gierig und schmeißt sich gegen ihren Körper, der ihm als Stoßdämpfer dient.

Juli schaut mich mit zusammengekniffenen Augenbrauen an. Jede Familie hat so ihre eigenen, seltsamen Gewohnheiten. Sie nennen Küsschen Bonbons.

»Was rieche ich denn da?« Molly schnüffelt.

»Die *Lady of the House* lebt auf«, flüstert Karl mir zu, der gerade frisch rasiert und in eine Wolke aus Aftershave gehüllt hereingekommen ist. Trotzdem wirkt er irgendwie erschöpft. Das große Bonbonmonster hat sich wieder auf die Kinder gestürzt.

»Meine Ohren funktionieren noch ganz ausgezeichnet!« Molly wendet sich ihrem Sohn zu. »Bevor du heute Abend ins Bett gehst, gebe ich dir ein wenig Baldrian, mein Junge ... Was ich noch sagen wollte: Ich bin froh, dass wir hier alle zusammen sind.«

Heute Nacht sind die Zwillinge wach geworden, weil Karl in der Werkstatt schlafwandelte. Sie sind vorübergehend in Karls alter Werkstatt untergebracht, weil wir in ihrem Zimmer schlafen. An ihrer Stelle hätte ich die Eindringlinge, die mir mein Kinderzimmer abspenstig gemacht haben, zum Teufel gewünscht. Wir wollen kurz jedes Familienmitglied besuchen und dann schnell abreisen, dann können sie ihr tägliches Leben wieder aufnehmen und wir unseren Roadtrip quer durch Alaska und nach Baranof Island fortsetzen.

Karl berichtet, dass ein Schleppkahn, eines dieser klobigen Schiffe, die gefällte Baumstämme transportieren, heute Nacht gesunken sei. Der Kapitän habe nicht überlebt, das Leben sei echt grausam, und die gesamte Fracht habe sich gelöst und sei im Meer gelandet. Ich denke an den Fährmann und dessen Bruder. »Dann suchen wir eben die Baumstämme, ein einziger kann bis zu sechshundert Dollar einbringen«, sagt Noah, als wäre er als Familienoberhaupt verantwortlich fürs Brötchenverdienen.

»Solange Karl auf der Insel ist, kommt Ira aber nicht mit«, erinnert Molly sie – wegen Wolf.

»Wir würden am liebsten erst Trygve besuchen«, sage ich.

»Erst helfen wir Molly beim Aufräumen«, meint Karl.

Sie macht ein solches Durcheinander, dass sie sogar vergisst, Mamas Geschenke weiterzugeben, denke ich bei mir. Oder kann es sein, dass Molly die Süßigkeiten abends im Bett heimlich selbst verputzt?

»Dieses ganze Chaos muss mir erst mal jemand nachmachen«, sagt Molly lachend. Molly fühlt sich allen Feministinnen der Welt gegenüber verpflichtet, ihren Haushalt nicht als den Mittelpunkt ihres Frauenlebens zu sehen. Daher habe sie auch die Karriere der Schwiegertochter sehr unterstützt. Die sei Strafverteidigerin, weshalb sie nicht auf der Insel arbeiten könne, weil es hier kein Gericht gebe. Alle Olsens hätten die gleichen Rechte, und darüber seien sich alle einig.

»Aber bitte erlaubt mir, mich ein wenig um euch zu kümmern. Ich finde es herrlich, Hotel Molly zu spielen«, behauptet sie und hat dabei ein Funkeln in den Augen. »Tut, was ihr wollt. Alles ist erlaubt …«

»Außer, etwas nicht zu dürfen«, ergänzt Thor Thor.

Diese Frau hält die ganze Kinderschar mit ein paar einfachen Worten beisammen, in einem Haus, das so vollgestopft ist, dass für Konflikt kein Platz mehr bleibt.

»Blablagugu«, sagt Saul und steckt sich den Stummelarm seiner Puppe wie einen Stöpsel in den Mund.

»Ja, genau, Saul«, spornt Molly unseren Jungen an, »bleib ruhig bei mir und lass deine Mamas mal ein Weilchen in Ruhe. Dann können sie unten am Strand mithelfen, und wir machen inzwischen ein paar Turnübungen, damit das mit dem Laufen besser klappt, wir zwei Lahme auf einem Haufen.«

•••

Die zwei Frauen winken aus der Ferne so emsig wie Scheibenwischer. Sie wollen auch am Strand mithelfen, Tammy und eine Frau mit einem unordentlichen Dutt auf dem Kopf. Auf den verschlissenen Westen, die beide auf der bloßen Haut tragen, steht »SHE«, die Muschel einer bekannten Ölgesellschaft ist noch erkennbar.

Tammy mustert Juli wohlwollend von Kopf bis Fuß. Die Frau, deren Wohnzimmer die Welt zu sein scheint, legt ihren langen Arm um mich. »Glückspilz«, sagt sie.

»Ich aber auch«, sagt Juli lachend.

Bevor wir zum Strand gehen, wollen uns die Frauen den Stolz der Insel zeigen. Eine Propellermaschine übertönt unser Gespräch. Pria und Thomas. Das erkennen die beiden Inselbewohnerinnen am Kleinflugzeug. Das pensionierte Psychologenpärchen, das früher Hollywoodstars behandelte, wohnt während der Sommermonate hier, zusammen mit einer Handvoll anderer Superreicher. Die Riesenlibelle findet ihren Landeplatz und wird vom Wald verschluckt. Auf Portes kommt oder geht keiner unbemerkt.

Wir riechen den Stolz der Insel schon von weitem. Auf dem Algenfeld sind drei Frauen und ein Mann, alle in der Abgeschnittene-Jeans-Kluft des Clans, emsig damit beschäftigt, die dunkelgrünen, halbvermoderten Algenschweife aufzusammeln, um den salzigen Schleim über das Land zu verteilen. Ich muss schlucken, um mich nicht zu übergeben.

Die nährstoffarmen Sandböden des einstigen Nadelwaldes sollen auf diese Weise mit einer Algendecke fruchtbar gemacht werden. Eine Sisyphusarbeit. Seit den Sechzigerjahren reicht die Community Eimer für Eimer vom Strand bis nach oben durch. Es seien noch viele Tonnen Algen nötig, was aber nicht hieße, dass wir helfen müssten, versichern sie uns. Juli ist vom vielen Schaufeln bald schweißgebadet. Was, wenn die Insel überflutet wird und die Algen wieder auf dem Grund des Ozeans liegen, denke ich. Was, wenn ich überflutet werde?

•••

Karl glaubt, ich würde es hier zwischen duftenden Algenfeldern und Menschen nicht lange aushalten. Wir gehen einen Weg entlang, der sich in den Wald hineinwindet. Das Algenfeld werde übrigens seiner Ansicht nach eher wieder vom Meer überspült, als dass es Fruchtbarkeit bringe.

»Mal ehrlich, Karl«, sage ich, »du hast immer Augenringe, aber jetzt reichen die bis zum Boden. Was bedrückt dich denn?«

»Ach, mir ist das zu still hier. Ich bin das nicht mehr gewohnt. Bald sind wir wieder weg. Lass meine Mutter bitte nur noch das Ritual für ihren Enkel abhalten.« Er möchte mir etwas zeigen, was er als fünfzehnjähriger Schwuler für seine Mutter angefertigt hat. Als sie ihm noch alle Aufmerksamkeit der Welt schenkte und er glaubte, das würde für den Rest seines Lebens so weitergehen, verehrte er sie und ignorierte seinen ältesten Bruder, der behauptete, ihre Mutter würde ihn am meisten lieben. Wo Trygve wohne? Eine vage Geste, da, im Wald.

»Das perfekte Geschenk für Molly, aber dir wird es auch gefallen«, sagt er strahlend.

»Ist es wieder etwas Symbolisches, ein Holzlöffel vielleicht oder ein doppeltes vierblättriges Kleeblatt?«

»Nein, Quatsch«, sagt er lachend. Er nimmt mich mit in den Wald. Mit fünfzehn habe er für Molly eine eigene Hütte gebaut, damit sie dort sticken könne, in ihrem Tagebuch schreiben oder einfach nichts tun. Zwischen den Bäumen taucht eine bescheidene Blockhütte auf. Im Laufe der Jahre haben Freunde auf die Außenwände Gedichte, Weisheiten und albernes Zeug geschrieben, Passanten ließen Glücksmuscheln und tibetische Gebetsfähnchen zurück. Auf die Tür hat Karl in seinem typischen, exzentrischen Stil eine Männerfantasie gemalt: ein nackter Seemann, bereit ins Meer zu springen, seinem aufgerichteten Schwanz hinterher. Die Außenwände würden inzwischen allen gehören, das Innere gehöre Molly und für die Dauer unseres Aufenthaltes mir. Mit einer einladenden Geste öffnet Karl die Tür.

Entzückt trete ich ein. Dieser Raum ist die Antwort auf meine Bedürfnisse: ein schlichter Holztisch, ein Marmorspülbecken, Aussicht auf den einsam funkelnden Ozean; sogar ein Doppelbett und eine Außendusche, die über Regenwasser funktioniert, gibt es. Außerdem ein Porträt von Opa Thor, mit einer Muschelkette umkränzt.

»Du darfst auf die Wände schreiben, egal was«, sagt er. Feierlich spricht Karl unseren Satz aus, den wir uns von Rainer Maria Rilke geliehen haben, als wir zusammen in Winnipeg unser beider Alleinsein zelebrierten: »Weil ich für die höchste Aufgabe einer Verbindung zweier Menschen diese halte: dass einer dem andern seine Einsamkeit bewache.«

Wie schwermütig sich das auch anhören mag, mich macht es

leicht. Karl war der Erste, der mir vor Augen geführt hat, dass man sich in einer echten Freundschaft gegenseitig hilft, die eigene Einsamkeit zu ertragen und manchmal auch nur sein zu lassen.

Fichtenzapfen ticken fröhlich auf das Zinkdach über meinem Kopf. Hier werde ich schreiben können.

NOTIZBUCH

Nachricht verschicken fehlgeschlagen.

Opa Thors Porträt vor dem Schreiben entfernt. Weil es sie anstarrte. Eine Muschel fiel von der Kette. Hatte sie ein Sakrileg begangen?

•••

Als kleines Kind ging Saskia am Meer entlang und glaubte, sie käme von irgendwo anders her. Am Ufer wurde sie von etwas überspült, als sei sie ein Fisch, der in der Brandung zappelt, sich noch halbwegs dessen bewusst, wie es unter Wasser gewesen war. Sie atmete, aber mit unvollkommenen Kiemen, schnappte nach Luft.

Ein Baby weint. Warum? Ist es traurig, weil es in der Welt der großen Hände und der Telefone nicht zu Hause ist?

Unser Kummer geht uns manchmal voraus, Saul. Die Leute wissen nicht, warum eine große Melancholie einen Riss durch ihr Dasein zieht. Sie stehen und gehen neben der Welt.

Lieber Saul, vielleicht wirst du auch manchmal das Gefühl haben, dass etwas an dir zieht, eine Hand, unerklärlich weit weg, die dich in eine unbekannte Welt mitnehmen will. Vielleicht aber auch nicht. Vielleicht findest du direkt eine Abkürzung zum einfachen Glück, sei es ein Fußball, ein Freund. Aber in manchen Situationen wirst du es am eigenen Leib erfahren. Die Menschen leben in der Welt, ohne eins mit ihr zu sein. Mit nichts und niemand sind sie eins.

Als Kind konnte Saskia das schwerlich hinnehmen. Lieber wäre sie Teil der Wolken gewesen, am Himmel dicht zusammengedrängt. Der Gedanke machte sie federleicht.

Saskia hat das rabenschwarze Haar ihrer Mutter und ist genauso wachsweich wie ihr Vater. Dennoch spürte sie als Kind, dass irgendetwas nicht stimmte. Auch wenn es extrem unwahrscheinlich war: Sie konnte einfach nicht glauben, dass sie aus ihren Eltern hervorgegangen war. Sie hatte längst gemerkt, dass sie so anders waren, so prinzipientreu, immer so erwachsen, sie kannte die beiden kaum. Ihre Eltern brachten sie morgens zur Schule, sie aßen auch gemeinsam. Ansonsten verbrachte Saskia die Zeit in ihrer Bastelwerkstatt oder im Wald. Sie verstand so gar nichts von ihren Gesprächen über Pächter und Kataster und fand, dass ihr Kaffee nach Fäkalien stank.

Und dann ging ihr plötzlich ein Licht auf. Wie hatte sie nur so lange so blind sein können? Die Zeichen waren eindeutig: Saskia war adoptiert. Diese welterschütternde Nachricht wollte sie schnellstmöglich ihren wirklichen Eltern überbringen, von denen sie bestimmt das leichte Schielen hatte, die sie gewiss sogar dazu ermutigen würden, nächtelang herumzustreunen, ohne zu verraten, wo sie ist, und mit denen sie eine unmittelbare, spontane, unverwüstliche Verbindung spüren würde.

Aber eines Tages hörte sie die Nachbarin erzählen, wie sie damals für ihre große Schwester sorgte, als ihre Eltern ein zweites

Kind aus dem Krankenhaus holten: Saskia. Als erschwerenden Beweis sah sie zudem ein Foto ihrer Mutter mit einem Neugeborenen im Arm, das schielte wie ein Opossum. Ihr Kartenhaus fiel in sich zusammen – eine Erleichterung und zugleich ein zerbrochener Traum.

Und Saul? Wie wird er wohl mit dem Riss in seinem Leben umgehen? Mit den Eltern, die noch weitaus mehr nicht die seinen sind, beziehungsweise eben schon? Wann wird er sich an Saskia wenden, begreifen, dass es keinerlei Ähnlichkeit zwischen ihnen gibt, und davonlaufen, zu seinen echten, leiblichen Eltern mit den blonden Haaren und den blauen Augen?

Sie bereitet sich dauernd auf diesen Moment vor. Auf dieser Insel mehr denn je.

Sobald du laufen kannst, kannst du weglaufen.

IM BETT

Juli: Molly.
Saskia: Ihr Kleid.
Juli: Und ihre Bonbons.
Saskia: Und ihre klugen Sprüche.
Juli: Und ihr Brot.
Saskia: Alle Familien haben ihre idiotischen Gewohnheiten.
Juli: Aber nicht alle Familien liegen im Clinch miteinander.
Saskia: Deine nicht, stimmt.
Juli: Mensch, meine Eltern schnauzen sich doch auch an.
Saskia: Ich glaube, das ist eher ein Spiel.
Juli: Mein Vater kann sich schwarzärgern über die Klamotten meiner Mutter.
Saskia: Dein Vater findet es doch prima, dass deine Mutter in nuttigen BHs mit Raubtierprint aus dem Haus geht – ohne T-Shirt, oder?
Juli: Sag mal, geht's noch?
Saskia: Du machst dich doch selbst darüber lustig.
Juli: Ich darf das. Sie ist meine Mutter. Nicht deine. Lass uns besser nicht von deiner anfangen.
Saskia: Du hast gerade davon angefangen.
Juli: Übrigens, die Raubtier-BHs passen zur Lebenslust meiner Mutter.

Saskia: Tut mir leid, ist bestimmt was Genetisches.
Juli: Na klar, das Gen für Raubtierprint-Liebe wurde gerade erst entdeckt. Es ist mit dem Gen für kitschigen Modeschmuck und Schnäppchen-Winterurlaube in der Türkei verwandt.
(Sie lachen.)
Saskia: Jeder hat ein Recht auf seinen eigenen, schlechten Geschmack.
Juli: Und offenbar auf sein Territorium. Wusstest du, dass Karl als Kind nicht ein Wort mit den Klahoose gewechselt hat?
Saskia: Ich habe Anne doch auch erst in Brüssel kennengelernt, weißt du nicht mehr? Als wir rausfanden, dass wir unsere ganze Kindheit in hundert Metern Entfernung voneinander verbracht hatten? Unsere Gärten grenzten sogar aneinander.
Juli: Die Gene für abgeschottete Gärten liegen gleich neben denen für Intoleranz.
Saskia: Soll das etwa ein Seitenhieb auf meine Eltern sein?
Juli: Nein, nur ein Witz.
Saskia: Meine Eltern bemühen sich. Was wir tun, ist ja auch absurd: Zwei Frauen machen mal eben, entgegen aller Naturgesetze, ein Kind, während die Welt an Übervölkerung zugrunde geht.
Juli: Jetzt mach mal halblang.
Saskia: Deine Eltern wählen eine rassistische Partei, lassen dich aber dein Ding machen, das stimmt. Meine Eltern stellen ihre Ideale über alles.
Juli: Nicht über alles. Über ihr eigenes Kind.
Saskia: Vielleicht verstehst sogar du, dass Intoleranz gegenüber Intoleranten intolerant ist?
Juli: Haha, wie Verbote verbieten.
Saskia: Und wie »Alles ist erlaubt, außer etwas nicht zu dürfen«.
Juli: Da hast du's.

Saskia: Was denn?
Juli: Selbst die Olsens haben ihre kleinen Dramen. Einen abwesenden Bruder.
Saskia: Wenn du nicht weißt, wo Trygves Haus liegt, kannst du es nicht finden. Ich habe schon danach gesucht.
Juli: Seine Frau Laura ist total dünnhäutig, sagt Tammy. Manchmal sind ihr anscheinend sogar Eichhörnchen zu laut. Sie streichen mit ihren Puschelschwänzen an den Baumstämmen entlang.
Saskia: Schlechte Hippies.
Juli: Überempfindliche Hippies. Besser, wir halten uns da raus.

DER DRITTE TAG
AUF DER INSEL

Die Tage rollen sich vor uns aus wie ein Teppich. Die Sonne geht gleichzeitig mit Mollys fröhlichem Gegacker auf, die Saul in ihrer Ausgelassenheit mit sich zieht und ihn bei jedem Frühstück mit Wagenladungen von Butterbroten vollstopft.

Auch die Fortsetzung des Tages lässt sich in immer gleichen Strängen aufdröseln: Alle sind in die vier Himmelsrichtungen verstreut, kneten in der Küche Teig oder machen im Ziegenstall Käse, überraschen die Nachbarn mit Kuchen und Broten, graben zusammen auf dem Feld und in den Gärten die Erde um und streicheln Blumen, schaufeln Algen, sägen Bäume in Stücke, gehen zu den beiden Läden auf der Insel, einem *free store*, in dem Stehlen Pflicht ist, und einer Kooperative, die als Tauschhandel funktioniert, besprechen dort den Käse, das Brot, den Kuchen, die Algen und die Baupläne und gehen anschließend in die Snackbar nebenan. Die hat *Poutine* im Angebot, Pommes mit Käse und Bratensaft, aber keine Öffnungszeiten. Sie ist immer zu und vermutlich in der Hoffnung errichtet worden, dass sich die Olsens dort eine Weile aufhalten und reden reden reden und sich ausschütten vor Lachen.

Sauls Nase hat von so viel Sonne auf der jungfräulichen Haut schon die Farbe einer Pfingstrose angenommen. Bei all der unbegrenzt vorhandenen frischen Hippieluft schläft der Junge wie ein

Murmeltier und genießt die Aufmerksamkeit. Die Zwillinge haben Saul schon ein paar Kunststücke beigebracht, doch noch läuft er nicht auf seinen Hinterbeinen. Sein Sprechen beschränkt sich aufs Bellen. Auf einer Insel, die Fortschritt eher für einen Rückschritt hält, ist das kein Grund, sich Sorgen zu machen.

Molly sagt: »Alles zu seiner Zeit.«

NOTIZBUCH

Saskias Mutter sagte sehr oft, dass ein De Coster am liebsten Suppe esse. Also gab es Suppe um Suppe, bis sie am allerliebsten Suppe aßen. Auch heute isst Saskia am liebsten Suppe, und zwar die, die ihre Mutter kocht.

Molly sagt: »Macht, was ihr wollt, sagt, was ihr wollt. Ich richte mich danach, ich finde es herrlich, Hotel zu spielen.«

Sie erwähnt das derart oft, dass alle sofort antreten und ihr zur Hand gehen.

Saskias Mutter sagte: »Es hört eh keiner auf das, was ich sage. Ich bin ja bloß die Mutter. Es ist hier ja fast schon wie im Hotel.«

Sie erwähnte es so oft, dass alle hinhörten.

Eine Mutter muss einfach übertreiben, wenn sie sich Gehör verschaffen will.

Beide sagten: »Das verstehst du jetzt noch nicht, aber wenn du später selbst Mutter bist, wirst du es schon verstehen.«

•••

Saskia kennt Juli auch ohne Saul, aber bedauerlicherweise nicht ihre eigene Mutter, bevor die ihren beiden Töchtern Eva und Saskia das Leben schenkte. Saskia kennt die Frau, in der sie herangewachsen ist und die sie auf die Welt gebracht hat, nur oberflächlich, sie kennt nur die Konturen ihres zarten Körpers und ihre feurige Persönlichkeit. Ihre Mutter spielte ihre Rolle zwar perfekt, aber wer ist diese Frau wirklich? Und wer war ihr unsichtbarer Vater, der gütig lächelte und manchmal schallend über die Cartoons in der Zeitung lachte?

Sie denkt an das seltsame Foto, auf dem ihre Mutter noch ein Mädchen war. Es war, als würde Saskia sich selbst auf einer Schwarz-Weiß-Fotografie betrachten, als wäre sie rückwärts in die Vergangenheit getaumelt und vor einer Kulisse gelandet, die sie als den Garten ihrer Großeltern erkannte, nur deutlich kahler. Das Mädchen, ein Einzelkind, posierte in einem scheußlichen, steifgebügelten Kleid neben einem massiven, goldenen Tor, das mitten in ein Blumenbeet gesetzt worden war. Einen Zaun gab es nicht, stattdessen eine absurde Skulptur auf einem schweren Betonsockel. Was hatte dieses Tor da zu suchen? Und weshalb posierte das Mädchen dort? Saskia wollte es an der Hand nehmen, wer weiß, vielleicht würden sie ja Freundinnen werden. Der finstere Blick des Mädchens sagte ihr, dass es streng erzogen wurde und nicht einfach so mit jedem spielen durfte, und dass es sich die unberechenbaren Launen seiner Eltern nicht erklären konnte. Sie hätten sich verstanden.

Was tat ihre Mutter, das niedliche Mädchen auf dem Foto, in dem riesigen Garten ihrer alten, überbesorgten Eltern? Was tat die brillante Jurastudentin im Mai ’68, als sie und Saskias Vater studierten und die Universitäten brannten?

Saskia erinnert sich noch genau, wie sie einmal hinter dem Vorhang hervorlugte und eine verletzliche nackte Frau vor sich sah. Wie Saskia und ihre Schwester diesen Ausbund an Disziplin eines Tages auf frischer Tat bei einem Fressanfall ertappten, dem eine Menge Nussini-Riegel zum Opfer fielen, und wie ihre Mutter das mit einem Lachen überspielte und ihre Töchter dabei helfen ließ, die Süßigkeiten aus dem Schrank zu plündern.

Oder der Vorfall auf dem Heimweg von der Schule. Sie fuhren an einem verbeulten Kinderrad vorbei, neben dem ein schweigender Krankenwagen stand. Ein kleines weißes Laken, wie man es benutzt, um Brot vor Fliegen zu schützen. Verklungenes Sirenengeheul, ein Blaulicht, das sich sinnlos im Kreis drehte. Ihre Mutter, der Inbegriff rostfreier Selbstbeherrschung, schluchzte leise am Steuer, nicht, um die Aufmerksamkeit auf sich zu lenken – wie manchmal bei einer ihrer hysterischen Anwandlungen –, sondern weil ihr Herz wegen etwas brach, das nicht geschehen durfte und gerade geschehen war. Von der Rückbank aus spürte Saskia, wie viel Liebe diese Frau in sich verbarg.

•••

Wie muss sich ihre Mutter als zehnjährige Internatsschülerin gefühlt haben, mit kerzengeradem Rücken auf einem Stuhl sitzend, vor sich einen Porzellanteller mit einem Apfel, eine gestärkte Serviette auf dem Schoß, in ihrer Linken eine silberne Gabel, in ihrer Rechten ein silbernes Messer? Das junge Mädchen erhielt Unterricht in Tischmanieren und Etikette. Lektion eins: wie man einen Apfel mit Messer und Gabel isst, da es sich für eine anständige junge Dame keinesfalls schicke, einen Apfel mit der Hand in den Mund zu führen.

Ihre Mutter war damals schon aus der Zeit gefallen. Wer bekam denn in den Sechzigern noch eine derart knitterfreie Erziehung? Sicher nicht die Mehrheit. Wenn einer weiß, was es heißt, nicht aufzumucken und Gefühle hinter einer gewählten Sprache zu verbergen, dann diese stolze, wohlerzogene Frau.

Bei ihren eigenen Kindern galten Gehorsam und Regeltreue als höchstes Gut. Also war Saskia ungehorsam. Die beste Möglichkeit, um Aufmerksamkeit auf sich zu ziehen. Ihre Schwester Eva wurde selten bestraft. Saskia schon. Sie brachte hervorragende Noten heim, war aber anstrengend und widerspenstig. Sie konnten ihr nichts beibringen, ihr Herz absolvierte nur nutzlose Überstunden.

Was ihre arme Mama nie von jemandem bekommen hat, denkt Saskia manchmal, ist etwas furchtbar Einfaches: Vertrauen in ihre eigene Liebesfähigkeit und dass die genug ist, mehr als genug. Ganz einfach.

•••

Saskias Mutter hatte ihre eigenen Devisen und Sprüche, die sie in Saskias Kindheit in schöner Regelmäßigkeit von sich gab, wann immer ihr danach zumute war. Manchmal half so ein Satz, so wie eine kalte Hand einen Mückenstich kühlen kann. Manchmal war es Salz in der Wunde.

Vor allem ein Klassiker machte Saskia fuchsteufelswild, wenn sie todmüde war, aber ihr vor Hunger der Magen knurrte: »Iss jetzt bitte deinen Teller leer und leg dich dann schlafen. Gut essen – gut schlafen, der Rest kommt von selbst.«

Während ihrer Pubertät wurde der Spruch folgendermaßen ergänzt: »Ein Mädchen in deinem Alter, in der Blüte des Lebens, sollte fröhlich sein.«

»Immer dieses missmutige Gesicht.«

»Immer findest du irgendetwas hässlich, bloß weil deine Mutter es schön findet.«

»Du immer mit deiner schwarzen Kleidung, dabei scheint die Sonne so schön.«

Saskia dachte damals: Ich bin gar nicht todunglücklich, ich bin hundertmal lieber in der Pubertät als ein Kind. Jetzt habe ich wenigstens Freunde, drei sogar. Ich bin einfach ein Hund. Hunde lachen auch inwendig. Nicht mit der Schnauze.

Ein paar Jahre später ertönten oft diese Sätze: »Selbstverständlich haben wir die Polizei eingeschaltet. Wir haben dich wieder mal nirgends finden können.«

Aber ihre Mutter legte ihr vor allem eines ans Herz: »Alles der Reihe nach, Saskia. Das reicht schon. Du ahnst ja nicht, was dir im Leben noch alles begegnen wird.«

DER VIERTE TAG AUF DER INSEL

Nach vier Tagen im Paradies mit herrlichem Wetter und ausgelassener Albernheit, mit wurmstichigen Birnen und als Bonbons getarnten Küssen, fangen wir allmählich an, den Rhythmus der Insel zu verstehen, und unter den Sonnenstrahlen fügen wir uns in die freundlichste Sippe der Erde ein.

In der behaglichen Zwischenwelt der Schreibhütte vertrödele ich etliche Stunden, indem ich ziellos Erinnerungen hinkritzle und Hefte fülle, wie ich es als Kind tat, während Karl in seiner Werkstatt den Staub der Vergangenheit für eine neue, vage Installation zusammenkehrt, die er bereits auf den Namen *Der Strandläufer* getauft hat. Keine größere Freiheit, als einander vor sich hin wurschteln zu lassen. Juli sehe ich jeden Morgen und Abend zwischen ihren endlosen Surfsessions mit der sonnengebräunten Tammy, Karl lässt sich kaum blicken. In Mollys Küche gibt es rund um die Uhr und unbegrenzt gute Ratschläge und allerhand Naschzeug sowie hilfsbereite Olsen-Hände, die Molly in ihrem Alter unter die Arme greifen wollen, hauptsächlich indem sie Kuchen essen und plaudern.

Es gehört zu den Spielen auf dieser Insel, die Nachbarn mit Gebäck zu überraschen, das man heimlich, still und leise irgendwo in ihrem Haus abstellt. Diese Tradition wurde vor knapp sechzig

Jahren ins Leben gerufen, und zwar mit einem Space Cake. In jedem dieser Kuchen ist ein kleiner Teil aus dem vorigen Backvorgang verarbeitet, ein Hippie-Hermannkuchen, sodass der ursprüngliche Cake bis heute existiert und weitergereicht wird.

Bei Dämmerung bekommt der Tag eine zweite Chance. Dann versammeln sich alle draußen, und dann essen wir gemeinsam im wilden Obstbaumgarten, unter dem sicheren Dach der Sternennacht. Die Abendstunden sind schwül, sie bleiben liegen wie faule Hunde, so lange, wie sie wollen, und alle reden in einer Tour. Der Obstgarten pfeift aus dem letzten Astloch, man muss regelrecht nach Früchten suchen, die dann als überreife Matsche an den Händen kleben. Saul mag nichts davon haben. Lieber isst er am Tisch mit, wie ein erwachsener Bär.

Seine ersten Schritte lassen noch auf sich warten, genau wie die Olsen-Brüder.

NOTIZBUCH

Hatte sich Karl vielleicht etwas mehr Lob und Anerkennung für sein Kunstwerk aus Fleisch und Blut erhofft?

Süchtig nach Aufmerksamkeit wie eine Kardashian.

Süchtig nach Aufmerksamkeit wie ein Kind, das sich selbst in den Arm beißt und schreit: »Mama, jemand hat mich gebissen!«

Süchtig nach Aufmerksamkeit wie Saskia.

Süchtig nach Aufmerksamkeit wie Katleen.

Katleen, das schwarzhaarige Mädchen, das wie Saskia bei der Schulaufführung die Rolle der Sansevieria übernehmen sollte, aber im letzten Moment absprang. Zuerst war Saskia enttäuscht und wütend. Es stimmte, sie hatten keinen Text, aber sie gaben dem Ganzen immerhin eine heitere Note. Aus Wut wurde Schock, als Katleen ihr anvertraute, weshalb sie aufgegeben hatte: Bei ihr sei gerade Krebs festgestellt worden. An jenem Morgen in der Dusche sei ihr eine Strähne ihrer langen Haare ausgefallen. Sie zeigte Saskia die Stelle. Es sah aus, als hätte jemand ein Stück herausgebissen. Saskia dürfe ihr Geheimnis niemandem weitererzählen. Am Tag zuvor hatte Katleen ihr noch so leidgetan, weil sie beim Abendmahl mit den Haaren in die brennende Kerze gekommen war. Weil die naive Saskia damals noch niemanden kannte, der Krebs hatte, glaubte sie ihr. Katleens Geheimnis traf sie völlig unvermittelt. Das Wort mit K zermalmte sie, ein Virus, der mit einem Mal entsetzlich nahe war, im Körper einer Klassenkameradin, ihre Zimmerpflanzen-Bühnenkollegin. Mit einem solchen Geheimnis einsamer denn je, wusste Saskia nicht, was sie tun sollte, und fiel bei der Probe aus der Rolle, rollte unter Tränen in einem Blumentopf aus Papiermaschee vom Podium.

Senden der Nachricht fehlgeschlagen.

DER FÜNFTE TAG AUF DER INSEL

»Wann hat es denn auf der Reef Point Farm gebrannt?«, fragt Juli. »Hier stehen so viele verkohlte Bäume, und auch im Haus sind überall Rußspuren.«

»An den Brand denken wir hier lieber nicht zurück«, antwortet Molly.

Mit Riesenlatschen groß wie Boote tritt Janos konzentriert die Funken aus, die neben die Feuerstelle in unseren Kreis fallen. Die Flammen verjagen die Mücken und spiegeln die Trunkenheit in Janos' glasigen Augen. Heute hat die Sonne alles gnadenlos versengt. Die Hitze treibt die Inselbewohner nach der Mahlzeit in Liegestühle und zum Alkohol, um ihre Trägheit noch auszudehnen. Selbst Karl ist aus seiner Werkstatt aufgetaucht und schlürft an einem Glas Obstwein. Er möchte wissen, wann wir vorhaben weiterzureisen. »Das wüsste ich auch gerne«, antworte ich.

Auf meinem Arm beginnt Saul ein Gespräch mit den lebensgefährlichen Sägemaschinen in der Sägerei. Auf ihren hohen schwarzen Förderbändern blecken sie die funkelnden Zähne, er fordert sie heraus, ins Holz zu beißen. Die Zwillinge hängen beide bei ihrem Erbe ab, den Sägemaschinen ihres verstorbenen Großvaters. Ab und zu fliegt ein Funke auf, und man hört das Knurren eines Sägeblattes.

»Saul sieht dir wirklich ähnlich, Sophia!«, höre ich eine Frauenstimme neben mir sagen. »Auch die Nase.«

»Saskia. Und er hat wirklich nicht die geringste Ähnlichkeit mit mir.«

»Quatsch, Sophia.«

»Tja«, sage ich, »ich habe ihn weder gezeugt noch geboren.«

»Papperlapapp!«, klinkt sich meine Sitznachbarin kurzerhand ein. »Ihr seid beide gleich, ihr seid die Mamas.«

»Ja, aber«, will ich widersprechen, »ich habe ihn doch nicht neun Monate …«

»Nein!«, rufen zwei Tenöre-in-Jeans im Chor, sie wollen nichts davon hören, uniformiert, wie sie sind – in Hosen, Dingen und Gedanken. »Ihr seid beide die Mamas, und damit basta.«

Juli stößt mich an, womit sie sagen will: Wieder diese Mitglieder des Wir-sind-alle-so-tolerant-Ordens, Gleichmacher, die sämtliche Straßen unter einer Schicht toleranten, zähen Pechs begraben. Als müsse man seinem Kind ähneln.

Methusalem Janos schenkt liebenswürdigerweise Drinks nach. Erst jetzt fällt mir der dicke Verband auf, der um seine linke Hand gewickelt ist. Janos hat gestern zwei Fingerkuppen verloren, als er Noah in der Sägerei geholfen hat. So verschwinden die Leute auf der Insel nach und nach, scheibchenweise. Bis sie eines Tages als Gespenster hier herumgeistern.

»Jetzt bist du an der Reihe«, triezt Karl mich. Keine Ahnung, was er meint.

»Das nächste Kind auszutragen. Ihr könnt euch doch abwechseln«, erklärt er lachend.

Dass ich jetzt mit einer Schwangerschaft dran sei, haben schon einige Leute geäußert, aber von meinem allerbesten Freund hätte ich das nicht erwartet. Zum ersten Mal beginnt mir zu dämmern, dass er sogar bei Karl Olsen, dem selbstlosesten aller Samenspender, mitschwingt – der Wille, den eigenen Samen so weit wie möglich zu verbreiten. Macho!

»Falls wir noch eines wollen, können wir vielleicht einen deiner Brüder fragen, obwohl ich bezweifle, dass wir Trygve noch zu Gesicht bekommen werden«, sage ich.

»Trygve ist wie das Monster von Loch Ness«, sagt Juli. »Wir dürfen ihn jetzt eigentlich gar nicht mehr sehen, das ist Teil der Legende.«

Karl brummelt etwas.

»Keiner weiß, was vorgefallen ist«, sagt Frau Harmoniebedürftig.

»Gar nichts ist vorgefallen.« Karl spuckt sich vor die Füße.

»Ist eigentlich auch egal«, sagt ihre Nachbarin. »Wir würden es schon verstehen.«

»Wovon redet ihr eigentlich?«

»Statt zu urteilen, sollten wir besser mal sehen, wie es um Saul steht«, wirft Molly auf einmal ein.

Tammy nimmt Sauls Linke und liest aus seinem Kinderspeck. In seiner Rechten hält er die Puppe so fest, als wäre sie mit ihm verwachsen. Die anderen beschäftigen sich jetzt mit seinem Sternzeichen. Geduldig lässt Saul die Aufmerksamkeit über sich ergehen. »Zugegeben«, sagen die Hippies, »Saul kann immer noch nicht laufen, er ist wohl ein Spätzünder.« Sie sind sich einig, dass die Zeit für »Die Befreiung« jetzt gekommen sei. Das würden sie öfter machen: schlechte Geister mithilfe eines Rituals vertreiben. Sie wenden »Die Befreiung« auch bei Niedergeschlagenheit, Magenproblemen, Getreidemangel, Menstruationsbeschwerden, Liebeskummer, Küchenunfällen, Lästerzungen, Trauer und zu vielen Raubvögeln an. Bei dieser besonderen »Willkommensbefreiung« jedoch werde Saul in die Gemeinschaft aufgenommen. Wenn er sich als Teil der Olsens fühle, werde das gute Karma die Knoten in ihm lösen, und er werde reden und laufen können.

Saul versucht sich mit aller Kraft aus meinem Griff zu befreien, doch ich lasse ihn nicht los. Er darf den Flammen oder gefährlichen Sägezähnen nicht zu nah kommen. Da nimmt Molly ihn mir bereits ab.

NOTIZBUCH

In Belgien kümmern sie sich beide um Saul. Wie Schichtarbeiterinnen auf humanitärer Mission lösen sie sich ab. Sie haben mehr Geduld, als sie je füreinander hatten, sind unglaublich lieb und fürsorglich, haben unendlich viel Verständnis, wenn mal etwas schiefläuft, weil beide schon mal Lappen voll Durchfall von der Treppe haben fallen lassen, sie hatten abwechselnd einen braunen Finger, weil sie ihn zum Test, ob es schon Zeit sei, in die Windel gesteckt hatten, sie sind lieb und freundlich und vornehm und spielen Theater, und Saskia hasst es noch mehr, als mit dem Strom zu schwimmen. So geduldig kennt sie Juli nicht. Und sie selbst hat eigentlich auch keinen Funken Geduld im Leib.

Sie wurden gekapert. Außerirdische Mächte haben ihre Körper in Besitz genommen und führen ihnen jetzt die Hände.

DER SECHSTE TAG AUF DER INSEL

Noah schaut aus einiger Entfernung mit hochgezogenen Schultern zu. Murmeltier Thor Thor, bis zum Anschlag mit Kartoffelpüree gefüllt, hat sich gerade in der Werkstatt schlafen gelegt, aber sein Bruder ist noch nicht zur Ruhe gekommen.

»Alles unter Kontrolle?«, fragt Molly. »Wo gehst du hin, Saskia?«

»Alles unter Kontrolle«, sage ich und denke mir: unter ihrer Kontrolle.

Juli ist zum Muffinbacken bei Tammy, Saul schläft.

»Saskia, du darfst Noah mit den Baumstämmen vom Schiffbruch helfen«, sagt Molly.

Mit steifen Schritten stiefelt Noah in Richtung Sägewerk. Sklavisch folge ich ihm.

»Wieso seid ihr eigentlich hier?«, fragt Noah.

Irgendwas in mir will ihm sagen, dass es besser wird, sein innerer Widerstand wird ihm den Weg weisen. So wie seinem Onkel Karl, der ist auch von Portes weggegangen. Aber es steht mir, dem Eindringling, nicht zu, ihm erklären zu wollen, wie man auf dieser Insel am besten über dem Abgrund der Pubertät seiltanzt. Das wird er für sich selbst herausfinden. Die schwierigste Aufgabe für jeden Jugendlichen muss er aus eigener Kraft bewältigen.

»Wir reisen bald weiter nach Alaska«, sage ich, »nach dem Ritual.«

»Solange ihr da seid, dürfen wir Ira nicht sehen, und ich *race* immer mit ihm und …«

»Warum trefft ihr euch denn nicht mit ihm, wenn Saul schläft?«

»Scheiße«, sagt er mit derselben Unvernunft, mit der einst einer der Halbstarken möglichst viel Gas gab, um seinen Freund frontal zu rammen. Ich möchte Noah am liebsten erzählen, wie ich nach London entkam, um einen auf Obdachlose zu machen, und mich die Polizei aufgabelte, die nach mir suchte, weil mich meine Eltern als vermisst gemeldet hatten.

»Du musst die Bretter stapeln.« Mürrisch ist Noah ins Führerhaus geklettert.

Seine Rache kommt schnell und gnadenlos. Ein Baumstamm, der an einer Eisenkette befestigt ist, pendelt nur wenige Zentimeter vor meiner Nase. Noah schwenkt den Stamm frontal in meine Richtung, ich kann mich gerade noch rechtzeitig ducken. Mit einem Grinsen im Gesicht manövriert er ihn anschließend passgenau zwischen die messerscharfen Zähne der Sägemaschine. Der Baumstamm kreischt. Splitter schießen in alle Richtungen.

So schnell gebe ich nicht auf! Das lasse ich nicht auf mir sitzen. Ich nicke ihm zu, zerre ein bleischweres Brett aus der Maschine. Vielleicht hebt sich ja ein Kombifahrer auf dem IKEA-Parkplatz in ein paar Monaten auch einen Leistenbruch an diesem, zu einem Fernsehmöbel umgebauten Stück Holz. Scham überkommt mich. Das Mädchen aus der Stadt, das das Landleben bisher nur aus Büchern kannte und ein herumhoppelndes Kaninchen für eine sojamilchgebende Kuh hielt. Als wollten wir mal schauen, ob Mutter Natur von zwei Frauen mit einem Kind irgendwie beeindruckt ist.

Mit letzter Kraft schiebe ich das Brett, rau wie eine Raspel, von mir weg, wobei sich eine Menge Splitter in meine Handflächen bohren. Das Holz schneidet meinen Körper fast entzwei, meine linke Brust platzt auf wie ein Reißverschluss. Die Schmerzen verschaffen mir einen schwindelerregenden Moment lang Genuss, der Bodensatz von etwas nahezu Intimem. Mir schlottern die Knie.

Kleines Kind in großer Maschine winkt wild zu mir herüber, will mir etwas sagen. Das Gespenst, das vorübergehend an meine Stelle getreten ist, zuckt mit den Schultern, während in mir das Blut ansteigt, bis es mir bis zu den Lippen steht. Noah dreht den Schlüssel um, die Maschine stottert. Er springt aus der Fahrerkabine.

»Die Handschuhe, habe ich gemeint …« Er bietet mir seine Trinkflasche aus Metall an. »Du musst immer Handschuhe tragen.« Ein Schwarm Mücken schwirrt jetzt durch meinen Körper, jedes Beinchen ein kalter Nadelstich an der Innenseite meiner Haut. Gleich kippe ich um. Muss mich mit den Augen irgendwo festhalten. Der viel zu hagere Noah. Sein Körper wächst zuckend in alle Richtungen.

»Also, stark bist du nicht«, sagt er. Als wäre es ein Klacks, schleppt er den kleinen Baumstamm heran und wirft ihn der Maschine zum Fraß vor. »Aber das schert die Bäume kein bisschen.« Für ihn sind sie seine Vorfahren. Die Bäume leben. Wer wurde dann in diesen Baumstämmen angespült? Der Bruder des Schiffers.

»Noah!«, ruft Janos aus der Ferne. Ich trete einen Schritt zurück.

Auf einmal ist Noah wieder ein Kind, das mit dem Hippieriesen das Feuer austreten wird für die Nacht. »Lass uns nicht allein«, flüstert er. »Bleib oder nimm uns mit. Versprochen?«

Janos kommt angetrottet.

»Ich versprech's«, murmele ich. Zähneklappernd und taubstumm wie ein Fisch spüre ich den Geschmack von Eisen auf meiner Zunge.

•••

Im Badezimmer stapele ich die fadenscheinigen Handtücher voll rostbrauner Flecken. Hinter mir liegen Juli und Saul im Bett, sie schlafen bereits. Durch die Roststellen in meinem Spiegelbild erkenne ich meinen ramponierten Körper. Die Wunde ist nicht weiter dramatisch, eine tiefe Schürfwunde auf meiner Brust. Dort wird sich eine Kruste bilden, der Schmerz wird vergehen.

Plötzlich frage ich mich, wann Karl eigentlich Geburtstag hat. Nicht einmal das weiß ich. Ich habe es nie gewusst.

IM BETT

Juli: Jetzt lieg doch mal still. Oder hast du was?
(Saskia erstarrt plötzlich.)
Juli: Ist das nicht herrlich, so den ganzen Tag in der freien Natur?
Saskia: Herrlich? Ich bin tot.
(Saul schreckt aus dem Schlaf hoch, er ist panisch, weil er seinen Schnuller nicht direkt findet. Eine eilfertige Mamahand steckt ihn ihm in den Mund.)
Saskia: Findest du nicht, dass Molly ihn zu sehr bemuttert?
Juli: Nein.
Saskia: Molly bemuttert ihn zu sehr.
Juli: Gönn der Frau doch die Zeit mit ihrem Enkel. Wir sind erst ein paar Tage hier.
Saskia: Die Zwillinge wollen auch weg, Juli.
Juli: Mach dir keine Sorgen, nach der Befreiung reisen wir weiter nach Dawson Creek, und von da aus quer durch Alaska.
Saskia: Bin gespannt, was das eigentlich für ein Ritual ist. Wer weiß, vielleicht stoßen sie ihn ja von irgendeinem Berg oder blasen giftigen Weihrauch in seine Lungen, oder sie werden ihn standesgemäß waterboarden?
Juli: Hast du wirklich noch mit keinem hier darüber geredet?
(Saskia dreht sich um und rutscht auf die andere Betthälfte.)

NOTIZBUCH

Auf der gesamten Insel gibt es nur unbefestigte Wege. Endlich kann Saskia mal wieder barfuß gehen, mit all ihren Schrammen und Beulen und Splittern. Als Kind waren das Zeichen ihrer Tapferkeit, bis sie eines Tages eine Hütte zimmerte und sich ein Brett immer wieder löste, egal, wie viele Nägel sie auch hineinschlug. Das machte sie so wütend, so frustriert, dass sie das Brett auf den Boden pfefferte und darauf herumstampfte wie Rumpelstilzchen.

Leider lag das Brett mit den Nägeln nach oben, und die Nägel bohrten sich tief in ihren Fuß, wo sie wie borstige Haarstoppeln wieder aus dem Spann traten. Sie ruckelte das Brett von ihrem Fuß los, nahm erneut den Hammer zur Hand und zimmerte weiter, als wäre nichts geschehen. Sie spürte die Wunden in ihren Füßen brennen, ihr war völlig klar, dass sie durchlöchert war, undicht, auch abends noch, aber sie traute sich nicht, ihren Eltern zu beichten, was vorgefallen war. Die Nerven ihrer Mutter lagen ohnehin blank. Bei jeder noch so kleinen Verletzung, dem Regenwasser, das sie aus dem Gartenschlauch getrunken hatte, der Eichel, die sie sich ins Nasenloch gesteckt hatte, schien es, als nähme es ihre Mutter tausendfach in sich auf und würde sterben. Da war es besser, den Mantel des Schweigens über die Sache zu breiten.

Der Fuß schwoll natürlich an. Beim Aufwachen war er so dick, dass sie ihr Herz darin schlagen hören konnte. »Schweig«, pochte es laut, »schweig, schweig, schweig.« Die Schmerzen wurden von Tag zu Tag stärker, sie fing an zu humpeln, später bewegte sie sich auf einem Bein hüpfend vorwärts. Sie tat so, als mache ihr dieses Herumgehopse einen Heidenspaß, den lieben langen Tag, in der Schule, in der Auffahrt, durchs Haus, bis zum Überdruss. Hopsen, als hinge ein Leben davon ab. Es fing tatsächlich an, ihr Spaß zu machen, besonders die Geschichte, die sie jedem auftischte: Hopsen sei ein Teil ihres neuen Glaubens, Jesus habe es früher auch getan, es fühle sich richtig befreiend an. Sie fuhr zwei Strategien: Einerseits war da der Schmerz, andererseits die Maskerade. Stoff für eine spannende Geschichte. Als ihr Großvater, ein Landvermesser, zu Besuch kam, wollte er auch seine Enkelin messen. Sie weigerte sich, auf beiden Füßen zu stehen. Heulte auf vor Schmerz. Da schleppte ihre Mutter sie zum Arzt, der sogleich seine Tetanusspritze hervorholte. Was sie nicht sagen konnte, posaunte ihr Körper aus. Sie hatte drei Wochen lang gehumpelt und das Laufen verlernt.

DER SIEBTE TAG AUF DER INSEL

Unter dem Küchenfenster, bei den fröhlich vor sich hin blühenden Rosensträuchern, betrachten Juli und Molly auf einer Bank alte Fotoalben der Olsens und unterhalten sich.

Unterdessen richte ich ein Blutbad auf dem Schneidebrett an. Die Tomaten haben keine Ahnung, was sie verbrochen haben. Ich hacke sie in perfekte Würfelchen, die in die Schüssel zu den zerplatzten Eiern wandern, die Saul heute Morgen wieder hat fallen lassen.

Jedes Mal, wenn ich das Messer ansetze, drücke ich meinen Schmerz weg. Als hätte ich einen Igel in meiner Brust, der sich beim Aufwachen ausrollt.

Saul geht mir zusammen mit seinem persönlichen Assistenten Thor Thor in der Küche zur Hand. Mit einer Engelsgeduld hilft Thor Thor dem Kleinen nach oben, als der sich ein Stückchen Käse nehmen will. Jedes Mal kippt Saul um, um auf seinem saftigen Windelpopo zu landen. Jedes Mal beginnt die Übung von vorn. Unter leichtem Zwang stellt Thor Thor Saul wieder auf und lässt ihn wanken. Sicher an die dreißig Mal ruft er »Steh!«, aber die Zauberformel versagt.

Von der Pinnwand herab, an der sehr viele Kinderfotos hängen, schaut Baby Karl uns unbewegt an. In einem weißen Kleid sitzt er auf demselben Hochstuhl wie Saul, einen Trinkbecher vor der breiten Nase, einen Seestern in seiner Patschehand.

An meinem Platz bei der Anrichte verstehe ich jedes Wort, das Juli und Molly wechseln. Juli berichtet vom ersten Jahr, das habe sie schon ziemlich anstrengend gefunden, aber am schwersten sei es für sie gewesen, Saul nach sechs Monaten in die Krippe zu bringen.

»Man will sie nicht abgeben«, pflichtet Molly ihr bei, »das geht allen Müttern so.« Die Kunst als Mutter sei, dafür zu sorgen, dass man von guten Menschen umgeben ist, sagt sie mit Bestimmtheit.

Fürsorglich breitet Thor Thor ein Wolldeckchen über Sauls Beine, dann gibt er ihm einen Holzlöffel.

»Wir spielen ja so gerne Hotel«, sagt Thor Thor mit glückseligem Lächeln.

Molly blättert ein Fotoalbum durch. »Hier sind sie, mit ihrem Vater. Die drei kleinen Schweinchen Trygve, Karl und Thor, nackt auf Bergen von Sägespänen. Schau doch mal, wie ähnlich sie sich sehen … Die Jungen waren immer füreinander da. Nein, eigentlich muss ich sagen, dass Trygve alles für seinen kleinen Bruder Karl getan hat. Er war der Älteste. Ein sehr schüchterner, aber vorbildlicher Junge, der sich am liebsten hinter seinem jüngeren Bruder versteckte. Trygve fühlte sich für Karl verantwortlich. Als würde auch er ihn erziehen.«

Thor Thor neben mir lässt einen ordentlichen Klacks Butter in die Pfanne gleiten. »Wir machen es meistens so«, sagt er. Meine Mutter nahm immer ein verschwindend kleines Stückchen Butter, wegen des Cholesterinspiegels.

Als Klein Karl in einem bitteren Winter mithilfe eines Feuersteins ein Feuer im Ziegenstall habe anzünden wollen, habe das Fell eines armen Huftieres Feuer gefangen. Kurz darauf habe der ganze Stall lichterloh gebrannt. Karl rannte weg. Trygve löschte das Feuer und rettete der Ziege das Leben. Im Gegenzug für seinen Mut verlangte er jedoch eine Menge Bestätigung. Als Kind wollte er dauernd eine Art Wettkampf mit Karl um die Gunst seiner Mutter veranstalten. Thor, ihr Jüngster, sei geerdeter gewesen. Der habe einfach sein Ding gemacht und nicht an ihrer Liebe gezweifelt.

»Und dann werden sie erwachsen, und das Leben verstreut sie in alle Himmelsrichtungen. Schon komisch, wie sich manches entwickelt.« Molly glaubt, Trygve und seine Familie werden für die Willkommensbefreiung aus dem Wald kommen, Papa Thor habe aber wohl zu viel um die Ohren mit seinen halsbrecherischen Helikopter-Stunts.

Juchzend folgen der dicke Engel Thor Thor und sein Putto Saul einem Schmetterling nach draußen. Eier ächzen in der Pfanne. Mollys Gerede weht unter dem Fenster dahin. Sie teilt ihren größten Triumph mit Juli. Kurz nach jeder Geburt habe sie sich wie eine unbezwingbare Göttin gefühlt. »Seht, was ich kann«, habe sie gedacht. »Seht, wozu ich imstande bin, ich kann mit meinem eigenen Körper ein Kind machen.« Superwoman. Das Kind habe alle Fehler ihres Lebens im Handumdrehen ungeschehen gemacht. Angesichts ihres selbstgemachten Wunders seien ihre Misserfolge dahingeschmolzen.

»Er hat wirklich auch mit dir Ähnlichkeit, Saskia«, sagt Molly plötzlich draußen unter dem Küchenfenster. Ich stehe vor der Anrichte, bin mir meines Körpers deutlich bewusst: schwarzes Haar, weiße Haut, braune Augen.

»... dass er dir auch ähnlich sieht, Saskia!«, ruft Molly mir zu. Schon wieder.

»Nein«, rufe ich zurück. »Unsinn.« Ich wende mich erneut der Bratpfanne zu.

»Was hat sie denn? Stress vielleicht?«

Nein, will ich zurückrufen. Sie hat sich übernommen. Sie hat viel zu schwere Bretter gehoben. Sie hat versagt. Sie war erleichtert, als Saul in die Krippe ging. Das ist das Problem.

Juli erklärt, dass es mit dem Schreiben gerade nicht so gut laufe.

»Saskia macht sich ein wenig Sorgen, weil Saul noch nicht läuft und spricht«, sagt Thor Thor.

Liegt's an mir, mache ich mich selbst mundtot?

»Ach, Kind«, ruft Molly von der Bank herüber, »das Gras wächst auch nicht schneller, wenn man dran zieht. Aber die Willkommensbefreiung wird helfen.«

»Nana hat heute ein hübsches Kleid an«, höre ich, wie Thor Thor Molly schmeichelt. Bekommt er zum Dank dafür jetzt Bonbons? Seine Großmutter, das Bonbonmonster, nimmt ihn in ihre kräftigen Arme, den Mund voll Küsse.

NOTIZBUCH

Saskia findet nicht den Mut, aufzuschreiben, was ihr fehlt. Auf einmal kommt es in ihr hoch, mit einer Dringlichkeit, die sich nicht aufhalten lässt. Wie man auch nicht anders kann, als sich zu übergeben, wenn man ein Stück verdorbenen Fisch gegessen hat.

Saskia vermisst die permanenten Einmischungen ihrer Mutter. Sie wünschte, ihre Mama wüsste alles besser, wüsste einfach alles, und sie, Saskia, könne sich dem kurz hingeben, mit den Augen rollen, aber trotzdem gehorsam sein. Jaaa, Mamaaa, ich weeeiiiß.

Sie hat diese Einmischung vermisst, die fachkundigen Ratschläge, dass Saul auf dem Rücken schlafen müsse, dass Eiswürfel beim Zahnen helfen würden, die besorgten Blicke auf mit Vitaminen angereicherte Milch. Zwanghaftes Einmischen ist Zuwendung, eine konzentrierte Form der Mutterliebe. Also stellt Saskia gegenüber Molly und der Community ihre Stacheln auf, weil sie ihre Besorgnis in Form irgendeines Rituals zum Ausdruck bringen. Sie machen sich keine Gedanken darüber, wie viel Vertrauen sie ihr abverlangen. Liebe Idioten. Aber eben nicht ihre.

Sie hätte es Saul gegönnt, von ihren Eltern verhätschelt zu werden. Sie hätten sich als sorgenfreie Genussmenschen entpuppen können, unverkrampfter, als sie mit Saskia umgegangen waren. Sie würde so tun, als bekäme sie nicht mit, wie nachlässig sie waren und ihr Enkelkind mit Schokolade und Süßkram vollstopften. Gleichzeitig würden sie Saskia für ihre viel zu freizügige Erziehung tadeln. Sie würde seufzen, aber innerlich strahlen. Sie würden alle gemeinsam dieses Spiel spielen.

•••

Bevor Saskia Juli kennenlernte, hatte sie ein paar Jahre gar keinen Kontakt zu ihren Eltern gehabt. Sie war ausgebrannt. Ihren Eltern konnte sie nicht von ihrer Arbeit erzählen, denn was sie schrieb, war eigentlich seltsames Zeug, und von ihrer großen Liebe konnte sie auch nicht erzählen, denn die war eine Frau. Und wenn man diese beiden Themen von der Summe ihres Lebens abzog, blieb nicht mehr viel Gesprächsstoff übrig. Ihre Mutter war jahrelang nicht von der felsenfesten Überzeugung abzubringen, dass, wer »so« sei und danach handele, über kurz oder lang Selbstmord begehen würde. Während Saskia nichts lieber wollte, als zu leben.

Ihre Eltern hatten eine andere Tochter gewollt. Oder einen Sohn. Oder niemanden.

•••

Ob es hilft, sich von den eigenen Eltern abzuwenden?
Natürlich
Nicht.
Blieb ihr eine andere Wahl?
Natürlich.
Sich von sich selbst abwenden.

•••

Sogar Saskias Eltern müssen zähneknirschend zugeben, dass es an Juli überhaupt nichts zu beanstanden gibt. Trotz ihrer Vorbehalte sind sie insgeheim verrückt nach ihr und der guten Laune, die sie mitbringt, wenn sie sich zwei Mal pro Jahr sehen. Die perfekte Schwiegertochter. Jammerschade, dass es keine männliche Version von ihr gibt.

•••

In Sarajevo, im Herzen des urpatriarchalen Balkans, begegnete Saskia einem schwulen Paar. Einer der beiden erzählte ihr, was für ein Nervenbündel er gewesen sei, als sein Freund das erste Mal seine Familie besucht habe. Er hatte Besuch angekündigt und war sich sicher, dass sein unwirscher Machovater seinen »Mitbewohner« fortschicken würde. Er sah, wie sein Freund auf die Haustür zuging. Sein Vater zog die Tür auf und ging dem Mann entgegen, schloss ihn in die Arme und rief: »Willkommen, Sohn.« Damit war alles gesagt. Es gab für das, was sie waren, keinen Namen, sie nannten sich selbst nie Schwule, aber mit der größten Selbstverständlichkeit besuchten sie die jeweilige Verwandtschaft an Sonn- und Feiertagen, wenn die Familie zusammenkam. Ist das nicht auch Toleranz, eine von der namenlosen Sorte, für die Aus-der-Art-Geschlagenen?

•••

Es ist nichts Persönliches, sondern Unfähigkeit. Saskias Eltern sind aus einer anderen Zeit *Zurück in die Zukunft* geschickt worden.

Muss man andere zwingen, ihre Grenzen zu überwinden? Jemanden, der Höhenangst hat, an einem Seil in den Abgrund zu stoßen, ist vom psychologischen Standpunkt aus betrachtet absolut unverantwortlich. Trotzdem suggerieren manche Fernsehshows, das sei die Lösung, um die eigene Höhenangst zu überwinden. Es macht sich gut, liefert starke Bilder, das schon. Aber es hilft nicht.

•••

Menschen können sich ändern.

Aber gilt das auch für Eltern?

•••

Es ist schon etwas Persönliches. Sie trägt die ganze Zeit Wut in sich, aber eigentlich ist sie traurig. Es ist eine bewusste Entscheidung: Soll man seine Prinzipien über die eigenen Kinder stellen? Muss man als Eltern nicht über seinen Schatten springen können, die eigenen Grenzen überwinden, verbergen, dass man sich für sein Kind schämt? Ist das nicht die höchste Form der Liebe, sich klein zu machen und über den Boden zu kriechen wie ein Wurm?

Mal angenommen, ihre Eltern hätten nie ein Problem mit ihrer sexuellen Orientierung gehabt, wie es Menschen aus dem weißen Flandern ausnahmslos von sich behaupten, dann wären die Farbschattierungen ihrer Erinnerungen um einiges heller.

IM BETT

Was hast du, mein Kleiner? Wo kommen all die Tränen her?

Das hat er noch nie gehabt
 Er hat Krämpfe
 Er hat Durst
 Er zahnt
 Er hat eine Idee
 Er sieht böse Geister
 Das ist ein Test
 Er testet uns
 Ein Alkoholtest
 Du darfst ihn jetzt nicht mehr aus dem Bett nehmen, du hast wirklich zu viel intus
 Du hast noch mehr getrunken
 Wir müssen ihn zusammen aus dem Bett holen
 (Sie stolpern aus dem Bett)
 Leg ihn zwischen uns
 (Viel später)
 Warum schläft er denn immer noch nicht?
 Das hat er ja noch nie gehabt
 Ich weiß nicht mehr, was ich mir noch ausdenken soll

Spinnen an der Decke zählen, Tofuwürfel, die über einen Zaun springen

Warum um Himmels willen schläft er nicht?

Weil wir nicht schlafen

Pssst

Was willst du damit sagen? Dass ich zu ungeduldig bin?

Pssst

Saul ganz unmöglich

Du ganz betrunken

Die Decke dreht sich

Der letzte Pflaumenschnaps war einer zu viel

Und die letzten fünf davor auch

Das Bett tanzt

Da siehst du, dass hier alles lebt

Noah hat es mir noch gesagt, wenn wir nicht an Reinkarnation glauben …

… wird das Ritual nicht funktionieren

Schnell, einen Eimer

Das ist meine Betthälfte, Baby

Bauchkrämpfe

Ich auch

Wer zuerst am Klo ist

(Sie rennen kreischend ins Bad)

Ob er auch Krämpfe hat?

Da hast du's, ein Kind macht einem alles nach

Ich bin kaputt, ich kann nicht mehr

Ich auch nicht

Er dann also auch nicht

(Sie schlafen ein.)

DER ACHTE TAG AUF DER INSEL

Um ein Kind auf der Welt willkommen zu heißen, haben wir Menschen Rituale und Taufen, Augenamulette aus Hilflosigkeit, Untertauchriten in Ozeanen, Zehenkitzler für spontanes Lachen, Handleser für die Schicksalsbibliothek, Zuckermandeln zur Geburt, an denen Babys ersticken können. Wir überhäufen das Neugeborene und seine Eltern mit praktischen Utensilien von Geschenkelisten, auf denen Erfindungen wie ein Geschirrkorb für Abpumpfläschchen oder eine Rassel in Gestalt eines niedlichen Ferkelchens vermerkt sind, und rechtfertigen so unsere eigene Begeisterung in der Rassel-Abteilung.

Aber wie es danach weitergeht, da tappen Eltern und Baby im Dunkeln. Sie finden Verwendung für die Geschenke oder geben sie an noch frischgebackenere Eltern weiter, sie gewöhnen sich daran, in schlaflosen Nächten immer blasser zu werden und Sonnenaufgänge zu lieben. Hoffnungsvoll und leicht umnachtet halten die Eltern mit ihrem Kind, das weder steht noch spricht noch an der Gemeinschaft teilhat, durch.

Für alles Weitere haben die Olsens »Die Befreiung« erfunden: um Träume wachzurütteln und böse Geister zu verjagen, um Blockaden zu lösen. Die »Willkommensbefreiung« für einen neuen Olsen ist das wichtigste aller Rituale: Nachdem die bösen Geister vertrieben sind, darf sich der neue Spross der Olsens einen Baum aussuchen. Heute wird Saul seine Befreiung und seinen Willkommensbaum bekommen, aus dessen Holz die Olsens anschließend ein Begrüßungsgeschenk für ihn anfertigen werden. So wollen es die Vorfahren.

•••

Wir rekeln uns noch im Bett, unter einer dürftigen Steppdecke. Nach sieben trägen Tagen und einem wilden Abend sind wir endlich entspannt. Molly steht mitten im Raum. Man kann ihre Aura förmlich rufen hören: Raus aus den Federn! Ältere Leute versuchen ja oft, die Zeit im Griff zu haben, indem sie das Mittagessen schon um halb elf auf den Tisch stellen.

Der schwerhörige, laut rasselnde Wecker, rundes Ziffernblatt auf Füßen, zeigt tickend die Mittagsstunde an. Schon zwölf? Schuld ist die sanfte, stille Luft, es gibt keine grölenden Partygänger unter unserem Schlafzimmer, keine Autos, die unser Eckhaus mit seinen großen Fenstern beim Gasgeben durcheinanderschütteln wie einen Apothekerschrank. Vor allem liegt es am Alkohol.

Ich will mir den herben Geschmack von Janos' frischem Pflaumenwein, Pflaumenschnaps und Pflaumenlikör aus dem Mund spülen.

»*Take it easy, girls*«, sagt Molly. »Ich kümmere mich schon um die heutige Hauptperson.«

Als ich ins Badezimmer stolpere, seift Juli sich bereits ein. Sie jagt einen Waschlappen, hart wie Karton, über ihren Bauch, die Kaiserschnittnarbe entlang und dann im Sinkflug hinab zu ihrer unversehrten Flitterwochenvagina, wie der Gynäkologe sich ausgedrückt hatte. Der Kalender, der auf dem stillen Örtchen hängt, verkündet in krakeliger Schrift: »Alles ist erlaubt, außer etwas nicht zu dürfen.«

»Wir müssen …«, sage ich zu Julis Spiegelbild, während ich mir vor dem Spiegel die Zähne putze. Die Zahnpasta hat hier einen grünlichen Farbton und schäumt nicht. »Wir müssen einen Mietwagen reservieren, weil wir nach der Feier aufbrechen.«

»Sprich, ich soll das regeln.«

»Nein, du darfst das regeln.«

Ihre Brüste schauen mich an, verschwinden unter Baumwolle, die Bäume vor dem Haus spenden ein wenig Applaus, schütteln ihre Blätterkronen trocken im Wind, in der Küche kocht die Milch über, löscht die Flamme des Herdes, und Karl brüllt, er habe sich die Hand verbrannt. Juli ist schon angezogen, ihr Bein wippt im Takt ihrer Begeisterung. Kuss.

•••

Wie Maulwürfe, die sich einen Weg ins Freie gegraben haben, stehen wir mitten auf der Wiese und blinzeln ins Tageslicht. Noch immer vom Alkohol benebelt. Saul steckt in einem Olsen-Kleid mit viktorianischem Kragen, dessen Aufdruck wie eine Mischung aus üppiger Blümchentapete und militärischer Tarnkleidung wirkt.

Molly, Juli, Saul und ich spurten am Obstgarten und den laut gackernden Hühnern vorbei über die unbefestigten Wege. *Olsen Lane* führt zur *Thor Lane*, die *Thor Street* entlang weiter zur *Thor Olsen Road*, die wiederum zur *Gay Street* führt. Wir kommen an gähnenden Briefkästen vorbei, die nur die handgeschriebenen *Portes-Irregular*-Briefchen oder irgendwelche Zettelchen schlucken, vorbei an einer Werkstatt, die wohl von einem Tornado getroffen wurde, bei dem Autowracks, Neuwagen, Reifen und Traktorersatzteile allesamt auf einen einzigen, ungeordneten Haufen befördert wurden, vorbei an einer Schmiergrube, die augenscheinlich dazu verwendet wird, an Rostlauben herumzuschrauben. Wir passieren einen Weg hinter einem Verschlag, der als Friseursalon dient, für den friseurtechnischen Vorgang muss ein ausrangierter Gynäkologenstuhl herhalten. Ein moosgrünes Kleid ist gerade dabei, Tammys Surferlocken gekonnt zu bändigen. Die abgeschnittenen Haare weht es in den Wald. Tammy hievt sich aus den Bügeln und schließt sich unserer kleinen Gruppe an.

Um drei Uhr nachmittags steht die gesamte Meute, zweihundert Seelen, auf dem Dorfplatz vor der *Community Hall*, einer Lehmkonstruktion, die auch als Tauschhandels-Kooperative dient. Die Hippies brauchen keine Telefone, um sich für eine bestimmte Tageszeit zu verabreden. Sicherheitshalber kommen sie einfach ein paar Stunden zu früh.

Saul! Saul! Saul! Die Olsens treiben den Namen vor sich her, als skandierten sie den Namen ihres Lieblingsfußballklubs. Eine ganze Herde Frauen und ein paar Männer tragen das gleiche moosgrüne Kleid wie Molly, die wohl zur Feier des Tages den kompletten Inhalt ihres Kleiderschrankes ausgeliehen hat. Trygve, Laura und den Jungen, der so viel Ähnlichkeit mit Karl haben soll, kann ich in diesem Mob der Sanftmütigkeit noch nicht ausfindig machen. Karl ebenso wenig.

•••

Saul sitzt auf einem Thron aus Moosen und Hirschgeweihen
Tammy verteilt Räucherstäbchen
Das ist das Zeichen, die Menge weiß Bescheid: Stille
Janos tritt vor, wirkt dabei wie ein wandernder Baum

mit krauser Krone und lauter Märchenonkelstimme
Janos sagt Sätze
von denen wir kein Wort verstehen
Die Olsens antworten im Chor mit Sätzen
von denen wir kein Wort verstehen
Janos geht zum Brüllen über
Die Olsens brüllen in einem unverständlichen Chor
Janos macht einen Schritt nach vorn und kniet vor Saul nieder
Die Olsens knien wie ein Mann auf der Erde
Juli und ich schauen uns an
Juli und ich können noch immer nichts verstehen
Eine Rauchschwade lässt unsere Augen tränen
Janos legt seine klobigen Hände auf Sauls Augen
Die Olsens strecken ihre Hände nach ihm aus
Eine Frau legt einen zwei drei vier
Fünf graue Kieselsteine auf Sauls Kopf
Die Olsens strecken ihre Hände nach ihm aus
Die Steine rühren sich nicht von der Stelle
So reglos sitzt Saul da
Tammy flüstert, er fühle das Wühlen der Geister
Die Olsens winken jetzt mit ihren vierhundert Händen
Als lüden sie die Träume ein, aus Saul herauszutreten
Janos hält Sauls Augen zu
Die Olsens erheben sich
Gelenke knacken
Saul sieht sich den Zirkus erstaunt an
Saul fängt an zu brabbeln
Saul kann die Wörter nicht aufhalten
Als sei ein Außerirdischer in ihn gefahren
der versucht, Kontakt mit den Erdbewohnern herzustellen

Saul ist ganz aufgeregt von seinem eigenen verworrenen Gebrabbel
Sein Mund steht nicht mehr still
Die Olsens flüstern voller Freude, dass er
die Sprache der Bäume spricht
Juli und ich prusten los
Die Olsens füllen Becher mit Wein
Juli und ich versuchen, unseren Lachanfall
heimlich in Bechern zu ertränken.

Molly tritt vor
Die Olsens klatschen in die Hände
Molly gibt mit einem kleinen Beil den Takt vor
Die Olsens klatschen im Takt
Molly weist mit dem Beil auf einen Baum
Die Olsens klatschen im Takt
An dem Baum hängt ein Nacktporträt von Opa Thor
Die Olsens stampfen im Takt
Manche Olsens verschütten dabei Wein
Die Erde trinkt ihn genüsslich
Molly geht zu dem Baum
Die Olsens marschieren im Takt
Die Olsens bilden einen Kreis um den Baum
Opa Thor ist gut bestückt
Sein Sohn Karl ist endlich auch mit von der Partie
Sein Sohn Karl stampft auch im Takt
Molly schließt die Augen
Saul schließt ebenfalls die Augen
Die Sonne taucht alle in rotes Licht
Die Sonne macht unstillbar durstig

Die Olsens schenken sich gegenseitig
unaufhörlich aus braunen Flaschen ein
Saul fängt wieder an zu reden
Saul redet und zeigt
Die Menge spaltet sich auf dem überfüllten Platz
Dort steht der Hund Wolf
Wolf ist wacklig auf den Beinen
Wolf steht neben einem Eimer mit Janos' Getränkevorrat
Wolf starrt aus glasigen Augen auf die Gitter aus Menschenbeinen
Trygve wird ihn bestimmt holen
Saul zeigt und zeigt
in Richtung des Waldes
Die Olsens haben jetzt auch Tamburine
Die Olsens gehen im Takt der Axt hinter Saul her
Der Takt der Axt ist der Takt des Herzens ist der Takt des Tamburins
Eine allzu enthusiastische Frau rammt ihre Hand
mitten durch ein straff gespanntes Ziegenfell
Die Olsens marschieren weiter
Molly gibt weiterhin den Takt vor
Saul zeigt auf einen bestimmten Punkt
Die Olsen-Prozession schlafwandelt unter den Bäumen
Im Takt der guten Geister
Hinter dem Hund her, der vor Betrunkenheit schielt
Tiefer in den Wald hinein
Die Olsens grüßen ihre Vorfahren
Die Vorfahren sind mit den Bäumen verwachsen
Die Vorfahren schauen aus der Dunkelheit ihrer Rinde zu den fröhlichen Saufbrüdern

Die Zeit vergeht schnell

Hauptsache, man folgt dem Takt

Trinkt im Takt

Saul zeigt auf den stattlichsten aller Bäume des Waldes

Wolf hat denselben Baum auserkoren

Wolf reibt seine Flanke an der Rinde und hebt sein Bein

Wolfs Wasserhahn öffnet sich

Die Münder der Olsens ebenfalls

Der rotbraune Baum mit der hohen Krone ist mächtig

Die Sägeblätter der ersten Siedler stecken noch in ihm, wie nicht zugestellte Briefe in einem hölzernen Schlitz

Zwei erwachsene Männer reichen nicht aus, um den Baum zu umfassen

Die Olsens stehen im Kreis um den Baum herum

Die Bäume stehen im Kreis um uns

Die angenehme Baumrinde erwärmt Juli und mich

Unsere Hände wärmen sich gegenseitig

Die Baumwurzeln reichen sich unter der Insel hindurch die Hände

Die Kettensägen sägen von allen Seiten

Die Olsens drücken unterdessen gegen den Baum

Das ist gefährlich, sagt einer

Wo ist Saul, sage ich

Der Baum spaltet die Luft eine Handbreit vor meinem Gesicht

Wo ist Saul, sage ich

Der Baum knallt mitten in die Farne

Hier, sagt Juli, die ganze Zeit an meinen Füßen.

Es ist schon vorbei, sagt ein anderer

Saul hat jetzt seinen Baum bekommen

Saul hat auch einen neuen Namen
den Molly ständig wiederholt
Mini-Thor, Mini-Thor, Mini-Thor
Mich erinnert das an Mini-Mars oder Mini-Twix
Das ist hier verbotene Schmuggelware
Ein tiefes Loch klafft in der Erde
Das Wurzelwerk des Baumes ist herausgerissen
Saul krabbelt zu der entstandenen Mulde
Saul ist nicht davon abzubringen
oder ich bin zu langsam
Saul hat es sich bereits in der Mulde bequem gemacht
und führt die frische Erde zum Mund
Mineralien und Würmer sind sehr gesund, sagen die Olsens
Mineralien und Würmer reinigen von innen
Saul kann nicht aufhören, davon zu essen
Saul gräbt immer tiefer
Saul ist verrückt geworden
Die Olsens biegen sich vor Lachen
Juli und ich lachen ein wenig mit
Saul gräbt sich immer tiefer
sodass er nie wieder aus der Mulde herausgelangen wird
Es sei denn, er würde sich aufrichten und aus eigener Kraft hinausklettern
Vermutlich ist das der Sinn der Sache
Dass er gleich anfängt zu laufen
Dass er gleich mit reden und laufen anfängt
Das ist Die Befreiung
Tammy jauchzt, Juli küsst mich
Ich beiße ihr in den Nacken
Ich schubse sie in die Mulde zu ihrem Sohn

Juli zieht mich zu ihnen hinein

Das verstehen die Olsens zwar nicht

Aber alle lachen und applaudieren

Eines Tages werden wir alle sterben

Aber an all den anderen Tagen erwachen wir und werden befreit.

IM BETT

Juli: Bin gespannt, was Karl für Saul aus dem Holz herstellen wird.
Saskia: Wie Tammy auf einmal mit der Kettensäge dastand ... Die wollte Eindruck bei dir schinden.
Juli: Coole Anmache. So schön gefährlich ...
Saskia: Und Molly, die die ganze Zeit ruft: Jetzt ist er einer von uns, er heißt ab sofort Mini-Thor.
Juli: Du warst auch witzig mit deinem: Kommt alle mit uns nach Alaska. Dann klettern wir zusammen auf den Denali. So übermütig und großzügig. Und bescheuert. Karl zu dir: Trink doch noch was, ich bin gespannt, was als Nächstes kommt.
Saskia: Ja, aber die Zwillinge und Molly müssten doch wirklich mal von der Insel runterkommen, oder nicht?
(Sie liegen sich in den Armen, schweigen eine Weile.)
Saskia: Komisch, dass Karls Brüder nicht dabei waren. Wenn meine Schwester und ich uns gestritten haben, sagte meine Mutter immer: Das Schlimmste wäre, wenn sich meine Kinder nicht mehr vertragen.
Juli: Tolles Thema für ein Buch.
Saskia: Ich habe schon so lange nicht mehr an meinem Buch gearbeitet.

Juli: Was machst du denn dann sonst in dieser Hütte? Dich bemitleiden, weil du in einer Hütte bist?
Saskia: Gedankenfetzen aufschreiben. Weiß aber nicht, was es werden wird.
Juli: Lass dir Zeit.
Saskia: Glaubst du, dass Saul jetzt anfängt zu gehen und zu reden?
Juli: Bis wir am Fuße des Denali stehen, schreibt er dein Buch.

NOTIZBUCH

Wieso denkt sie immer: Jetzt und hier ist nicht genug? Dieser Moment reicht nicht? Eine Schildkröte ist derart langsam, dass sie zu spät kommt, um im Moment selbst zu sein. Saskia hingegen kommt dem Moment immer zuvor. Sie denkt dauernd an später, daran, was passiert, wenn sie von der Insel runter sind. Warum sollte sie sich auch Mühe geben? Sie sind bloß auf der Durchreise. Noch eine Weile auf der faulen Haut liegen und Reis essen, sagt Molly. Die Regierung will die Subventionen kürzen, das heißt, dass die Klahoose bald wieder streiken werden und weniger Schiffe zum Festland fahren. Das bedeutet weniger Vorräte. Saul isst mit mehr Appetit denn je, beunruhigend gierig. Er frisst nicht nur Überraschungskuchen auf, sondern auch die Stunden am laufenden Meter.

Wieso merkt Juli eigentlich nicht, was Saskia treibt? Erst vor zwei Wochen hat sie noch am helllichten Tag mit einer anderen das Bett geteilt, nicht ihres, niemals. Blindes Huhn, sieh mich doch mal an. Wie kann ich damit nur durchkommen? Komm mir bitte auf die Schliche. Oder lieber nicht. Ich höre auf damit, ich will das nicht mehr. Jetzt wird sie entgiften. Digitales Detoxen ist hierfür die beste Gelegenheit. In Alaska wird sie wieder jede Menge Nachrichten verschicken können. Das will sie nicht. Was sie braucht, ist möglichst lange keinen Empfang zu haben, dann erledigt sich die Sache von selbst. Das ist das Ziel ihres Inselaufenthaltes.

Mit welcher Leichtigkeit Juli ihren Weg auf der Insel findet und schon alle für sich eingenommen hat, schon ein vollständiges Geschäftskonzept erstellt hat. Die Firma wird sie später auf dem Festland registrieren lassen: *thor.com.* Wie sie Tammy zur Hand geht, wie sie Wasser hochpumpen, selbst Schädlingsbekämpfungsmittel herstellen, um die angefressenen Obstbäume wieder zum Leben zu erwecken, wie sie zusammen auf dem Surfbrett liegen. Saskia weiß, dass Juli es ihr heimzahlt. Aus ihr wird noch eine Weltmeisterin im Boomerang-Werfen. Es ist offensichtlich, was sich da zwischen Juli und Tammy anbahnt. Eine Affäre

Saskia kann laut Juli nichts verkehrt machen. Wenn irgendwas nicht stimmt, wenn sie zusehends abmagert, wenn sie grummelt wie ein lahmender Hund, wenn sie zusammenbricht, liegt das laut Juli immer »an ihrem Buch«. Widerspruch zwecklos, denn Juli hört gar nicht hin. Saskia kann laut Juli alles. Saskia ist nämlich eine robuste Maschine, die laut Juli nie den Geist aufgibt. Saskia ist laut Juli eine unerschütterliche Kämpferin, wenn auch eine, die meint, die Welt drehe sich um sie.

Juli hat mit dem WLAN-Namen »willstdumichheiraten?« um ihre Hand angehalten, das Kennwort war »jaichwill«. Saskia änderte es in »jaichwillwennwirachtzigsindundeinlebenlangzusammen«. Wann geht ihr gemeinsames Leben denn weiter? Wann werden sie es wieder aufnehmen und ein Zuhause haben, in dem Besucher ein und aus gehen und nach dem WLAN-Passwort fragen?

DIE ZWEITE WOCHE AUF DER INSEL, TEIL I

Soeben ist ein Rieseninsekt von einem anderen Planeten gelandet, misstrauisch starrt es Saul und mich aus zwei Fenstern an. Auf einer Plattform in der Mitte der Werkstatt ragt ein kleines Schwimmhaus von der Größe eines durchschnittlichen Motorbootes empor, die Wände wurden aus den Brettern angefertigt, die zuvor Sauls Baum gewesen sind.

»Ich habe viel für das Holz bezahlt«, sagt Karl missmutig. »Plötzlich waren die Olsens wieder nüchtern genug zum Zählen.« Damals, als er hier als kleiner Junge lebte, hätte er das nie gedacht, aber er wurde eines Besseren belehrt: Habgierige gibt's anscheinend überall. Saul und ich stehen mitten in seiner Werkstatt aus lauter Holzbalken, ein immenses Bauwerk, wie der Brustkorb eines vor langem hinter den Klippen angespülten Wales.

Tagsüber verschanzt sich Karl hier, nachts teilt er die Werkstatt mit den Zwillingen. Schlafmangel hat seine Kieferknochen in den letzten Tagen schärfer hervortreten lassen. Wenn wir die zweitausend Kilometer des Alaska Highways mit Saul längst zurückgelegt haben, wird er vielleicht von seiner Arbeit aufschauen und feststellen, dass wir ihm fehlen. Saul wuselt zwischen Karls Beinen hindurch, um Skizzenbücher, Zeichnungen, vom Salzwasser graugewaschene Kisten, Tauknäule, Softpornofotos von nackten Cowboys, eine Korbwiege, Kleiderbügel, Affenmasken und Treibholz herum, ein Durcheinander, als sei der Ozean erst vor kurzem bis zu unseren Füßen hereingeschwappt und habe hier seine unsortierte Fracht ausgekippt.

»Saul, ich mag es nicht so gern, wenn du da drangehst«, sagt Karl genervt und fegt sein Kind von einem zerbrechlichen Modellbau eines Häuschens fort, als wolle er einen Waschbären mit einer ansteckenden Krankheit verjagen.

»Saul möchte auch Künstler werden, und schwul. Wie der Vater, so der Sohn.«

Karl zuckt mit den Schultern.

»Knuddel deinen Sohn doch mal«, sage ich.

Ein verkniffener Zug um seine Mundwinkel.

»Wieso knuddelst du ihn nicht?«

»Saul ist nicht mein Sohn, ich bin nicht sein Vater.«

»Wir wollen dich doch nur miteinbeziehen.«

»Lass den inklusiven Scheiß. Du klingst ja wie ein Hippie.«

»Seit wir auf der Insel sind, machst du dich dauernd aus dem Staub.«

»Ich bin doch hier«, sagt er und plättet mich unerwartet in seinen Armen, der warmherzige, aber unberechenbare Brummbär.

»Endlich mal wieder ein echter männlicher Kratzebart.«

Kinderhände schließen sich um meine Fußgelenke. Ich kann mich nicht vom Fleck bewegen, sonst bringt Saul mich zu Fall. Ich nehme ihn auf den Arm.

»Die Insel hat mir gefehlt«, sagt Karl, »aber jetzt, wo ich wieder hier bin, weiß ich nicht mehr, was mich in einem schwachen Moment geritten hat, zurückzukommen.«

Als Karls Vater vor vier Jahren gestorben sei, sei die gesamte Community in entsetzlicher Trauer versunken, jeder habe seinen

Kummer auf seine Weise verarbeitet, damals seien Sachen vorgefallen … Er will nicht davon erzählen, nicht daran erinnert werden. Sein älterer Bruder habe es ihm damals unendlich schwer gemacht. Um sich dieser schwierigen Situation zu entziehen, habe er diese Werkstatt im Alleingang fertiggestellt. Zeter und Mordio geschrien gegen die Geister. Diese hohe Wand, er zeigt darauf, habe er ganz alleine hochgezogen.

»Was wir bei anderen Häusern zusammen mit der ganzen Community gemacht haben, mit meinem Vater als Anführer, um das Gerüst des Hauses gleichzeitig aufzurichten, musste ich alleine hinkriegen. In dieser Phase habe ich festgestellt, dass der Körper mehr weiß als der Kopf. Die Arbeit hat mir Halt gegeben … Das würde ich nicht tun, Junge!« Saul jagt hinter einer dicken Staubflocke her und versucht, die bittere Zuckerwatte an den Mund zu führen, doch Karl kommt ihm gerade noch zuvor. Alles muss in dieser Öffnung verschwinden, er würde am liebsten die ganze Welt verschlingen. Heute Morgen hat er von Molly mehr Milchreis bekommen, als Juli und ich zusammen verputzen.

Karl hat das Gerüst für das kleine schwimmende Haus fertiggestellt, aus bestem Holz gezimmert, eine Miniaturversion des Schwimmhauses seines Großvaters, wie er es aus seiner Kindheit erinnert. Es heißt *Strandläufer*, benannt nach dem Vogel, der allerlei Brauchbares am Ufer aufgabelt, und ist für Saul bestimmt. Wenn es fertig ist, kann er damit fahren, darin wohnen oder damit machen, was er will. Karl kann zwar behaupten, dass es ein Haus ist, wie sein Großvater eines hatte, aber das stimmt nicht. Wir können zwar behaupten, wir seien Sauls Eltern, wie unsere Eltern unsere Eltern sind, aber das stimmt nicht.

Er habe zwar noch den gleichen Namen wie damals, als er fortgegangen sei, sagt Karl, aber alles habe sich verändert. Als klaffe zwischen dem damaligen Spätzünder mit den Hasenzähnen und dem Mann, der hierher zurückgekehrt ist, ein großes, schwarzes Loch. Er habe Angst, hineinzufallen. Keiner bleibe ein Leben lang gleich.

Saul ist völlig zufrieden mit der Situation, er ist mit allem einverstanden, solange er seine Kurzarmpuppe in der Faust und seinen Schnuller im Mund hat.

»Aber mit deinem eigenen Hausboot hast du immer ein Zuhause, Saul, immer«, sagt Karl. Er kniet sich zu dem Jungen. Saul ist zu unseren Füßen eingeschlafen. »Geh immer deinen eigenen Weg, Saul, lass dir von deinen beiden Mamas nichts einreden.«

Nun nimm den Jungen doch mal in den Arm, möchte ich sagen, er kann gar nicht zu viel Liebe bekommen. Die Zeit fliegt und nimmt Sauls kleinen Körper mit.

Karl richtet sich wieder auf, sagt, er wolle noch ein wenig weiterarbeiten.

IM BETT

Saskia: Karl ist hier einsam.
Juli: Meinst du, Saul kann schon einsam sein?
Saskia: Stell dir vor, du würdest nie einem anderen Menschen begegnen …
Juli: … dann lebst du dein Leben und stirbst eines Tages an einer unbekannten Krankheit …
Saskia: … die andere später Einsamkeit nennen werden.
(Sie lachen.)
Saskia: War es nicht einsam, schwanger zu sein? Oder dachtest du die ganze Zeit: Mein Kind ist bei mir?
Juli: Ich war nicht allein, ich war zu viel.
Saskia: Ich war zu viel.
Juli: Ich hatte nur Angst, dass mein Körper nicht mitmachen würde.
Saskia: Oder ich?
Juli: Wie meinst du das?
Saskia: Ich habe mich allein gefühlt und nicht mitgemacht.
Juli: Mein Körper hat nicht mitgemacht, aber du doch nicht. Wie kommst du denn darauf?
Saskia: Ich war doch ziemlich abwesend, oder?
Juli: Du warst nicht so nah wie Saul, hast mir aber auch nicht in den Bauch getreten wie er. Du warst da.

Saskia: Nicht wirklich.
Juli: Was ist los mit dir, was redest du denn da? Lass uns schlafen.
Saskia: Wann willst du nach Alaska?
Juli: …
Saskia: Wir sind jetzt fast zwei Wochen hier, das geht alles von deinem Sabbatical und unserer Zeit in Alaska ab. Fairbanks können wir schon mal streichen.
(Juli schläft.)

NOTIZBUCH

Saskia spürt Karls bodenlose Einsamkeit und macht sich Sorgen. Er schläft nicht, sondert sich ab. Fest steht, dass Karl sich von seiner Familie losgesagt hat und immer noch irgendein Streit schwelt, was aber eher banal scheint. Der eigentliche Grund liegt tiefer: Karl steckt in einer Selbst-Krise.

Auf dem Schiff wollte Janos wissen, ob Karl inzwischen Frieden mit sich selbst gefunden habe. Die Antwort, zwei Wochen später, lautet Nein.

In ihrer Jugend hatte auch Saskia eine Zeitlang eine Heidenangst vor zwei seltsamen Wesen gehabt, weil sie ein tiefes Gefühl der Einsamkeit in ihr auslösten: Deutsche Schäferhunde und Schwule.

Bei einem Strandspaziergang reagierte sie nervös auf einen Schäferhund, der ihr laut bellend und kratzend nachstellte, bis sie davonrannte und er zubiss. Ihre Mutter nahm sie mit zur örtlichen Polizeiwache. Sie weiß noch, wie der Hund ganz friedlich auf den weißen Fliesen lag und schlief. Nur, dass er nicht schlief, sondern tot war. Er war eingeschläfert worden. Sie hatte das Bedürfnis, ihn zu streicheln, jetzt, da er nicht mehr bellen oder ihr nachstellen konnte. Jetzt war er lieb. Und noch einsamer als einsam. Seine Krallen hinterließen eine Narbe auf ihrem Oberschenkel.

Schwule und Lesben hat sie aus tiefstem Herzen gehasst, diese Widerlinge. Sie konnte die in ihr schlummernde Wahrheit, das Schlafzimmer ihrer Gedanken, nicht akzeptieren, weil es nicht ihrer Vorstellung von sich selbst entsprach, als sie noch ein kleines Mädchen war und mit ihrer Fisher-Price-Küche spielte, in der sie für ihre kleine Familie Kabeljau mit Spinat kochte. Oder als sie sich zehn Jahre später von außen betrachtete und sich wie ein geschlossenes Gewächshaus vorkam: überhitzt und wegen der starken Sonneneinstrahlung kurz vor dem Bersten, und nachts randvoll mit unterirdisch wuchernden Gewächsen.

Irgendwie – unbewusst – hatte es wohl eine Wahl gegeben. Manchmal war sie so wütend auf ihren Vater, der zur Arbeit ging und es sich erlaubte, seine Familie als Nebensache zu betrachten – der Beleg dafür war seine Abwesenheit. Damals wusste sie noch nicht, was Patriarchat bedeutet, aber in ihrem tiefsten Inneren spürte sie, dass da etwas nicht stimmte, also fällte sie gewissermaßen eine Entscheidung, eine Entscheidung gegen ein Machtsystem, in dem sich – stark vereinfacht gesagt – Frauen ins Zeug legten, um es allen recht zu machen, während sich Männer zu Hause wie Tyrannen gebärdeten, die glaubten, am Ruder zu sitzen, weil sie sich ab und zu brutal verhielten, in der Außenwelt der Büros und Regierungen den starken Max markierten und ihre lächerlichen Regeln aufstellten. In ihrer Selbstüberschätzung pfiff sie auf solche Machtverhältnisse. Die Schwulen, die all das schon überwunden hatten, während sie noch mit ihren Dämonen rang, flößten ihr Angst ein. Allein dadurch, dass sie offen auslebten, wie sie waren, waren Schwule ein Angriff auf das System und damit auch auf sie. Es fühlte sich unerträglich einsam an.

Was war sie wütend, wenn ein Mann von der Arbeit nach Hause kam und über das Abendessen mäkelte oder ein Junge Fußball spielen durfte, sie aber nicht. Das machte sie rasend. Sie wollte dem entkommen und beschloss, dass das auch passieren würde.

Sexuelle Orientierung kann eine Wahl sein, das glaubt sie immer mehr. Gegen festgefahrene Strukturen. Wenn wir denn von einem Trend sprechen können, wie Päpste und männliche Angsthasen sich gerne weismachen wollen, ist es in der Tat eine Modeerscheinung, bei der andere Muster und freiere Lebensformen Vorrang bekommen.

Sie kennt einen treuen Mann, der am liebsten vor seinem Laptop sitzt. Seine Partnerin durfte machen, was sie wollte. Im Bett war er nach drei Minuten fertig, und sie konnte zusehen, wo sie blieb. Sie verließ ihn für eine Frau. Vielleicht eine Wahlmöglichkeit? Einen Punkt hinter die Bequemlichkeit setzen, raus aus dem Labyrinth der jahrhundertealten männlichen Privilegien der Gleichgültigkeit und Abwesenheit.

Eine Frau – unerschlossenes Gebiet. Auf Familienfeiern trauen sich notgeile Onkel, die ein Glas zu viel intus haben, zu fragen, was zwei Frauen miteinander treiben. Dabei bilden sie mit den Händen zwei Scheren, was Bände spricht über ihren Pornokonsum. Frauen könnten sich glücklich schätzen, schließlich könnten sie keinen richtigen, vollwertigen Sex haben, sie würden sich nur aufwärmen für den Mann, der die Sache schon zu Ende bringen werde. Schwule fragen die Onkel nie, wie sie es machen. Sie wissen es ganz einfach. So was von ekelhaft. Jede Art von Beziehung, die nicht die eigene ist, wird auf eine einzige, abschreckende Vorstellung von Fleisch und Körperöffnungen reduziert. Notfalls extra pikant. Ein Mann, der auf Männer steht, wirkt wie eine Bedrohung für den uralten Macho, der immer stark sein muss, weil er sonst nichts zu bieten hat.

Ein Bodybuilder: die Muskeln bis zum Platzen aufgepumpt, aber kann keine drei Kilometer rennen.

•••

Als Klein Saskia wieder einmal behauptet hatte, sie werde später nie heiraten, fragte ihre Mutter sie von Frau zu Frau, angespannt und vorwurfsvoll: »Sag mal, du bist doch nicht etwa lesbisch, oder?« Saskia saß in der Zwickmühle. Sollte sie jetzt mit Nein oder mit Ja antworten? Der Knoten in ihrem Kopf stimmte mit dem Knoten in der Sprachlogik überein. »Nein, ich bin doch nicht lesbisch« würde bedeuten, dass sie nicht lesbisch war, »Ja, ich bin nicht lesbisch« ebenfalls.

Sonst war ihre Mutter eigentlich nicht so explizit. »Lesbisch« war ein Wort, das sie ausspuckte, wenn es sich nicht vermeiden ließ.

»Zu unserer Zeit gab es das nicht, ›so‹ zu sein«, behauptete ihre Mutter im Brustton der Überzeugung. Das ultimative Argument in ihrer Welt: »Wir kennen niemanden, der so ist. Stimmt's, Papa?«, rief sie ihrem Gatten zu, in der Hoffnung, Beifall zu ernten. »Ja, aber das ist heutzutage modern, das macht man jetzt so.«

Diese klar definierte, avantgardistische Gruppierung, die Schwulen, hätte als besonderes Merkmal so eine Art Fühler, einen sechsten Sinn, besser bekannt als der *gaydar*. Jeder, der in ihren Kreisen verkehre, werde mit dem *gaydar* gescannt und entsprechend eingestuft. Ihre Mutter kenne zwar selbst niemanden, der so sei, aber sie verfüge eben auch nicht über dieses zusätzliche Sinnesorgan. Saskia hingegen konnte bei einigen Freunden und Freundinnen ihrer Mutter sofort deutliche Ultraschallsignale heraushören.

Ihre Mutter kannte tatsächlich niemanden, der »so« war. »Das heißt, warte mal«, gab sie schließlich ritterlich zu, sie kenne doch einen Fall: Sœur Sourire! Die singende Nonne! Sœur Sourire, wahnsinnig talentiert, habe als Nonne mit ihrer Gitarre die Hitparade erobert, das sei ja mal was gewesen. Und wie die habe singen können. Ja, die sei auch »so« gewesen. Doch eines schönen Tages habe Sœur Sourire offenbar gemeint, aus dem Kloster austreten zu müssen, wo sie es dort doch so gut gehabt hätte. Die anderen Schwestern hätten sie sogar bei ihrer Gesangskarriere unterstützt, mit Gebeten und Transparenten, aber dann sei sie mit einer Frau zusammengezogen, die auch »so« gewesen sei. Natürlich, leider, leider, wie zu erwarten gewesen sei, sei das schlecht ausgegangen. Man habe beide mit einer Überdosis Tabletten tot aufgefunden.

Nicht in allem waren sie sich uneinig. Mutter und Tochter waren sich manchmal sogar rührend einig. Gottes Wege seien manchmal wunderlich, findet Saskias Mutter.

»Zum Glück wirst du dann wenigstens nie Kinder haben, das ist das einzig Gute daran. Die Ärmsten!«

DIE ZWEITE WOCHE AUF DER INSEL, TEIL II

Siesta zur Mittagsstunde. Saul ist mit Juli unterwegs.

Irgendwo bellt Wolf. Wenn er das nächste Mal ausbüchst, folge ich ihm bis zu Trygves Haus.

Da, beim Rosengarten. Ich zucke zusammen, drehe mich um. Obwohl sie einfach nur dastehen.

Ein weiches Licht umgibt Tammy und Juli.

Je weiter ich vor ihnen weglaufe, um kurz Mut zu fassen, umso schöner wirken sie zusammen, zwei kleine Mädchen, die sich zwischen riesigen Rhabarberblättern und Bambusrohren verstecken. Mit jedem Schritt entferne ich sie ein Stück mehr aus meinem Gesichtsfeld.

Saul war nicht bei ihnen.

•••

Ich finde ihn schlafend auf dem Bett. Vater und Sohn. Karls Arm in einem Bogen um Sauls Kopf. Die gehäkelte Rosendecke errötet. Draußen, auf dem Bett der Weide, surren Tierchen gegeneinander an.

Wie ähnlich sich die beiden sind, zwei Fische aus demselben Schwarm, zwei Perlen aus derselben Muschel. Manchmal ist mir, als sähe ich in Saul den Anflug eines großen Jungen. Jetzt erkenne ich ihn: Es ist der erwachsene Mann neben ihm. Leise taste ich mich zu meinem Handy vor, stelle das Bild scharf, drücke ab. Das künstliche Klicken der Kamera löst den Tag von der Nacht. Die Schlafenden brechen aus den Schalen des Bildhauerwerkes heraus. Saul schmatzt. Karl rekelt sich stöhnend, sieht Saul und bemerkt mich am Bettende. Eine lange Schlange aus Tönen windet sich aus seinem Mund. Ungeschickt stammelt er sich in den Tag hinein, entschuldigt sich. Flieht.

IM BETT

Juli: Ich bin ja so froh, dass wir Karl als Spender ausgesucht haben. Sonst wären wir nie nach Portes gekommen.
Saskia: Molly verwöhnt Saul zu sehr.
Juli: Das ist ganz normal.
Saskia: Das ist nicht normal.
Juli: Bist du denn nicht froh, dass wir hier so herzlich empfangen werden?
Saskia: Ich bin froh, ich bin froh. Und müde.
Juli: Ich bin müde von einem Tag gärtnern und Knoblauch ernten.
Saskia: Mit Tammy. Ich riech's.
Juli: Hilf morgen einfach mit, es macht total Spaß.
Saskia: Ich komme gerade in Fahrt mit dem Schreiben.
Juli: Wenn du dich unbedingt einigeln willst, mach nur.
Saskia: Ich …
Juli: Oh, jetzt kapier ich's, diese Hippies liegen dir nicht genug zu Füßen. Du bist nicht das große Gesprächsthema.
Saskia: Ich dachte, wir wollten nach dem Ritual nach Dawson Creek und von dort aus auf den Alaska Highway?
Juli: Wir werden sehen.
Saskia: Wir werden sehen. Wenn man etwas oft genug wiederholt, muss man es manchmal nicht mehr machen.

NOTIZBUCH

Molly sagt: Eine echte Mutter merkt sogar im Schlaf, dass ihr Kind Durst hat.

Saskia merkt nicht einmal, dass sie selbst Durst hat.

Molly sagt: Eine echte Mutter muss in erster Linie ihre weibliche Kraft lieben, wer solle es sonst tun?

Saskia denkt: Jemand anderes?

Molly sagt: Es ist genug Liebe für alle da.

Saskia bekommt fast einen Herzinfarkt.

Wie es der Zufall will, geht in dem Moment die Tür auf und Molly tritt ein, ohne anzuklopfen. Wie zur Entschuldigung trägt sie eine kleine Gießkanne vor sich her. Saskia erstarrt, als sich Molly über ihr Notizbuch beugt.

Das. Jetzt. Hier.

Molly sagt: Solltest du nicht auch mal nach draußen gehen? Mini-Thor ist gerade bei Tammy und Juli und amüsiert sich auf dem Grünkohlfeld.

Molly hat recht.

Saskia sagt: Ich wollte eh gerade gehen, nur noch schnell diesen Satz zu Ende schreiben.

•••

Täte Saskia nicht tatsächlich gut daran, das Schreiben mal sein zu lassen und sich stattdessen mit ihrem Kind zu beschäftigen? Als nicht-leibliche Mutter wird sie doch mehr tun müssen, um eine gute Bindung zu ihrem Jungen zu bekommen.

Nicht-leibliche Mutter.

Sie kann hören, wie ihre Großmütter in ihren Gräbern über diesen absurden Begriff lachen, haha, wie soll eine Mutter jemand anderes sein als die Frau, die ihren Körper neun Monate lang hat anschwellen lassen, um anschließend ein kleines Geschöpf hervorzubringen? Das wäre ja genauso absurd wie ein trockenes Meer oder eine nasse Wüste.

•••

Saskia hat ein paar Talente.

Sie ist klug und kreativ.

Sie kann sehr gut zu spät kommen.

Sie kann sich selbst auch sehr gut ins Abseits manövrieren.

Auf der Mädchenschule ging es immer um die Frage, wer neben wem sitzen würde.

Unter den Mädchen kam es dabei zu regelrechten Grabenkämpfen. Es war ein Affenzirkus.

Saskia war der Affe, keiner wollte neben ihr sitzen.

Irgendwann entschied sie dann: Von mir aus, komme ich euch eben zuvor. Also fragte sie die Lehrerin selbst, ob sie alleine in einer Bank sitzen dürfe, in der letzten Reihe. Dort konnte sie zeichnen und lesen, was sie wollte, war unerreichbar für den Spott ihrer Klassenkameradinnen. Da war sie neun.

Sie wollte dem alten Spiel der Verführung zuvorkommen. Die Regeln besagten nämlich, dass die Jungs die Mädchen rumkriegen mussten. Wieso dieser Einbahnstraßenverkehr so abgemacht worden war, blieb ihr ein Rätsel. Was sie aber bemerkte, war ein unausgesprochener Zusammenhalt unter den Mädchen. Sie dachte: Was wäre, wenn ich dieses Mädchen da küsse? Da war sie elf.

Sie wollte Freiheit. Ihre Eltern mussten feststellen, dass Saskia es kaum noch zu Hause aushielt. Farbe und Tinte spritzten in alle Richtungen. Zu Saskias Erstaunen bauten sie ihrer Tochter ein kleines Atelier im Garten, ein genialer, großzügiger Zug von ihnen. Vermutlich hatte Saskias Mutter von ihrem eigenen Vater gelernt, dass man die Privatsphäre der anderen respektieren müsse. Sie sprach mit Ehrfurcht von diesem Mann, seinem Ansehen als Landvermesser, den Gedichten, die er im Stil seines Vorbildes Guido Gezelle verfasste. Er hatte strahlend blaue Augen und einen herrlich weißen Haarschopf. Er sah aus wie ein Obdachloser in einem ziemlich verschlissenen Kittel. Er war jedoch steinreich, seiner Ansicht nach deswegen, weil er sein Geld nie für neue Kittel ausgegeben habe. Wer den Pfennig nicht ehre, sei des Talers nicht wert. Immer schön der Reihe nach, lautete sein Motto beim Anhäufen des Kapitals. Anstatt sich eine neue Jacke zuzulegen, ließ dieser Exzentriker in seinem immensen Garten lieber kleine Bauwerke errichten, darunter das goldene Tor, aber auch vollständige kleine Häuser. Eins für die Tauben. Eins für die Kaulquappen. Aber die Häuser für die Küken waren die Krönung. Für jedes Küken ein eigenes Häuschen, aus erstklassigen Backsteinen gemauert, dazu Elektrizität, fließendes Wasser und heimeliges Licht. Er sagte: »Die Tierchen kommen aus einem gemütlichen Ei, sie verdienen hier auf Erden ein ebenso komfortables Zuhause.« Saskia fand das großartig. Freiheit. Da war sie zwölf.

Die nächste Stufe nach dem eigenen Häuschen hieß Agoraphobie. Saskia wurde ein Ungetüm, das tagsüber nicht auf die Straße durfte, um bei den Leuten, die nur in Ruhe ihre Einkäufe erledigen wollten, keinen Anstoß zu erregen. Frankensteins Monster blieb lieber drinnen, hinter geschlossenen Türen. Erst nachts erlaubte sie sich, rauszukommen. So verrückt war sie. Die Verrücktheit steckte in ihr. Da war sie achtzehn.

Für ein Foto im Krankenhaus bekommt sie das Kind von guten Freunden in den Arm gedrückt. »Achtung, ich habe ein Glas in der Hand«, sagt sie. »Nicht, dass es runterfällt.« Da war sie dreißig.

Sie bekommt ein Kind in die Hände gedrückt, für immer. Sie sagt nichts. Nicht, dass es runterfällt. Da ist sie vierzig. Todesangst.

•••

Wie lautet die Frage aller Fragen? »Wie geht's denn so?« Niemand will ehrlich darauf antworten, die Leute gehen zum Nächsten über, statt zu sagen, wie es ihnen wirklich geht.

Was gibt es da zu lachen? Sie hört Juli in der Ferne lachen. Molly und Tammy sind dabei. Juli gefällt es hier, jedenfalls grübelt sie nicht. Volles Surfbrett voraus. Wer bei dem Tempo nicht Schritt halten kann, muss eben zusehen, wo er bleibt. Sie schaut sich nicht einmal nach Saskia um, ihr Surfsegel ist bestimmt so groß, dass es ihr die Sicht versperrt.

Und wo steckt Karl, wieso sind er und sie nicht hier in diesem Zimmer und lachen? Jeden Tag sucht sie ihn, verpasst ihn jedes Mal oder kann ihn dann nur für ein paar Minuten unter vier Augen sprechen. Im Kreis der Hippies unterhalten sie sich über krabbelnde Kinder. Im Laden reden sie über Zitronen-Baiser-Kuchen. Immer sind andere dabei. Immer steht Karl unter Zeitdruck und muss wieder weg, zu einer Verabredung, in seine Werkstatt. Ist das einfach sein Leben, und die Zeit, die sie tagelang ununterbrochen redend verbracht haben, nur eine Ausnahme gewesen? Was macht er bloß, wenn er nicht bei ihnen ist? Arbeitet er weiter an dem Haus oder ist es eine Flucht? Sie würde ihre Zeit am liebsten mit dem Mann verschwenden, der ihr sein Haus im Schnee angeboten und ihr Leben von diesem Moment an mitbestimmt hat. Wir müssen reden, wird sie sagen, fühl dich nicht so alleine, schotte dich nicht so ab, wir wollen dich nicht verlieren, sieh dir Saul an, komm mit uns.

Wieso füttert Molly ihren Enkel Thor Thor mit Kartoffelbrei? Weil das sein Lieblingsessen ist, antwortet sie, sein Leben lang isst der Junge fast ausschließlich Kartoffelbrei. Sie gibt ihm nichts anderes mehr. Das ist doch eine Strategie, um Thor Thor klein und kindlich zu halten, oder nicht?

Wo bleiben die Fähren, die sonst täglich an ihrem Fenster vorbeifahren? Wo bleiben Sauls erste Schritte? Sie kennt das Geschwätz, dass es das Durchschnittsbaby gar nicht gebe, aber er hat immer noch keinen Schritt gemacht. Auch nicht seit diesem Befreiungsritual. Die bösen Geister sind offenbar geblieben. Wenn er es versucht, steht er kurz und kraftlos da und kippt dann um wie ein Mast. Wird man von so viel Brot nicht auch unglaublich träge und dick? Was im Brot aussieht wie Samen, ist Schimmel. Sie traut sich nicht, Juli darauf anzusprechen. Schimmel kann Muskeln und Nerven angreifen. Und Saskia ist ein Ass im Durchdenken aller Kleinigkeiten, bis am Ende nichts mehr stimmt. Sie wiederholt beispielsweise so lange »Du findest mich nervig, stimmt's?«, bis die angesprochene Person schreiend wegläuft und sagt: »Du bist nicht auszuhalten, so was von nervig, so was von nervig.«

»Hab ich's nicht gesagt?«, triumphiert sie dann.

Wieso lauscht sie nicht einfach an der Wand, um die Geheimnisse zu hören? Die Holzwürmer nagen vertrauensvoll vor sich hin.

Ist Saskia intolerant oder sind die Hippies übertolerant? Jedes Wort, das sie hört, zerbröselt vor Begeisterung und trockener, humorloser Freude. Alle sind so entzückt über Sauls Dasein, aber keiner schaut ihn richtig an. Von dem belgischen Pärchen sind sie sehr angetan, haben sich aber noch nicht gefragt, was die belgische Gesetzgebung zum Thema Zweitmutter oder nicht-anonyme Samenspende sagt. Die schmuddelige Frau, die sich nie die Haare wäscht, lobt Saskias Schuhe dermaßen in den Himmel, dass die sie prompt in den Abfalleimer schmeißt. Diese endlosen Komplimente werden Verwünschungen. Die Olsen-Hippies unterscheiden nicht zwischen Erstaunen und Begeisterung, zwischen Frage und Mitteilung. Am Ende jeden Satzes geht der Ton in die Höhe. Wieso?

Wieso redet Molly auch dann, wenn niemand da ist? Mit wem? Ihrem toten Ehemann an der Wand, den Hühnern im Stall? Als Saskia gestern hereinkam, war es, als würde sie zu einem Kind reden, doch da war keiner. Molly legte gerade die Wäsche zusammen und redete mit einem von Sauls Strampelanzügen.

DIE DRITTE WOCHE AUF DER INSEL, TEIL I

Für jedes Stück Brot, das Saul sich in den Mund steckt, esse ich auch eines von seinem Teller. So ist seine Fuhre wenigstens halbiert. Heute kann ich bei seinen Fressleistungen olympischen Ausmaßes nicht mithalten.

Die moosgrüne Frau steht im Türrahmen und schüttelt sich vor Lachen ob der Gefräßigkeit dieses Jungen. Sie balanciert einen Teller mit frischem Brot in der einen sowie einen Teller voller Omeletts aus heruntergefallenen Eiern in der anderen Hand und gibt sich die allergrößte Mühe, nichts davon fallen zu lassen.

»Hör auf, ihn zu mästen«, herrsche ich Molly an. Alle Augen am Frühstückstisch blicken auf. Mit aufgesperrtem Kiefer schnappt Saul nach Luft. Andächtig hat er sich Brot mit Ei hineingestopft. In seinen Mund passt kein einziger Krümel mehr. »Sonst wird er noch ein richtiges Speckschwein! Wir sollten ihn am besten gleich bei den Weight Watchers anmelden! Und die Tischdecke ist auch wieder dreckig!«

Juli zieht die Augenbrauen hoch. Der riesige Brotklumpen steckt fest in seinem Mund. Ich halte meine offene Hand darunter, aber Saul schafft es, das Brotgewölle mit solcher Wucht auszuspucken, dass es über die Tischdecke rollt. Mit seiner zitternden Rechten verreibt Saul das halb zerkaute Brot in die Tischdecke. Eigentlich müsste er langsam mehr Kontrolle über seine dicken Fingerchen bekommen, stattdessen wird er immer ungeschickter.

»Und sie«, sage ich auf Niederländisch zu Juli, »siehst du nicht, was sie macht? Siehst du's wirklich nicht? Sie überfüttert ihn. Sie vergiftet ihn.« Ich habe es noch nicht ausgesprochen, da schäme ich mich bereits. Das liegt an den Kohlenhydraten. Die steigen in mir auf und nähren eine Stichflamme der Wut. Ich fühle mich vergiftet. In besonnenerem Ton fahre ich fort, als würde ich ein wenig plaudern, vermeide Mollys Namen, »und sie, sie, sie springt gleich auf, wenn sie ein schmutziges Tischtuch sieht und …«

Molly setzt sich mir gegenüber, zwinkert Juli zu.

»Kinder und Tiere spüren selbst, wenn sie satt sind. Und wenn nicht, weiß Nana das schon für Mini-Thor«, sagt die Frau, die alle Sprachen versteht. Sie habe in ihrem Leben übrigens Tausende Tischdecken gewaschen, in ihrem Alter mache eine mehr oder weniger auch nichts mehr aus. Sie seien eh trocken, bevor man sie überhaupt aufgehängt hat, bei diesem Wetter.

»Was machen wir mit Saul?«, frage ich Juli. »Ist es nicht zu warm für ihn?« Ich stehe neben seinem Hochstuhl und warte.

»Was meinst du mit ›Was machen wir‹?«, fragt Juli kurz angebunden. Sie ist schon fast zur Tür heraus, auf dem Weg zum Strand und zu ihrem Longboard. »Wieso fragst du mich das die ganze Zeit? Entscheide doch ein Mal selbst. Was wirst du tun?«

NOTIZBUCH

Ein Maulwurf versucht, sich durch die Brotmasse in ihrem Darm zu bahnen, schafft es aber nicht nach draußen. Magenkrämpfe. Dann eben an der frischen Luft schreiben. Saskia muss nachsichtiger mit Molly sein, sie ist Sauls Oma, eine alte Frau, die dem Porträt ihres Mannes jeden Tag einen Gutenachtkuss gibt, um den Kummer besser zu ertragen, während ihre Gelenke verschleißen, weil sie ihr Leben lang Mutter und Hippiebäuerin gespielt hat.

•••

Die kurze WLAN-Auszeit wächst sich allmählich zu einer längeren Phase im Wartezimmer der Natur aus. Während des Wartens wird die Krankheit vorübergehen, die Patientin heilen, sie wird nach Hause gehen können. Warten ist die beste Medizin. Sie braucht nicht mal einen Arzt aufzusuchen.

•••

Sie wird dieses Loch im Tag mit Text stopfen. Heute Abend wird sie mit Juli reden. In aller Ruhe, wenn sie im Bett liegen. Der beste Moment des Tages, keine Ablenkung.

IM BETT MIT EINER SURFERIN

Saskia: Juli?
Juli: Mmm.
Saskia: Hör mal …
Juli: Mmmorgen.

DIE DRITTE WOCHE AUF DER INSEL, TEIL II

»Ich muss euch etwas zeigen«, sagt Molly. Nervös geht sie uns voraus, den dunklen Gang entlang bis zum Keller.

»So was ist noch nie passiert«, sagt Molly kopfschüttelnd, während sie in die Dunkelheit hinabsteigt. Kellerlöcher seien Höllenschlunde, die Kinder verschlingen, sagte meine Mutter immer, seit ich mich einmal beim Versteckspiel eingesperrt hatte und mich dann in meinem pechschwarzen Unterschlupf derart gefürchtet hatte, dass ich an den Wänden kratzte. Was würde geschehen, wenn man Saul hier an der Treppe ablegen würde und die Tür ins Schloss fiele?

Mit zaghaften Schritten dringen wir mit Saul in den grauen Nebel des Kellers vor.

Ich erkenne ein Regal mit Weckgläsern, in Zuckerrübensirup eingelegte Kirschen für Herbstabende und Kartoffeln, die schon im Sommer ihre dicken Jacken angezogen und winzige Zehen bekommen haben, mit denen sie durch den Winter spazieren werden.

Molly hüstelt, rempelt mich an. Der Fliesenboden. Vollkommen aufgewühlt. Eine unsichtbare Faust hat die Regale vom Boden nach oben gedrückt. Die Wand hat Risse bekommen. Juli greift spontan nach meiner Hand. Baumwurzeln winden sich einen Weg durch den Keller. Sie erinnern an die Hilfe suchenden Finger eines Kindes, das lange alleine im Dunkeln vor sich hin gewimmert hat.

»Die Bäume sind wütend«, sagt Molly, die mich mit ihrem Blick durchbohrt, als läge die Wurzel dieses Übels irgendwo in mir. Auf Portes lacht man nicht über Baumwurzeln oder wütende Bäume. »Die Dinge sind aus dem Gleichgewicht«, sagt sie langsam, *»time is out of joint.«*

Juli reagiert nicht.

»War es denn falsch von den Hippies, den alten Baum für Saul zu fällen?«, bringe ich vor. Aber es könnten auch die Inselgeister sein, der Brand, der die Baumwurzeln angegriffen hat, die anderen Söhne, die durch Abwesenheit glänzen. Hier kann so einiges eine Rolle spielen. Eine komplette Vergangenheit wird vor uns abgeschirmt, eine ganze Familie unter diesem kleinen Dach.

Molly sieht mich noch immer eisig an, wie eine Lehrerin, die dann eben selbst mit der richtigen Antwort herausrückt.

»Manchmal geht es darum, den anderen wiederzufinden«, sagt sie, einfach so, als wäre es die Erklärung. »Bäume fühlen es, wenn etwas nicht stimmt.«

Normalerweise würde ich jetzt laut loslachen, wenn ich nicht diese feuchtkalte Spannung hier unter der Erde spüren würde.

»Die Bäume wollen damit sagen, dass sie jedes Haus zerstören können«, meint Molly. Juli hört ihr besorgt zu. »Dass ihr zusammenhalten müsst. Das bedeutet nicht, dass ihr ständig zusammen sein müsst – im Gegenteil –, aber ihr dürft keine Geheimnisse voreinander haben.«

Mein Herz hat vergessen, wie es schlagen muss. Ich schwitze in einem kalten Keller.

»Es hat viele Tage gegeben, an denen ich meinen Thor, Opa

Thor, nicht gesehen habe. Eigentlich hatte mein Mann niemanden nötig. Wenn man ihm einen Traktor und eine Säge gab, war er zufrieden. Ich musste lernen zu akzeptieren, dass der Vater meiner Kinder nicht unbedingt ein Gefühlsmensch war, und er hat sich selbst sehr bemüht, ein besseres Gespür für meine Bedürfnisse zu bekommen. Thor hatte die schönsten Träume für uns beide und die Kinder, eigentlich für die ganze Insel. Alle sahen in ihm den großen, weisen Mann. Aber meistens wusste er einfach nicht, was er sagen sollte, also schwieg er. Ich weiß, ich wirke wie die Chefin, aber wenn ich ehrlich bin, habe ich unsere Familie in den Anfangsjahren durchgebracht, während Thor hier mit einer Horde Hippies, lauter Freunden, die er irgendwo auf einer Indienreise kennengelernt hatte und die sich hier breitmachten, gelinde gesagt die Sau rausließ. Angeblich waren die Freunde hier, um bei der Obsternte zu helfen, aber die Früchte hingen an den Ästen und faulten vor sich hin. Oh, wie wütend die Bäume da waren! Eine alte Eiche und eine junge Tanne haben sich in einer Nacht bei starkem Südwind mit voller Wucht auf seinen Traktor gestürzt. Als ich mit Thor am Rockzipfel, der damals ein Kleinkind war und den beiden Jungen, die gerade die Masern hatten und mehr als sonst quengelten, mich noch von den Polen anschnauzen lassen musste, weil sie Hunger hatten, die Männer, da habe ich meinen Mann kurz zur Seite genommen, um ihm die Schande zu ersparen, dass er in Gegenwart seiner Freunde einen Anpfiff bekam, aber ich habe ihm gesagt, ich werde meine Koffer packen, ins Meditationszentrum gehen und dort einen Monat lang nachdenken. Ich war gerade erst weg, als ein heftiger Sturm ausbrach, der viel Schaden auf Reef Point anrichtete. Die Bäume wurden entwurzelt und kippten um. Dieser Monat getrennt voneinander hat uns einander wieder nahe gebracht. Ich konnte meditieren und über die Felder spazieren, herrlich befreit von den Kindern und meinem eigenen Leben, konnte wieder entdecken, was es bedeutet, einen Marienkäfer auf den Finger krabbeln und davonfliegen zu lassen, und feststellen, dass danach die Hand stank, aber vor allem auch, dass ich meinen Mann unendlich liebte, er sich aber ändern musste … Und dann kam der Tag, an dem Thor mich abholte … Mir kommen die Tränen, wenn ich daran zurückdenke. Manchmal erwarten wir einfach zu viel. Die simple Tatsache, dass er mich aufsuchte, ohne auch nur ein Wort darüber zu verlieren, wie schwer es gewesen war, als völlig unerfahrener Mann die Sorge für unsere drei kleinen Jungs mit seiner schweren Arbeit bei der Austernzucht zu kombinieren – ja, er hatte wieder einmal etwas Neues auf die Beine gestellt –, dass er sich zu mir beugte und aufrichtig besorgt fragte, wie es mir denn nun gehe – das war der Schlüssel. Das Wissen um diesen Moment habe ich später noch so oft gebraucht. Dass er sich selbst hintanstellen konnte. Dass er für uns da war …

Man muss sich im Leben permanent verändern und damit Frieden schließen. Sich selbst akzeptieren, den anderen akzeptieren. Und nicht vergessen: Es gibt immer die Gemeinschaft, die einen mitträgt. Die Geister der Vorfahren fangen Schwingungen auf und reagieren. Diese Bäume sind wütend«, beendet Molly ihre Ansprache. »Das ist eine gut gemeinte Warnung: Verliert euch nicht aus den Augen.«

Juli bekommt einen Hustenanfall. Staub tanzt durch den Raum.

»*Oh dear*«, ruft Molly plötzlich, »was predige ich denn da. Ihr fühlt euch hier sicher eingesperrt. Los, raus mit euch! Janos und Noah werden den Schlamassel hier schon abstützen, aber versprecht mir bitte eins: Ihr müsst euch ausruhen, Kinder. Zusammen. Mal ehrlich, frischgebackene Mutter zu sein, das laugt einfach jeden aus. Ich kümmere mich inzwischen um Mini-Thor, er kann hier bei mir bleiben.«

»Damit würdest du in Belgien aber nicht durchkommen, Molly«, sagt Juli lachend, »von wegen Kinder im Keller einschließen …«

Lauthals lachend hopst Molly die Treppen hinauf.

IM BETT

Juli: Sie liegen unter unserem Bett.
Saskia: Wer?
Juli: Die kämpfenden Bäume, hihi.
Saskia: Gruseliger Gedanke.
Juli: Wenn es stimmen würde, fände ich es auch zum Gruseln. Schlaf schön.
Saskia: Du auch.
Juli: Du hast noch gar nicht gefragt, wann wir nach Alaska fahren.
Saskia: Lass gut sein.

NOTIZBUCH

Saskia hatte früher schon einmal versucht, nach Alaska zu fahren, vor fünfzehn Jahren. Es wurde ein herrlicher Reinfall. Sie würde es direkt wieder tun. Nur diesmal mit Juli. Als Saskia ein Jahr lang in Vancouver studierte, kam ihre Schwester sie um den Jahreswechsel herum besuchen. Es war der Tag vor Weihnachten, und sie wollten nicht in der Stadt bleiben. Also liehen sie sich die Rostlaube ihres kanadischen Boyfriends (ja!). Der Boyfriend warnte, sie dürften damit keine zu weiten Strecken fahren, zumindest nicht ohne Kerzen, Decken, Wasserkanister und Rettungsfolie im Kofferraum.

Nach etwa sechshundert Kilometern auf den Straßen Kanadas stellten sie fest, dass sie sich auf einem Roadtrip befanden. Dabei hatten sie nichts dabei, weder Kerzen noch Decken, und leider funktionierten die Bremsen nicht richtig. Wortlos saßen sie nebeneinander, während sie mit einem roten Kleinwagen, der sich bei jeder Bergabfahrt weigerte, das Tempo entsprechend zu drosseln, immer weiter in die Berge fuhren. Sie lachten, ängstlich, aber wagemutig und furchtbar stolz, weil sie hier verdammt noch mal gerade im rasenden Tempo von vierzig Meilen pro Stunde die Welt eroberten, jede Menge Haarnadelkurven und tiefe Schluchten inklusive. Sie taten es, obwohl es ja keine so leichte Sache war, in den

Zwanzigern zu sein und seinen Weg zu suchen. Im Radio sang Madonna extra für sie: »… *life is a mystery*«. Sie beschlossen, mit Madonnas Segen nach Alaska zu fahren. Die beiden Schwestern tuckerten über eine hellblau-schwebende Bergkette und konnten kaum atmen. Es begann zu schneien, in Windeseile lag der Weg nach Alaska unter einer Schicht aus Puderzucker. Saskia hing gebeugt über dem Steuer, als könne sie unter den Schneeflocken hindurchtauchen, daneben ihre stocksteife Schwester, die eine Tüte mit sauren Gummibärchen auf dem Schoß hielt.

Sie konnten keinen Unterschied mehr erkennen zwischen Fahrbahn und Straßenrand, zwischen nah und fern, als führen sie durch ein Blatt Papier, es gab kein Oben und Unten mehr, keinen einzigen Anhaltspunkt. Sie waren zu sehr in Panik, um in Panik zu geraten. Sie arbeiteten im Team, Saskia lenkte, ihre jüngere Schwester war Ausguck und dirigierte: Links, rechts, Achtung, ja, gut. Stundenlang. Keine erwähnte die Worte Benzinstand oder Unterschlupf. Nach einer gefühlten Ewigkeit stieß ihre Schwester plötzlich einen Schrei aus. Sie konnte am Horizont ein paar vertikale Steifen ausmachen. Was für eine Freude, als sie ein kleines Gebäude erkannten.

Mit vor Spannung zittrigen Fingern zog Saskia den Zündschlüssel aus dem Schloss. Auf wackligen Beinen betraten sie die Hütte. Sie standen in einem chinesischen Restaurant. An Heiligabend. Vor Glück machten sie sich fast in die Hose. Da man sie auf chinesisch-charmante Weise schlichtweg ignorierte, setzten sie sich einfach irgendwo hin. Der Kachelofen hüllte sie in eine Wolke glühend heißer Luft. Genüsslich ließen sie den Blick durch das Restaurant schweifen.

Hinter ihnen saß ein Pärchen, die Frau hielt sich ein Taschentuch vor den Mund und schluchzte. Der Koch mit seiner dreckigen

Schürze warf einen deprimierten Blick auf einen goldenen Kalender an einem Reißnagel, dann fingen seine Schultern an zu zucken. Ein chinesisches Mädchen versuchte, einen Glückskeks aus der Plastikfolie zu friemeln, doch die wollte nicht reißen. Das Mädchen senkte den Kopf, gab auf. Da begriffen sie zu ihrem eigenen Erstaunen: Hier weinten alle, schon die ganze Zeit. Als dann im Radio noch einmal Madonnas vertraute Stimme erklang, brachen die Dämme. Sie und ihre Schwester fingen gleichzeitig zu weinen an, große Kinder, die sie waren, lösten sich vor Erleichterung in Tränen auf. Seit ihrer Kindheit hatten sie nicht mehr zusammen geweint, und dann waren Tränen der Wut oder des Neids geflossen, weil die Rollschuhe Schrammen bekommen hatten. Jetzt weinten sie wegen dem, was sich dahinter verbarg, sie weinten, weil sie wie durch Glas hindurchsahen, einen hellen Lichtstrahl, sie heulten aus schierem Glück, das vom Himmel herabrieselte und alles mit einer weißen Schicht überzog.

•••

So etwas würde sie mit einem Baby nie tun. Mit einem Kleinkind ist man erwachsen und mit dem entsprechenden Gepäck ausgerüstet, um das Unerwartete weitestgehend abzudecken: Triefnasen und Durchfall, Hunger und Durst, Schneestürme und Hitzeschlag. Man trägt die Verantwortung.

Das ist jetzt vorbei. »Kinder geben einem ja so viel zurück!«

Saskia ist die Einzige, die so verzweifelt ist. Als wolle sie gleichzeitig in zwei Richtungen rennen. Was ja nur dann geht, wenn man aus zwei Hälften besteht.

Sie muss ihren Freiheitsbegriff neu überdenken.

Dieses süße Kerlchen, das immer öfter in ihren Träumen auftaucht und dem es immer mehr gelingt, sie für sich einzunehmen. Sie tauscht die harten Bestandteile, aus denen sie gebaut ist, gegen daunenweiche Emotionen. Am Ende ihres Lebens wird sie von innen nach außen gekrempelt sein, federleicht, und ganz aus weichgespülten Gefühlen bestehen.

Sie dürfen, sie dürfen.

Sie dürfen nichts.

Als Kind glaubt man, dass man später alles darf und jetzt noch nichts, weil es diese ganzen Einschränkungen gibt, mit denen Eltern einen im Zaum halten.

Doch wenn man erwachsen ist, darf man noch weniger. Und in diesem »Weniger« steckt auch eine Prise Freiheit. Man ist gezwungen, die eigene Komfortzone zu verlassen, und kann so die Freiheit, die im Zwang liegt, erfahren. Blabla, es ist wie eine Prise Salz in der Schokolade, sie kann es nicht erklären, nicht hier.

•••

Von vorn. Sie will die Freiheit haben, Saul zu lieben, einschließlich des Risikos, dass es nicht klappt, dass die Liebe buchstäblich auf die Schnauze fällt, sich wieder aufrappelt und es woanders versuchen muss, weil Saul sie abweist. Sie spürt, dass sie entscheiden kann und dass er entscheiden kann, dass bedingungslose Liebe erst innen und außen getestet wird und nicht einfach so, mir nichts, dir nichts, wie irgendein ungeladener Gast plötzlich vor der Tür steht und man nicht anders kann, als ihn hereinzulassen, auch wenn das Essen vielleicht nicht reicht.

•••

Saul weint nach seinem Mittagsschläfchen.

Sie weiß schon, weshalb. Er weint viel seltener als das Durchschnittsbaby und schläft um einiges besser, aber wenn er weint, kommt es aus seinem tiefsten Inneren. Er weint, weil er so abhängig von ihnen ist und nichts für sich alleine entscheiden kann. Er muss um alles bitten, und sie versuchen, es zu erraten, und liegen manchmal völlig daneben. Dann weint er noch mehr.

Er ist ein kleiner Gefangener, eingesperrt in einen schmiedeeisernen Schlafkäfig.

Sie ist unendlich abhängig von Saul. Ihre Freiheit wohnt jetzt auch in ihm, stellt sie schockiert fest.

• • •

Sie hat ihre Tage. Das erklärt die plötzlichen Gewitterschauer bei gleichzeitig strahlendem Sonnenschein in ihrem Kopf. Die Hormone haben das Ruder übernommen und sorgen für völliges Verkehrschaos.

Wieder ein kleines Kind, das auf einer blutigen Pritsche abtransportiert wird. »Lass mich hier raus, raus aus diesem Körper«, tönt es mit Sirenengeheul, und schon ist sie es los, der Krankenwagen bereits unterwegs, auf Nimmerwiedersehen im Ozean. Sie sitzt auf der Toilette und lacht. Bis ihr klar wird, dass es hier keine Tampons gibt. Sie wickelt eine halbe Rolle Klopapier ab und bastelt eine kleine Matratze daraus.

Wenig später erkundigt sich Molly kichernd, ob hier vielleicht jemand Klopapier esse.

»Wollte Tammy nicht irgendwas mit Pappmaché machen?«, fragt Saskia beiläufig.

Nachricht versenden fehlgeschlagen.

DIE VIERTE WOCHE AUF DER INSEL, TEIL I

Durch das ausgetrocknete Flussbett geht Molly hinunter zur Walfischbucht. Entlang an den Strandbäumen, die der Wind mit den Jahren kahlgepflückt hat und die jetzt machtlos und wütend nach den Wolken greifen, kämpft sie sich mühsam über den Strand in unsere Richtung. Nackt wie die Bäume kommt sie daher, denn heute ist es ihr zu heiß für Kleidung. Ihre Taille weist ein paar stattliche Jahresringe auf. Stolz schauen die kleinen Rosinenaugen auf ihren leergetrunkenen Brüsten in der Gegend umher. Das Meer vor der Küste ist verlassen. Die Fähren schaukeln am Kai im Sonnenlicht, exakt so lange, bis sie wirklich vermisst werden und das Geld hierher zurückkehren wird.

»Karl!« Molly formt mit den Händen einen Trichter. Ein junger Hirsch, der aus der Ferne zu uns herübersieht, spitzt erschrocken die Ohren. Der Name hallt durch die Bucht, in die sich früher die Wale zurückzogen, um in aller Ruhe Nachwuchs zu bekommen. Dann ließen sie ihre Bassstimmen unter Wasser erschallen, um ihren Verwandten in einem anderen Ozean über etliche Hundert Kilometer Entfernung hinweg die frohe Botschaft mitzuteilen.

Schon vor drei Wochen hatte Karl uns versprochen, wir würden hier gemeinsam Schalentiere fürs Abendessen suchen gehen. Heute nimmt Molly das in die Hand.

»Karl!«, hört man selbst auf einem weit entfernten norwegischen Kreuzfahrtschiff, auf dem gerade eine Frau oben ohne und mit Rosé in den Adern vor sich hin döst. Unwirsch staucht sie einen Kellner zusammen, woher bloß der Lärm komme.

»Karl! Thor! Noah!« Molly holt ein Hütchen aus ihrer Strohtasche und setzt es Saul auf, damit er gegen die grelle Sonne gewappnet ist.

Über die Ebene voll Muschelschalen kommen der dünne und der dicke Flitzer heran: Bohnenstange Noah, ein dichtes Schamhaarbüschel zwischen den Beinen, sein Bruder Thor Thor mit dem haarlosen Pimmelchen eines Puttos. Ihre Sandalen sind aus Autoreifen geschnitten. Der Hirsch lugt hinter den Felsen hervor.

»Karl«, rufen Thor Thor und Molly im Chor.

Hinter einer hohen Klippe unweit der Werkstatt bahnt sich Karl einen Weg durchs Wasser in unsere Richtung, wie ein Tier, das darauf gedrillt ist, immer zu seinem Herrchen zurückzukehren. Er wirkt gequält, seine Haut ist blass.

»Die Eimer nicht zu voll, seid lieb zueinander und bringt eurer Nana die schönste Muschel mit, die ihr finden könnt. Jetzt seid ihr mich los!«

Molly macht kehrt. Ein Hintern wie zwei riesige Brotlaibe, nach Jahren im Ofen geplatzt. Saul will mit seinen Milchzähnen einen Bissen nehmen, erwischt aber nur Luft.

Wir folgen Karl, unsere Füße stecken in Gummistiefeln, die Eimer klatschen gegen unsere Schienbeine. Die Zwillinge trotten hinterher. Bei einer Koralle, die spitz aus dem Felsen herausschaut, machen sie halt. »Komm, *uncle* Karl, brich das Stück Felsen ab.«

»Das geht nicht.«

»Papa Thor kann so was.«

»Ich aber nicht.«

»Papa schon.« Noahs Stimme sackt plötzlich eine Oktave tiefer, er erschrickt über sich selbst.

»Ich bin nicht euer Papa.«

»Aber der von Saul.«

»Nein.«

»Bist du doch.«

»Nein.«

Noah und Thor Thor betteln darum, ins Wasser springen zu dürfen, aber Karl erlaubt es ihnen nicht.

»Papa Thor erlaubt es aber.«

»Ihr könntet genauso gut in einen Container voller Glas springen«, sagt Karl in ruhigem Ton.

»Wir sind hier schon reingesprungen, mit Papa.« Noah lässt nicht locker.

»Bestimmt nicht.«

»Los, wir wollen reinspringen!« Wie Affen klettern sie auf einen spitzen Felsen.

»Kommt da runter.« Die See ist unruhig, es weht ein kräftiger, heißer Wind.

Widerwillig krabbeln die Zwillinge wieder herunter.

Der junge Hirsch tastet sich zum Strand vor, um seine Wunden vom Wasser reinigen zu lassen. Mitten im Laufschritt erstarren die Jungs plötzlich. Es kommt regelmäßig vor, dass sich Rotwild die dünnen Beine zwischen den Felsbrocken bricht. Die Zwillinge entfernen sich ein Stück, sodass der Weg zu den Wellen für das scheue Tier frei ist.

»Jungs! Die Eimer nicht zu voll«, mahnt Karl, »sonst können wir sie nicht mehr tragen.«

Geringschätzig schaut Noah seinen Onkel über die Schulter an und füllt seinen Eimer weiter unbeirrt mit stattlichen Austern.

»Mein Gott, und ich bin schon so müde …« Karl stöhnt. Hinter ihm ertönt ein dumpfes, tierisches Ächzen. Ist der Hirsch zwischen den Steinen eingeklemmt?

Noah schiebt einen Stock durch die Henkel zweier Eimer. Wie ein viel zu magerer Gewichtheber geht er in die Knie, sein Gehänge baumelt dabei hin und her. Er drückt den Stock über seiner Brust in die Luft und hebt die beiden randvollen Eimer an. Der Stock bebt.

Saul, nackter König der Nachahmung, greift im Wasser nach einem Stock, hält ihn hoch. Sein kleiner Zipfel hängt etwas traurig herunter.

Thor Thor schafft es nicht, seinen Eimer hochzuheben. Tiefer Seufzer. »Aber ich hab die schönste Muschel gefunden.«

»Du Baby«, sagt Noah.

»Und eine Dinoversteinerung für Nana.«

»Oh, die wird sich aber freuen«, spottet er. »Dann kannst du das Bonbonmonster ja fragen, ob es dir überall Küsschen gibt.«

»Überall«, sagt Thor Thor. »Das würde dir so passen … Auf den Pimmel, stimmt's?«

Langsam dreht sich Noah zu seinem Bruder, die Lippen geschürzt, eine Auster in der Faust. Ein langhaariger Zwerg und ein zitternder, hagerer Junge stehen sich nackt gegenüber. Noah schleudert die Muschel nach seinem Bruder, sie streift Thors Schulter und bleibt für den Bruchteil einer Sekunde darin stecken, er jault vor Schmerzen. Die Muscheln sind scharf wie Messer. Triefend von Seetang, mit vom Salzwasser tränenden Augen, bombardieren sich die beiden. Sie kämpfen wie Brüder, es ist ein Kampf um Leben und Tod.

»Hört auf zu streiten!«, befiehlt Karl. Das trockene Knacken von etwas, das ein Ast sein könnte.

»Wir streiten doch gar nicht.« Noahs Stimme überschlägt sich.

»Dann hört wenigstens auf, euch wehzutun.« Im Hintergrund markerschütterndes Blöken.

»Wir streiten uns nicht! Wir wollen nur kämpfen!«

»Ihr sollt euch nicht angreifen.« Karl versucht, die beiden Streithammel auseinanderzuziehen.

»Du hast uns nichts zu sagen«, schnauzen sie Karl an. »Wir spielen bloß.«

Verzweifeltes Getrampel. Brechende Knochen. Der Hirsch.

Noahs Glied hat sich jetzt vollends aufgerichtet, gewiss macht ihn sein Körper ratlos in all seiner Eigensinnigkeit. Er hat gesehen, dass ich es sehe, dass wir alle es gesehen haben, und rennt davon, Thor Thor hinterdrein, sie verschwinden hinter der Klippe, wo das bestialische Röhren herkommt.

Ein Stöckchen rührt in meinem Hals, ein eiskalter Finger fährt mein Rückgrat rauf und runter. Intuitiv hält Juli Saul die Augen zu. Der Hirsch ist mit gebrochenen Beinen auf den scharfkantigen Felsen gestürzt. Die Zwillinge knien vor ihm. Noah schlägt dem verlorenen Tier mit voller Wucht einen Felsbrocken zwischen die Augen – ein Fleischklumpen, der alles in sich zusammenzieht, um am Leben zu bleiben. Der warme Dampf des Blutes.

In der Stadt gerät höchstens mal eine Taube an eine Stoßstange oder ein Reifen überrollt sie. Hier schleifen Jungs ein Tier mit der ganzen Kraft, die in ihren Körpern steckt, dem Ende entgegen, schonungslos in ihrer Grausamkeit. Im toten Wildkörper gluckert es, ein letztes Knacksen, leblos klatscht er zwischen die Felsen. Mit spitzen Steinen und Muscheln hacken sie auf den Bauch ein, das Herz. Ein letztes Zucken fährt durch das Tier wie ein Elektroschock. Noah kann nicht aufhören. Blutdurst hat von ihm Besitz ergriffen. Schnaubend schlägt er weiter auf das glibberige rosarote Fleisch und das hellbraune Fell ein. Thor Thor schreit wie ein Wilder und drischt mit einem Stein auf seinen Bruder ein. Bis dieser von dem Tier ablässt, aus seiner Mordlust erwacht.

Thor Thor richtet sich auf, befühlt seinen Mund. Er weint aus tiefster Seele wie ein hungriges Baby, dann will er mit seiner molligen Faust ausholen, aber Karl wirft sich zwischen die Brüder.

Aus Thor Thors Mund quillt dickes Blut. Noah spuckt ein Stück Zahn in seine Handfläche. Saul wird alles einatmen, das Wissen um den Tod, das hier auf der Insel umgeht, wo die Natur mit ihren bloßen Händen das Leben aus einem Tier treiben kann. Grinsend schauen sich die Brüder an, plötzlich wieder zum verschwörerischen Zwilling verschmolzen.

»Seit wann mischst du dich in unsere Angelegenheiten ein?«, rufen sie Karl zu, geschlagen, leichenblass. »Lass uns in Ruhe! Hau ab!«

»Einen Hirsch töten? Euch an die Gurgel gehen? Ist das, wollt ihr …« Karl ist so entsetzt, dass er sich in seinen eigenen Worten verheddert und sich nicht mehr vernünftig ausdrücken kann.

Am Ufer erledigen Strandläufer gerade den großen Strandputz. Sie picken Würmer an die Oberfläche, bohren ihre Schnäbel in den nassen Sand und hinterlassen kleine Botschaften in Braille.

Karl pflückt Seetang von Thor Thors Schultern.

»Lass meinen Bruder in Ruhe, du bist nicht unser Papa!«

»Pfoten weg!«

Noahs Schwanz, steif vor Angst und Erregung, ist enorm, man kann gar nicht nicht hinsehen.

»Drecksschwein«, rufen die Zwillinge Karl zu. Karls Augen treten hervor, er zittert am ganzen Körper.

»Drecksschwein! Du bist ein Drecksschwein! Onkel Trygve hat uns erzählt, was du getan hast.«

Perplex starren die drei einander an. Karl dreht seine Schultern vor, will sich auf die beiden Jungs stürzen. Die Wellen schlagen, er holt tief Luft. Etwas in ihm zieht sich zurück, wird ruhig.

»Ich hasse diese Insel«, brüllt Karl. »Ich hasse sie.« Der Ozean flutet die Felsen.

NOTIZBUCH

Karl. Man spricht es Kaal. Oh Kaal, lieber Kaal, sagen die Olsens.

Der Papa. Falsch, nur von der deutschen Brieffreundin eines Olsens so genannt.

Der Samenspender. Steril, ein großes Reagenzglas auf zwei strammen, behaarten Beinen, von Psychologen verwendet.

Der biologische Vater. Trocken, sachlich korrekt. Das sagt hier keiner.

Der Mittlere der Olsens. Die meisten meinen irgendein biologisches Band, um sowohl das Frauenpaar als auch Karl anzuerkennen.

The uncle. Vorschlag von Juli, verworfen wegen des irreführenden Untertons.

•••

»Wir gehen an den Strand und lesen«, sagt Saskia. Solange Saul noch nichts sagen kann, entscheiden sie alles zusammen, indem Saskia die verrückten Werkzeuge benutzt, die Worte nun einmal sind. Sie gibt Saul einen Klaps auf den dicken Windelpopo. Über das dumpfe Geräusch müssen beide lachen. Saskia gibt dem Jungen einen Stock, damit er damit im Sand malen kann, und schlägt ihr Notizbuch auf, liest immer wieder denselben Satz: *Wieso hasst Karl die Insel?*

Ein Schatten taucht über ihnen auf, sie schauen hoch.

Karl: Ich wusste, dass ich dich hier finden würde.

Saskia: Was war das gestern mit den Zwillingen?

Karl: Welcher Idiot hatte die Idee, das Flussbett zu kehren?

Saskia: Ich. Nur leider reicht das Staubsaugerkabel nicht bis hierher.

Karl: Mollys Befehl.

Saskia: Stimmt.

Karl: Musste ich als Kind auch machen.

Saskia: Jetzt erzähl doch mal, was das Drama mit den Zwillingen sollte. Worum ging es da?

Karl setzt sich. Der gesunde Mann entblößt seine gesunden Zähne und lacht in Richtung Saul. Saskia hofft, dass Saul sein perfektes Gebiss geerbt hat. Und gerne auch diese perfekten Augen, mit denen der große Mann jetzt den kleinen Mann intensiv anschaut. Saul strahlt, er erkennt ihn.

Zum ersten Mal streckt Karl die Arme aus.

Er möchte den Jungen kurz übernehmen.

Saul verbirgt sein Köpfchen verlegen zwischen Saskias Hals und Schulter.

Großer Riese hebt kleinen Riesen hoch.

Großer Riese kann kleinen Riesen verschlingen.

Vom Meer her hört man das Brüllen der Seehunde beim Paaren.

Saskia: Also, worum ging der Streit?

Karl: Darf ich dich um etwas bitten?

Saskia: Natürlich.

Karl: Erinnerst du dich, wie wir zusammen beschlossen haben, diesen kleinen Wurm zu machen? Ich habe euch damals um euer Vertrauen gebeten, und das tue ich jetzt wieder.

Saskia: Schon, aber …

Saul hebt den Kopf, als wolle er den Ruf der Seehunde beantworten. Wer weiß, vielleicht kullern gleich ganze Sätze aus ihm. Mit einem kleinen Kind glaubt man wieder an Wunder, man hofft ständig auf eines.

Karl: Ich will dir was erzählen. Als ich etwa sieben war, haben meine Brüder und ich hier immer gespielt. Im Sommer wohnten wir quasi auf diesem Strand. Eines Tages machten wir bei Ebbe in den flachen Pfützen ein Krabbenrennen, als sich bei den Klippen etwas bewegte. Erst dachten wir, es sei ein riesiger Stein voller Sand, vom ablaufenden Wasser zurückgelassen. Wir wollten sehen, was es war: ein Babyseehund in einer Sandkruste. Jeder auf der Insel weiß, dass man sich von Seehunden fernhalten muss, die können dich locker plattmachen. Vorsichtig schoben wir den kleinen Seehund ins Meer. Das Tierchen dachte gar nicht daran, nach uns zu schnappen, machte aber auch keine Anstalten, sich in Sicherheit zu bringen. Fröhlich schwamm es um mich herum. Es wollte spielen, tauchte unter unseren Beinen durch, schwamm an unseren Lenden entlang. Das Tier versuchte kurz, mit Thor unter Wasser zu tanzen, schmiegte sich dann an mich und blieb die ganze Zeit in meiner Nähe. Wir wussten nur allzu gut, dass es verboten war, dass wir das Tier der Natur zurückgeben mussten, wie es uns unsere Eltern beigebracht hatten. Mama Seehund hatte ihn am Ufer geboren, war Futter holen gegangen und suchte nun sicher nach ihm. Wir wussten es. Und trotzdem gingen wir Tag für Tag zurück zu dem kleinen Seehund, wir brachten ihm das Schwimmen bei und lernten im Tausch eine gewisse Freiheit von ihm. Ich wusste, dass er mich kannte und mit Erinnerungen an die Jungen, an uns, an mich in den Ozean ziehen würde.

Das Ganze ging so lange gut, bis ich mich einmal beim Abendessen verplapperte. Trygve tat so, als wisse er genauso wenig davon wie meine Eltern. Das arme Tierchen habe eine Mama, die es suche, wie gemein, dass seine Brüder das getan hätten, pflichtete Trygve unseren Eltern bei. Ich konnte es kaum fassen. Thor und ich taten, was unsere Mutter uns auftrug: Wir rollten den kleinen Seehund bis an die Flutlinie. Aus der Entfernung sahen wir zu, was nun geschehen würde. Ich glaubte nicht, dass die Mutter noch einmal zurückkehren würde. Ich hoffte, sie würde es nicht.

Doch sie kam. Folgsam schwamm der kleine Seehund mit seiner Mutter davon. Ohne sich umzusehen. Das war der traurigste Augenblick meiner Kindheit.

Karl schaut aufs offene Meer hinaus. Ich kann nichts dagegen tun, aber ich sehe diesen kleinen Seehund noch überall. Kürzlich an der Ostküste in der kleinen Bucht von Saint John. Wider besseres Wissen hoffte ich, dass er noch einmal an Land kommen wird, um sich zu verabschieden.

Saul nimmt eine Handvoll Sand und Kiesel. Er mampft. Jede Menge Sand und Muscheln stopft er in seinen Mund. Der kleine Junge, der die Insel auffraß. Aber kein Wort sprach.

Saul isst. Saskia sagt Nein. So geht das Spiel. Sie muss es ihm verbieten.

Nein, nein, Saul, nein, nein, nein, nicht zu viel.

Sie will nicht permanent Nein sagen müssen, sie klingt wie eine Nörglerin, wenn sie dieses Nein hört, nur ein winziger Schritt fehlt, und sie würde sagen: Glaubst du, ich finde es schön, die ganze Zeit Nein sagen zu müssen? Das Nein, das der Papa aussprechen müsste.

Karl: Du machst das gut mit Saul.

Saskia: Weswegen waren die Zwillinge so böse auf dich? Ich will es wissen.

Karl: Konzentrier du dich mal lieber auf deine Familie. Du, die du alles hast, sogar eine Geliebte.

Saskia: Das ist vorbei.

Karl: Klar, solange du hier bist. So funktioniert das aber nicht.

Saskia: Nein, ich meine es ernst.

Karl: Rede dir von mir aus ein, was du willst, tu so unschuldig, wie du willst. Das können sie hier auch gut. Juli verdient das nicht.

Saskia: Es ist aus, ich kann nicht mehr, ich will es nicht mehr.

Karl: Also kein Weglaufen mehr?

Saskia: Du läufst doch weg! Was für ein Familiengeheimnis gärt hier auf dieser Insel?

Karl: Weißt du noch, was wir in Winnipeg gesagt haben? Bedeutet Freundschaft nicht auch, die Grenzen des anderen zu respektieren? Aber um es klar und deutlich zu sagen: Es gibt kein Geheimnis. Das ist es ja gerade. Da ist nichts, und mir bleibt nichts. Hier auf der Insel fühle ich mich nicht mehr zu Hause. Es kostet mich zu viel Kraft, hier durch den Tag zu kommen. Ich hatte geglaubt, ich würde das schon schaffen, aber nun wird mir klar, dass ich es gar nicht will. Ich werde erleichtert sein, wenn ich die Insel hinter mir lassen kann. Willst du nicht weg hier? Dann nehmen wir unsere Sachen und sind fort von hier.

Saskia antwortet nicht.

Karl: Es gibt kein Geheimnis. Es gibt nur Lügen. Wenn du Lügen zu viel Aufmerksamkeit schenkst, werden aus ihnen Geschichten. So, wie wenn man zu einem Kind sagt, dass das Gespenst nicht lila ist, weil es Gespenster gar nicht gibt. Dann sieht das Kind trotzdem ein lila Gespenst, das es nicht gibt.

Saskia: Ich kann dir nicht folgen.

Karl: Ich bin gekommen, um dir zu sagen, dass ich abreise.

Saskia versteht nur langsam, so langsam wie ein Baum, der spürt, dass er wächst, oder ein Computer, dessen Speicher sich nach und nach füllt, und dann ist er voll, weshalb er zu langsam läuft. Alles braucht einen anderen Platz. Defragmentieren.

Nein. Nein, nein, sagt Saskia.

Karl entgegnet, es sei jetzt an ihr und Juli, sie seien die Eltern. Sie beide.

Saskia ist völlig erschöpft. Als müsse sie an ein anderes Ufer schwimmen, ist aber gerade erst bei der Hälfte. Sie kann nicht mehr. Umkehren ist sinnlos. Das Entsetzen breitet sich in ihrem ganzen Körper aus.

Karl drückt den Jungen noch kurz an sich, schaut ihn an.

»Wir haben noch ein ganzes Leben, um uns kennenzulernen«, sagt Karl zu Saul, »aber nicht hier.«

Unwillig lässt sich der Junge durch die Luft transportieren, um auf ihrem Schoß zu landen. Fest entschlossen hievt sich Karl aus dem Schneidersitz hoch.

»Du willst noch nicht einmal Zeit mit ihm verbringen.«

Gesenkten Hauptes geht Karl den frischgekehrten Weg entlang.

Saskia schüttelt den Kopf. Das Nein von »Geh nicht weg«, das Nein, das so viele andere Wörter sein müsste, sie hat so viele Fragen. Stumpf und traurig wünscht sie sich, weggespült zu werden. Oder den gesamten Ozean auszutrinken.

DIE VIERTE WOCHE AUF DER INSEL, TEIL II

Wie Scheren schneiden seine spindeldürren Finger die Brechbohnen von den Stangen. Das Sieb ist bald gefüllt. Noah wird immer magerer. Sein Kiefer ragt aus dem ausgemergelten Gesicht hervor. Neben ihm sitzt Thor Thor im Schneidersitz auf dem Boden zwischen den Pflanzen. Seine Haarmatte hängt ihm ins Gesicht. Auf seinem Schoß liegt ein Buch von Mary Shelley, Thor Thors Augen sind auf die Seiten geheftet. Sie scheinen auf etwas zu warten, die Wiederherstellung einer Ordnung vielleicht, oder die große Olsen-Familie, auf Cousin Ira und dessen Hund. In der Auffahrt glänzt Karls Wagen in der Sonne.

Soeben hat Karl seine grellblaue Sporttasche, ein Werbegeschenk einer Bank aus den Siebzigern, mit seinen Skizzenbüchern und ein paar graugewaschenen Kleidungsstücken gepackt.

Ich betrete die überfüllte Küche. Juli lehnt an der Küchenzeile, unterdrückt ein Gähnen und sieht Saul dabei zu, wie er Tofuwürfel vom Boden aufhebt, um sie zu essen. Molly stapelt Vorratsbehälter mit vegetarischem Curry auf die überquellende Spüle.

»Wir möchten noch bleiben«, sagt Juli, »wir möchten beim *Indian-Summer*-Fest dabei sein.«

Von einem *Indian-Summer*-Fest höre ich zum ersten Mal. »Das wollen wir wirklich nicht verpassen«, sagt mein Mund. Ich schlage gegen meinen Brustkorb, will meine Hände durch die Gitterstäbe stecken, um die Worte einzufangen, obwohl es längst egal ist, denke ich, ich bin weg, ich bin schon weit weg.

Karl zwängt sich nun ebenfalls in die Küche. Der Erzeuger des Tofu essenden Jungen kommt, um sich zu verabschieden. Er trägt blasse Blümchenshorts. Jemand muss ihm sagen, dass er sich etwas anderes anziehen muss. Jemand muss diese Abschiedsszene hier herausschneiden. In dieser Geschichte ist kein Platz, in dieser Küche ist kein Platz. Ein paar Menschen müssen raus, dann können alle wieder atmen. Mollys Katze macht einen Buckel und schleicht davon.

Karl wird in seinen Wagen steigen, um die erstmögliche Fähre zum Festland zu nehmen, wenn die überhaupt kommt, und Juli und Saul werden hierbleiben und das wird das Ende sein. Und ich. Ich verschwinde. In Wasser aufgelöst. Keine Rede mehr von mir.

»Ich gehe eine Runde spazieren«, sage ich so beiläufig wie möglich.

»Musst du denn ausgerechnet jetzt spazieren gehen?«, fragt Juli.

»Ich muss ausgerechnet jetzt spazieren gehen.«

»Ich weiß ja, dass du Abschiede nicht leiden kannst, aber ist das jetzt nicht ein bisschen …«

»Lass sie nur spazieren gehen, wenn sie das möchte«, sagt Molly. Ihr Bienenkorb aus Haaren wackelt beim Reden. »Wenn sie es nicht wichtig findet, sich von Karl zu verabschieden, ist das in Ordnung.«

»Was hat sie gesagt?«, höre ich Molly fragen, als ich die Küche verlasse. Molly trägt eine Perücke, jetzt bin ich mir sicher.

Tammy, Janos und Opa Thors Geist sitzen wie gelangweilte Wächter vor der Hintertür. Als ich an ihnen vorbeigehe, erwachen sie, spitzen die Ohren, ihre Augen in meinem Rücken.

Ich lächle, ohne meinen Schritt zu verlangsamen. Ich will schnell um die Ecke biegen, zum Kräutergarten und dem Zufahrtsweg. Es weht ein starker Wind, wie damals in Winnipeg bei Karl, als ich auf verlassenen Straßen zu meinem vorübergehenden Zuhause eilte. Jetzt laufe ich fort von dem kleinen, bösen Haus. Irgendwann werden die Bäume mittendurch wachsen.

Karls Auto steht in der Auffahrt. Die Felgen schimmern. Ich komme nicht gut vom Fleck, meine Beine sind schwer wie Blei. Eine Elster nähert sich im Wiegeschritt, um nach dem Rechten zu sehen. Der Schlüssel steckt im Zündschloss. Der Wagen bereit zum Aufbruch. Ich lege meine Hand an die Fahrertür.

Ich nehme hinterm Steuer Platz, schiebe den Sitz unter meinem Hintern hin und her, bis es sich richtig anfühlt und ich losfahren kann. Auf dem Beifahrersitz liegt ein Kuchen mit Zuckerguss, ein Abschiedskuchen für Karl. Seelenruhig dreht sie, drehe ich den Schlüssel um, schalte und trete aufs Gaspedal.

Die Wagenfederung ächzt, als ich über einen schmalen Waldweg rolle, zwischen den Bäumen hindurch, immer schmaler wird er, bis ich hinter den Stämmen das funkelnde Blau des Ozeans erkenne. Sie haben mich bestimmt gehört, die Buschtrommel wird funktionieren. Ich fahre und fahre und fahre immer weiter, ohne dass mir ein anderer Wagen entgegenkommt. Ich bin unterwegs zum Hafen, will auch das Boot nehmen. Es muss doch möglich sein, mich irgendwo im Schiffsraum zu verstecken, notfalls vertraue ich mich dem versteinerten Fährmann an.

Ich habe kein Zeitgefühl mehr, stelle plötzlich fest, dass ich mich völlig verfahren habe. Eine Straßenkarte habe ich nicht dabei.

Wenn ich mit meinen Eltern auf Reisen war, haben wir uns jedes Mal verfahren. Die faltbaren Straßenkarten – das war, bevor es Navigationsgeräte gab – warteten im Handschuhfach auf den gefürchteten Moment: ein Papa hinterm Steuer, eine Mama, die ohne

Lenkrad mitlenkte, hoffnungslos verwirrt. Das war der Augenblick, in dem meine Mutter Karten lesen musste und sich alle auf was gefasst machten. Das überdimensionale Stück Papier musste erst auseinandergefaltet werden, auf der Rückbank wurden wir unter einer Papierlawine erstickt und mit Verwünschungen wegen der vor Fehlern nur so strotzenden Karte überzogen und verloren den Weg doch nur noch mehr aus den Augen, aber jetzt war es, als führen wir durch ein Grab. Keiner rührte sich, keiner gab einen Laut von sich, um bloß nicht die Wut der kleinen Frau auf dem Beifahrersitz – der mächtigen Mutter – zu wecken. Einmal griff ich zum Stift, und in dem beklemmenden Gefühl, das wir alle wie kalten Nebel einatmeten, zeichnete ich einen Weg ein und schrieb den Namen unseres Reiseziels daneben. An jenem denkwürdigen Tag lernte ich meine wichtigste Lebenslektion. Ich bin mir sicher, dass ich sonst das Schreiben aufgegeben hätte: Mein erfundener Weg stellte sich tatsächlich als richtig heraus.

Such dir immer deinen eigenen Weg, Saul. Es gibt mehrere Möglichkeiten, den eigenen Weg zu finden. Karl baut dir ein kleines Haus, das auf dem Wasser treibt. Es gehört dir. Du kannst jeden Weg wählen, den du willst, mein Junge. Aber lass dir ab und zu helfen.

Im Kleingedruckten eines Abschieds fahre ich über Straßen, so wie meine Augen Sätzen folgen, ohne sie in sich aufzunehmen. An einem Pfad parke ich den Wagen mit der Schnauze Richtung Ozean. Der Schlüssel ruht in meiner Handfläche. Zum Wasser, immer zum Wasser gehen. Ich werde an der Küste entlang zum Hafen wandern.

Ich folge dem Pfad nach unten, wo die Sprechchöre der Vögel und Äste in den Bäumen hängen. Von irgendwoher tönt Wolfs Bellen. Die Bäume reden schlecht über mich, während ich danebenstehe, ihre Äste harken durch mein Gesicht, klebriges Harz beißt sich an meinen Fingerspitzen fest, während ihre Wurzeln nach meinen Fesseln greifen, bis ich falle. Ich rappele mich auf, falle wieder hin, versuche, meine Beine hochzuziehen, die so schwer sind, als trüge ich Stiefel voller Schlamm.

Unter den Nadelbäumen, die den Weg zum Ozean säumen, liegt ein weggeworfenes Rennrad. Weiter unten stehen Felsen, die beängstigend überhängen und ein Stück aus der Sonne herausbeißen. Noch weiter unten, am Wasser, hat irgendwer eine Hütte aus Treibgut errichtet. Isolationsmaterial und Plastik bilden die Wände, ein Abfalleimer mit einem Loch im Boden dient als Schornstein auf einem Dach aus Zeltplanen. Auf dem Steinstrand steht eine rostige Badewanne. Daneben wartet ein Klumpen Seife aus Schafsfett, wie Tammy sie vor ein paar Tagen gemacht hat, auf den erstbesten Badenden.

Am Ufer liegen Glasbehälter und Teller in einem Steinkreis. Kleine Krabben knabbern Essensreste ab, machen einen Pfadfinderabwasch. Weitere Spuren der Zivilisation: eine ganze Schachtel Eier, eine keck auf einen Stock gespießte Tomate. Die Tomatenhaut ist so frisch und fest gespannt wie ein Babypopo, verlangt danach, angefasst zu werden.

Siedend heiß fällt mir ein, dass ich Sauls Lieblingsstöckchen unter dem Bett vergessen habe. Seit drei Tagen spielt er immer damit, wenn ich ihm die Windel wechsle. Niemand wird es finden, und Saul wird außer sich sein. Er wird sich sein Leben lang daran erinnern, dass ich die Letzte war, die es hatte.

Ich muss zurück, klettere nach oben auf den Weg, bis ich Stimmen höre. Bin wieder auf der Reef Point Farm, hinter dem Haus.

Karl hatte es ja gesagt, es gibt nur einen Inselweg, der eine Schleife macht. Habe ich das alles aus meinem Gedächtnis gelöscht? Werde ich allmählich verrückt?

IM BETT

Saskia: Merkst du's wirklich nicht?
Juli: Es liegt an dir. Du benimmst dich eigenartig, bist irgendwie verhuscht.
Saskia: Und du bist die perfekte Frau, Freundin, Mutter, Fragenstellerin, Helferin, das perfekte *community member.*
Juli: Hör auf damit.
Saskia: Aber siehst du's denn echt nicht?
Juli: Sei nicht albern.
Saskia: Gut, bin ich eben albern. Wenn das deine Erklärung ist … Entweder du lachst über das, was ich sage, oder du läufst sofort weg in der Hoffnung, dass ich dir folge. Du hörst nie zu.
Juli: Hihi, du halluzinierst wieder. Manchmal glaube ich, deine Eltern haben dir als Baby LSD gegeben.
Saskia: Stimmt, das ist unser Familiengeheimnis.
Juli: Sollte ein Witz sein. Du kennst doch unser Familiengeheimnis, oder? Meine Oma hat es gehütet wie einen Schatz, ihr Grießkuchen durfte auf keiner Weihnachtsfeier fehlen. Das Rezept wollte sie niemandem verraten, gerade, weil jeder in der Verwandtschaft und alle im Dorf, der Polizist und der Postbote und auch der Pastor, hin und weg waren von diesem Kuchen. Irgendwas war besonders an Omas Kuchen. Er strotzte vor Zucker und hatte einen festen

Mürbeteigboden, aber das war es nicht. Jedes Jahr versammelten sich mehr Verwandte und diverse Dorfbewohner in der Küche, während die Kuchen im Ofen ihrem ruhmreichen Ende entgegensahen. Mit Tricks und Versprechungen versuchten sie, ihr das Geheimnis zu entlocken. Das Ganze wurde zu einem Spiel. Wem würde es gelingen? Dreiunddreißig Jahre lang hat meine Oma geschwiegen wie ein Grab. Bis sie ihre Töchter einweihte. Ich kann sie verstehen. Meine Großmutter wollte nicht nur Hausfrau und Mutter sein, sondern auch irgendwas Besonderes können. Also schuf sie ein Geheimnis für ihre Familie.

Saskia: Und was hat das mit den Olsens oder mir zu tun?

Juli: Du bist Karls beste Freundin, und er ist dein bester Freund, aber du bist keine Olsen. Akzeptier das. Er ist jetzt eine Weile weg, um allein zu sein.

Saskia: Ich würde am liebsten auch von hier weg.

Juli: Das hab ich gemerkt.

Saskia: Ich finde einfach keinen Zugang. Die sind hier alle wie hinter Glas, ich komme nicht an sie heran.

Juli: Aber jeder ist auf eine Art distanziert, jeder hat eine Schattenseite. Man kann nie komplett zu jemandem durchdringen.

Saskia: Wir, wir sind uns hier so fremd. Jede ist für sich.

Juli: Ja, was glaubst du denn? Das wird mit Saul genauso sein.

Saskia: Und wieso läuft er noch immer nicht?

Juli: Manchmal muss man die Dinge eben einfach mal hinnehmen. Du verrennst dich da in was, aber in einem halben Jahr denkst du dir: Was für eine Energieverschwendung. Dir so viel Sorgen zu machen, das ist doch sinnlos …

Saskia: Aber das mit uns. Das hätte ich nie von uns gedacht.

Juli: Dramaqueen.

NOTIZBUCH

Keine Nachricht verschickt. Seit Tagen nicht mehr auf ihr Telefon geschaut. Sie denkt nicht einmal mehr daran. Der Entzug hat geklappt. Karl ist weg. Sie sind abgeschnitten von der bewohnten Welt. Entwickeln sich gerade zu Höhlenbewohnern. Sie stellen einander Fragen wie »Wer ist der Präsident der Vereinigten Staaten« und fantasieren, dass dort gerade ein Staatsstreich im Gange ist, auszuschließen wäre es nicht. Die Vereinigten Staaten von Afrika sitzen jetzt am Ruder und werden in Bälde hier einmarschieren, dann dürfen sie Rede und Antwort stehen, was sie hier auf der Insel gewollt haben. Sie wird behaupten, sie seien Gefangene der hiesigen Herrscher, des Olsen-Clans. Dass auch Juli in ihre Mikrogesellschaft einverleibt und bekehrt wurde. Nicht mehr lange und aus ihr wird Mini-Molly.

•••

Juli hat keine Lust mehr auf sie. Saskia ist ihr heute Nachmittag hinterhergegangen, wollte sie in den Arm nehmen, aber Juli schüttelte sie nur von sich ab wie ein feuchtes Taschentuch und ging geradewegs zu den Feldern.

Juli hat überhaupt keine Lust mehr auf sie. Für eine Millisekunde bereitet ihr diese Erkenntnis ein perverses Vergnügen. Jetzt kann Saskia alles weitere dem Erdboden gleichmachen. So wie man genüsslich abwartet, bis die Streichholzflamme die Fingerkuppe erreicht hat. Ein Augenblick. Dann kommt der Schmerz.

Die Wut der brennenden Bäume. Ihre eigene Wut. Wie kann es sein, dass Juli nie irgendwas gemerkt hat? Ganz einfach: weil sie eine Milliarde anderer Dinge zu organisieren, zu besprechen, umzuplanen und zu kommunizieren hatte. Aber etwas nicht zu sehen ist kein Problem in einer Welt, die ohnehin nur auf Fakten und Beweisen aufgebaut ist.

•••

Sie hat schon mehrmals mitbekommen, dass Molly extra Butter und Zucker auf Sauls Brotscheibe schmiert. Jetzt fügt sie noch ein eigenartiges Pulver hinzu. Mit lieblicher Stimme wendet sie sich zu Saskia: »Du brauchst ja selbst keinen Appetit auf Blütenstaub zu haben, aber vielleicht könntest du so tun, als ob. Für den Kleinen ist es das Beste, was es überhaupt gibt. Was glaubst du, weshalb die Olsens solche starken Bären sind, hm? Opa Thor und ich taten, als sei das unsere süße Sünde – hm, köstlich! Du machst dir keine Vorstellung davon, wie sehr Kinder ihre Eltern nachahmen. Das Verhalten der Eltern ist ansteckend.« Für Juli ist es ein Zeichen von Liebe, sich für Essen zu interessieren. Ihre Mutter hat sie ebenfalls mit ihrer Begeisterung für ausgedehnte Mahlzeiten und tütenweise Süßigkeiten überhäuft.

Saskia wagt es nicht, ihre Vermutung auszusprechen, was Juli und Tammy betrifft: dass die beiden sich bereits vorher kannten. Über Tinder, die Wir-wohnen-so-weit-wie-möglich-voneinander-entfernt-Version. Und dann diese Reise hierher buchen. Möglich.

Unmöglich. Die beiden sind ständig unterwegs, sie wollen richtig viel *quality time* miteinander verbringen. Unmöglich.

Molly klagt über stockende Warenlieferungen, und wenn Molly klagt, will das was heißen. Dann ist die Lage dramatisch. Nicht gerade die feine englische Art von den Klahoose, sagt sie, die Zahl der Überfahrten derart zu reduzieren. Toilettenpapier werde langsam Mangelware, irgendwer habe wieder eine halbe Rolle auf einmal aufgebraucht. Tammy, Tammy, Tammy, sagt Saskia und nickt.

•••

Sie hat festgestellt, dass Karls Handy noch daliegt. Er hat es hiergelassen. Sie hat nicht einmal eine Festnetznummer, auf der sie ihn erreichen kann, gesetzt den Fall, man könnte von hier aus telefonieren. Abgesehen davon haben die Wände hier Ohren. Sie würde nichts sagen können, bloß einen Hilferuf ausstoßen, der vielleicht bescheuert ist.

•••

Sie darf nicht aufhören, dieses Notizbuch zu füllen.

Es ist ein stummer Zeuge.

Für den Fall, dass hier alles in die Binsen geht.

Das Büchlein könnte eines Tages gefunden werden.

Und als Beweismaterial dienen.

IM BETT OHNE BETTWÄSCHE

Saskia: Guckt da gerade wer zum Fenster rein?
Juli: Was sagst du?
Saskia: Ich fühle mich so beobachtet … von der ganzen Familie.
Juli: Ich hab's auch gesehen.
Saskia: Was?
Juli: Die Augen.
Saskia: Siehst du.
Juli: Das ist Molly.
Saskia: Wir müssen hier weg.
Juli: Sie schläft unruhig. Unterschätz mal nicht, wie schwer es die alte Frau seit dem Tod ihres Mannes hat. Wenn es nachts abgekühlt hat, bringt sie Holzklötze herein und stapelt sie an die Wand. Sie findet Ruhe in der Wiederholung. Und dann braucht sie tagsüber kein Holz mehr zu holen.
Saskia: Hast du vor, Saul auch so viel zu essen zu geben, dass es für den Rest seines Lebens reicht?
Juli: Nein.
Saskia: Im Ernst, ich bin es leid hier. Ich kann Karl nicht mal erreichen.
Juli: Und ich bin dich langsam leid. Wenn du dir schon so viele Gedanken um Saul machst, wieso jammerst du dann die ganze Zeit

wegen Karl herum? Erst macht er alles falsch, und du ärgerst dich über ihn, und jetzt, wo er weg ist, hat er uns deiner Ansicht nach im Stich gelassen. In Belgien redest du die ganze Zeit davon, wie dringend du Urlaub brauchst, und hier bist du total unentspannt. Denkst du eigentlich auch an mich? Ist dir vielleicht schon mal in den Sinn gekommen, dass ich mich auch entspannen möchte, dass es für mich auch ganz schön schwer war? Dass ich das Gefühl habe, du lässt mich im Stich?

Saskia: Tammy lässt dich nicht im Stich.

Juli: Was um Himmels willen willst du damit sagen? Stell nur wieder deine Stacheln auf, typisch! Anstatt mit mir zu reden.

Saskia: Ich will nach Alaska.

Juli: Dann geh. Bin gespannt, wie du dort hinkommen willst. Ich bleibe.

DIE FÜNFTE WOCHE AUF DER INSEL, TEIL I

Laut kreischend hat Saul seiner Puppe den Stummelarm ausgerupft. Ratsch. Wie ein Ast, der vom Baum bricht. Die Puppe ist mit Trockenbohnen gefüllt. Er wird immer frustrierter. Ich kann mich noch gut an diese Ohnmacht erinnern, wenn ich weit in meine Vergangenheit zurückdenke. Als kleiner Wicht den ganzen Tag lang auf der Stelle treten, weil einen keiner versteht. Aber ist Saul wirklich deshalb so wütend? Manchmal sind Kinder die Hüter des Käfigs.

NOTIZBUCH

Wieder fünf Tage nichts notiert. Ein Tag gleicht dem anderen wie aufs Haar, und die Nächte sind zusammengenommen ein einziger dunkler Nebel. Sie spaziert die meiste Zeit umher, fast immer geht sie barfuß. Sie hofft, einen Weg zu finden, wie sie von dieser Insel entkommen kann, denn es legen keine Boote mehr ab. Sie muss jemanden finden, der ihr helfen kann. Das Haus von Trygve Olsen und seiner Familie kann sie einfach nicht ausfindig machen, obwohl sie manchmal den Hund bellen hört. Dann geht sie auf das Geräusch zu, aber der Wind dreht sich in alle Richtungen und verweht das Gebell. Das Haus entkommt.

Janos ist inzwischen der Einzige, mit dem sie mehr als zwei Worte wechselt.

•••

Fünfzehn Tage weder SMS noch E-Mails empfangen oder verschickt. X verschwindet zwischen den Seiten der Zeit. Wie es Karl jetzt wohl gehen mag? Ist er erleichtert, dass er diesen beklemmenden Ort seiner Geburt hinter sich gelassen hat und wieder zum *business as usual* übergehen kann? Denkt er an sie, wenn er seine Kaffeebohnen mahlt oder ausführliche Mails an Freunde auf der anderen Seite der Erdkugel schickt? Kommt er denn nicht zurück, um sie von hier wegzuholen?

•••

Juli ist da. Ein Körper, der Platz einnimmt, wenig Platz, aber Juli ist auch abwesend, wie damals, als sie während der ersten Schwangerschaft einen Monat Bettruhe im Krankenhaus verordnet bekommen hatte und sich nicht bewegen durfte und Saskia ihr Bücher und Smoothies brachte und immer erst ganz tief durchatmen musste, bevor sie das Krankenzimmer betrat, um ihre Liebste dort wie eine Pflanze liegen zu sehen. Eine Pflanze, die auf Fortpflanzung hoffte.

•••

»Lass mal sehen, Saul«, sagt Saskia. Juli hat Saul bei ihr gelassen. Sie muss dafür sorgen, dass er einschläft, weil sie ihn heute Nacht mit ihrer Grübelei wach gehalten hat.

»Komm, Saul«, sagt sie. Man sagt viel mehr Sachen laut, wenn man ein Kind hat. Sie hört sich selbst den absurdesten Unsinn reden, noch dazu oft in der Wir-Form, als befänden sie sich in einer Miniaturwelt: »Wir gehen hier auf den Kieselsteinen nach unten … Aua, aua … Nein, besser wir gehen hier entlang, sonst tun uns unsere Füßchen zu weh … Wir dürfen unser Sonnenhütchen und unser Schnüllerchen nicht vergessen …«

So klein ist der Schnuller des Riesen nun auch wieder nicht.

»Schnul-ler.« Sie spricht es laut aus, sagt es laut zu sich selbst, als sei das Wort ein Geheimnis, das in seine Bestandteile zerfällt, wenn man den Deckel der Schatztruhe lüftet. Das Wort zerbröselt, denn

Worte sind nur Überbleibsel. Sie wiederholt es noch einmal. Saul versucht nicht mal, es nachzusprechen. Vorläufig reicht ihm »Mama«. Er ruft ein Wort, und zwei kommen.

•••

Saskia hatte gerade die einfachen Dinge so geliebt, ihre kleinen Rituale, Juli, wenn sie nach Hause kam, um den Hals zu fallen und sie mit einem Judogriff auf die Matte zu legen, die aufgesparten Geschichten, wenn sie den ganzen Tag ohne sie verbracht hatte, die beruhigende Banalität von literweise Ingwertee, die gräulichen Cocktails aus den im Mixer pürierten Gemüsestückchen, die sie herunterwürgte, die Zeitungsbeilagen, die sie sich über den Frühstückstisch zuschoben, den Wirtschaftsteil, den sie immer im Kreis weiterreichten, die Namen von verstorbenen Unbekannten, die sie sich vorlasen wie in einer Komödie. In einer Zeit, bevor von einer dritten Person die Rede war. Sie war immer so stolz auf Juli gewesen, wenn sie irgendwo waren, mit ihren witzigen Geschichten zog sie alle in den Bann, während sich Saskia hinter Julis schmalem Rücken verschanzte.

Die ganze Situation ist ein Witz.

•••

Manchmal hat sie das Gefühl, diese Affäre als eine Art Lebensversicherung angefangen zu haben. Sieh dir an, was du hast, und wäge ab: Wie hoch ist der Preis, solltest du es verlieren? Das war der falsche Ansatz. Die Frage hätte lauten müssen: Wie hoch ist der Preis, falls du hinzugewinnst?

Fremdgehen, um zu dem kleinen Glück zurückkehren zu können, um erst irgendwo in einer Ecke etwas kaputt zu schlagen, dann aber mit kühlerem Kopf und wieder bei Sinnen nach Hause zurückzukehren. Um sich zu vergewissern, dass das, was man hat, so viel wertvoller ist.

Das ist ihre Ausrede. Als sei fremdgehen ein Scherz, ein notwendiger Ausrutscher, ein verzeihbarer Fehler.

•••

Kennt noch jemand einen Witz?

Nein.

Ich erzähle immer das Ende zuerst, die Pointe kommt schon, bevor Fritzchen beim Metzger gewesen ist.

Und was wollte Fritzchen beim Metzger?

Natürlich ein Brot kaufen.

•••

Der Verrat lässt sich nicht rückgängig machen. Sie nimmt sich vor, es niemals laut auszusprechen, die beiden Wörter nie miteinander zu verbinden: ich – Affäre.

Sie wird einfach davonlaufen, es begraben, hinter sich lassen. Als sei es dafür noch nicht zu spät.

•••

Diesem Notizbuch kann sie alles anvertrauen, wie damals ihren Kindertagebüchern. Um sie später zu zerreißen und die Schnipsel im Wald zu entsorgen.

DIE FÜNFTE WOCHE AUF DER INSEL, TEIL II

Das pensionierte Therapeutenehepaar, Thomas und Pria, gesellt sich zum Abendessen zu uns. Sie haben Geschenke für die Zwillinge und für Ira mitgebracht. Die beiden eleganten, klapperdürren Flamingos lassen sich jeden Sommer von Houston zu ihrer Holzvilla auf der Insel fliegen. Stephanie, ihr Golden Retriever, gibt artig Pfötchen. Eigentlich müsse sie zum Hundetraining aufs Festland, aber die Telefonverbindung mit dem Piloten in Houston habe nicht hergestellt werden können. Heute Morgen ist Juli mit Tammy zu den Gärten des Doktors aufgebrochen. Und die seien heilig. Oder Tammy ist heilig. Juli werde es wahrscheinlich nicht pünktlich zum Abendessen zurückschaffen.

Beängstigend still hockt Saul auf meinem Schoß. Ich versuche, ihm mit Streicheleinheiten ein Lächeln zu entlocken. Er macht nicht mal einen Mucks, als draußen das unverkennbare Klappern der Rotorblätter des nahenden Hubschraubers ertönt.

Mit einem schallenden Lachen duckt sich kurz darauf ein Mann unter den Balken hindurch. Bei jedem seiner Schritte knarzen die Nägel in der kleinen Holzhütte. »Soll das etwa eine Begrüßung sein?«, höre ich durch das Geräusch des wieder aufsteigenden Hubschraubers hindurch. »Endlich bin ich wieder da! War gar nicht so einfach! Aber wo sind verdammt noch mal meine Jungs?

Mensch, was hab ich die vermisst.« Ein Mann der großen Gesten, geradeheraus und frisch aus einem Heli geklettert, mithilfe einer Strickleiter von einem Kollegen auf dem Feld von Reef Point abgesetzt, weil die Boote der Klahoose jetzt überhaupt nicht mehr fahren.

»Da bist du ja!« Molly strahlt. Letztendlich kommt die ganze Welt doch immer zu ihr, sie wird diese Insel nie mehr verlassen. »Zu schade, dass Karl gerade wegen seiner Arbeit abgereist ist.«

»Ach Mama, er hat doch einfach keine Lust, hier zu sein.«

»Bitte nicht urteilen. Du bist da, mein Sohn, das ist das Wichtigste.« Molly verschwindet kurz in den Armen ihres Sohnes Thor. Sein Bart ist wie ein Gebüsch, seine Unterarme fast Baumstämme. Über seinen nackten Oberarm windet sich ein ungeschickt gestochenes Tattoo, als sei die Meerjungfrau im Suff auf seinen Arm geschwommen.

»Sieh mal einer an, mein prächtiger Neffe Saul!« Er bedeutet mir, sitzen zu bleiben, gibt mir einen Kuss und einen *big hug*. Karls Bruder ist ein Mann, an dessen Gesellschaft ich mich sofort wärmen will. Molly trabt mit Pfannen und Schüsseln hin und her, ermuntert uns, sagt uns, wo wir uns hinsetzen sollen. Bevor wir unsere Plätze eingenommen haben, erkundigt sich Papa Thor bereits, welche Rolle ich in dieser Konstellation eigentlich spiele. Er selbst könne wegen seiner eigenen Dummheiten ein Wörtchen mitreden, wie kompliziert das Familienleben sein kann. Er hat seine Frau betrogen. Papa Thor ist eine Seele von Mensch in Gestalt eines kräftigen, etwas zu kurz geratenen Grizzlys, dessen Bariton an die Oper passen würde.

Und nun verlange seine Frau, dass er sich für die Kinder extra ins Zeug lege, erzählt er weiter. Was er davon halten solle, wisse er nicht, auch nicht, auf welche Rechte er sich berufen könne. Er arbeite sich krumm, um für seine Jungen sorgen zu können, habe infolgedessen aber nicht mehr genug Zeit für sie. Wo stecken sie nur?

»Kommt, ihr Lieben, setzt euch doch«, sagt Molly.

Darf man seine Kinder dazu zwingen, sich ihrer Mutter zu widersetzen? Er selbst habe jedenfalls von seinen Eltern gelernt, dass eine Mutter Leben spendende Kraft besitzt, und das wolle er respektieren. Daher auch seine Frage. Ich müsse es sagen, wenn er zu direkt sei. Wer Bäume an Steilhängen fällt, dürfe nicht zimperlich sein, und er könne das auch nicht. Aber jetzt muss er zuallererst seine Söhne suchen.

Thor ist aus dem Haus gepoltert.

Die in Prada gehüllte Pria quetscht sich neben mich an den kleinen zum Bersten gefüllten Tisch.

»Tja, ich hab uns mal ein Frühstück improvisiert, Reis und Nudeln sind alle«, sagt Molly.

»Fantastisch«, frohlockt Pria und klatscht in die Hände. »So *out of the box*!«

Stolz bewirtet Molly ihre Gäste mit Rosinenbrot, Zuckerbrot, Dinkelbrot, Muffins und den *usual suspects* der nordamerikanischen Frühstückstradition: *french toast*, die Eier, die nie fehlen dürfen, Rührei, Spiegelei, pochiertes Ei oder alles zusammen, sowie Pancakes mit Heidelbeeren, das Dickerchen unter den Pfannkuchen, traditionsgemäß muss es wie ein Floß in einem Meer aus braunem, klebrigem Ahornsirup kentern. Hamburger aus Hirschfleisch gibt es auch.

»Ach Gott« – Molly setzt sich plötzlich aufrecht – »Pria, die Kohlenhydrate. Du isst doch keine Kohlenhydrate.«

»Molly, ich bitte dich, bleib sitzen.« Pria stößt das Salzfass um. »Sieh dir diese Auswahl an. Sehr vieles davon hat fast keine

Kohlenhydrate. Jedenfalls mehr als genug … Ein paar Sachen jedenfalls … ähm … Hirsch …«

Um ins Gespräch zu kommen, erkundige ich mich bei Pria, was sie jetzt tut, da sie in Rente ist. Sie schweigt sehr lange.

»Mich mit meiner Sterblichkeit auseinandersetzen«, sagt sie nach einer Weile bedächtig, »*I am dealing with it.* Und ich schreibe darüber, in meinem Tagebuch.« Pria macht dabei eine Miene wie ein Bestattungsunternehmer.

Saul – ein Mund und dahinter erst das Kind – greift nach dem Milchshake, den Molly auf den Tisch stellt. Ich nehme ihm den Becher wieder aus den Händen und trinke zuerst.

»Was machst du da?«, fragt Molly irritiert.

»Ich koste vor«, antworte ich zwischen zwei Schlucken. Ich spüre sofort, wie sich auf meiner Zunge Bläschen bilden.

»Die römischen Kaiser hatten auch Vorkoster«, sagt Molly lachend.

»*Praegustatores*«, sagt Pria nachdenklich.

»Um sicherzugehen, dass sie nicht vergiftet wurden«, schiebt Thomas hinterher

Die Hintertür fliegt auf, Papa Thor steht da, die Arme wie schwerfällige Schlangen um die Nacken seiner Söhne drapiert. Molly zieht einen Stuhl heran, die Jungen holen ein Gedeck für ihren Papa, setzen sich auf seinen Schoß an den berstend vollen Esstisch. Ich manövriere den Milchshake währenddessen unter den Tisch.

Papa Thor sticht mit seiner Gabel in einen Pfannkuchen und fragt mich, wie wir das anstellen wollen, so ohne Papa. Schließlich sei Karl der Daddy, aber der ist so weit weg, das gehe doch nicht. Ach so, ich sei auch die Mama? Da fragt Papa Thor mich plötzlich, wie ich mich als Mama inmitten all dieser Menschen fühle, die

Fremde für mich sind. Man gewöhne sich dran? Ja, das hätte er sich gedacht.

Als hätte sie das auf eine Idee gebracht, richtet Pria, Psychologin a. D., sich nun auch an mich. Völlig fasziniert, verwundert, verblüfft sei sie, ja wirklich, mit einer richtigen Schriftstellerin am Tisch sitzen zu dürfen, ich müsse ihr alles erzählen, wirklich alles. Und dieser irre süße Knirps da, *oh, how adorable*, das Kerlchen habe gleich zwei Mamas, zwei Frauen? Die Rehaugen der Psychologin verschlingen mich. Zu Hause habe sie, in Houston meine sie, eine Keramiksammlung der Inkas. Auf einer der Vasen seien zwei Frauen mit einem Jungen abgebildet. Das sei wirklich die schönste Vase ihrer gesamten Kollektion, in die sei sie geradezu verliebt.

»Das glaube ich dir sofort«, sagt Molly.

Papa Thor will wissen, wie es mir mit der Schwangerschaft und dem ganzen Drumherum ergangen sei. Einem Mann sei das ja fremd, aber wie ist es für eine Mutter, die das Kind nicht selbst austrägt?

»Ich habe Todesängste ausgestanden«, antworte ich, verblüfft über das, was ich da gerade gesagt habe. Ich spreche es tatsächlich aus: »Ich wollte das überhaupt nicht.«

Ich erzähle die Geschichte, die nichts mit dem Jungen auf meinem Schoß zu tun hat, ich erzähle sie, einfach so, ohne Zurückhaltung, ein paar Fremden an einem vollen Tisch, aber so, als läge ich auf einer Couch, niemand hat mich nach meinen unbewussten Ängsten gefragt, doch ich erzähle. Darüber, wie ich vor der Geburt tausend Tode starb. »Ich hielt es für ein enormes Risiko und ziemlich unverantwortlich, aber ich bin jeden Schritt mitgegangen. Ohne Risiko keine Liebe. Es ging um alles oder nichts, und dabei riskierte ich, das Fundament meines Lebens, meine Beziehung, zu verlieren. Ich würde zu einem neuen Leben beitragen, an dem mir eigentlich nichts lag. Ich hatte keine Ahnung, was mich erwarten würde. Vielleicht eine Art Adoptivdaddy spielen?«

Pria schabt Waldbeeren von einem Pfannkuchen, steckt Hündin Stephanie unter der Tischplatte einen sparsamen Bissen zu, wartet ab.

»Und nun seht euch an«, sagt Molly, »jetzt seid ihr hier mit diesem hübschen Jungen zu Besuch. Das Leben ist doch ein Wunder, findet ihr nicht?«

»Aber das alles war echt schwer für dich, stimmt's?«, sagt Papa Thor.

»Weil ich das niemals könnte, ich hatte es nicht im Geringsten in mir, ein Elternteil zu werden. Aber was sollte ich tun? Ich war mir ganz sicher, dass ich, indem ich bei dem Kinderwunsch mitging, auch mein Schicksal besiegeln würde: Diese Beziehung, wie ich sie kannte, wäre zu Ende. Von einem Paar, das auf natürlichem Weg kein Kind bekommen kann, erwartet man doch, dass beide zukünftigen Eltern hochmotiviert bei der Sache sind. Sich ein Kind in einer Kinderwunschklinik maßschneidern zu lassen, das macht man ja nicht mit einem Fingerschnippen.«

»Saskia, trink mal was. Wer möchte noch ein bisschen Wein?« Molly lässt den Blick über den Tisch schweifen.

»Ich, gerne«, sagt Thomas. »Wie kriegst du nur deine *french toasts* immer so wunderbar matschig hin?«

»Thomas!« Pria will ihn zum Schweigen bringen.

Ich nehme einen Schluck Wasser und fahre fort, ich will erzählen, der Stein rollt den Berg hinab. »Ich konnte nicht mehr schlafen, ich nahm immer mehr ab. Das war absolut unverantwortlich, wer setzt denn einfach so ein Kind in die Welt? Ja, okay, die meisten Leute auf diesem Planeten, aber ich habe einfach bei etwas mitgemacht, womit ich im Grunde nichts anfangen konnte. Das

Kind würde das doch instinktiv spüren und mich direkt verstoßen, zu Recht. Und am Schluss wäre ich wieder da, wo ich hingehöre, würde in irgendeiner kleinen Einzimmerwohnung vor mich hin vegetieren, zwischen Kartons und einem verkalkten Senseo-Apparat, nach einer Beziehung, die viel zu gut gewesen war, viel zu einfach.«

»Zu einfach? Bist du sicher?«, fragt Pria mit großen Augen. »Hast du gehört, Thomas? Wirklich interessant.«

»Opa Thor und ich …«

»Meine Ex und ich waren in den ersten Monaten unserer Beziehung, was man *a match made in heaven* nennt. Dann wurde sie schwanger und brachte diese Helden hier auf die Welt.« Papa Thor küsst Thor Thor. »Und dann begann die Hölle auf Erden.«

»Ganz ehrlich«, sage ich, »wenn andere von Beziehungsproblemen redeten, über Geben und Nehmen in ihrer Beziehung, und Sachen sagten wie ›Also, richtig einfach ist das doch nicht, so zu zweit‹, nickte ich nur vage, aber ich hatte keine Ahnung, was sie meinten. Sich gemeinsam die albernsten Dinge auszudenken, zu lachen und sich zu necken, das war doch nicht schwierig, in all den Jahren nicht, es lief so von selbst, dass wir uns gar keine Gedanken darüber machten, so einfach, so perfekt passte das …«

Mit einem Mal verstumme ich, meine Fassade bröckelt, von innen bin ich ausgehöhlt. Meine Schultern fangen an zu zucken, in mir öffnen sich alle Schleusen. Und Karl ist nicht da, um mich wachzurütteln, mich notfalls auszulachen.

Molly macht sich der Form halber auf die Suche nach Taschentüchern, murmelt, dass doch alles gut geworden sei. Und ich, ich fühle mich wie eine Ertrinkende, die vergebens versucht, auf einen Eisberg zu klettern, um zu einem Kontinent des Trostes zu treiben.

»Gehen wir jetzt endlich zu Ira und Wolf? Du hast's versprochen …« Papa Thors Söhne ziehen ihm am Ärmel.

»Wenn du gesund bleiben willst, musst du dich von der Insel fernhalten, Saskia«, sagt Papa Thor leise. Im Aufstehen kneift er mir kurz in die Schulter. »Ich wünsche dir das Allerbeste. Hoffentlich sehen wir uns bald wieder.«

»Thor!«, sagt Molly. »Wir sehen dich doch gleich noch, oder?«

»Ja, hoffentlich, Mama. Keine Ahnung, wann der Hubschrauber kommt.«

»Bye, bye, bye«, rufen sie und winken durchs Fenster.

»Das heißt«, sagt Pria, um alle anderen Gespenster aus dem Raum zu vertreiben, »du hast eine wunderbare Beziehung, das ist doch schön.«

»Das stimmt«, bestätigt Molly. »Pria, diese Keramik …«

»Erst da habe ich diese Zerrissenheit verstanden, die ich bis dahin nur aus der Kunst oder Musik kannte. Plötzlich war da dieser Riss, eine Eisscholle, die abbrach, und ich würde mit ihr ins eisige Wasser fallen und um Atem ringen. Von nun an würde mein Werk also auch von dieser Art Schmerz durchdrungen sein.«

»Künstler …«, sagt Pria.

»Künstler«, sagt Thomas.

»Und die Leute um uns herum …«, sage ich. »Während der Schwangerschaft wurde ich halb verrückt von den ganzen Gesprächen über Eierstöcke, Hormonbehandlungen und Pränatal-Diagnostik. Als würde man alles durch ein Vergrößerungsglas sehen, von der ersten Stunde, der ersten Injektion an schwanger und überwacht. Ich war noch weniger daran beteilig als ein Mann, der seinen Samen abgibt.« Erst jetzt fällt mein Blick auf die widerlichen weißen Bohnen in Tomatensoße. »Und dann die erste Schwangerschaft. Einen ganzen Monat hatte man Juli Bettruhe verordnet, um den kleinen Fötus davon zu überzeugen, zu bleiben, anstatt mit den Blutungen abzugehen. Während dieser langen Zeit eine vollkommen geschwächte Geliebte sehen zu müssen, zu versuchen, sie zu umarmen, ein dünnes Hühnchen auf staksigen Beinen, das trotz allem Witze riss, um sich selbst aufzuheitern, jedes Mal zum Weinen aufs Krankenhaus-WC zu gehen, ›oh, ich hab eine Erkältung‹, ja, Schwester, sie hat Schmerzen, geben Sie ihr bitte noch ein schmerzstillendes Mittel, sie zerstört noch ihren Körper mit diesem Kinderwunsch, ja, ich weiß, Sie müssen eine Fabrik am Laufen halten, ja, es muss sich rentieren, ja, wir haben das Kind verloren, wie bitte?, das kleine Herz, das nicht schlägt, und jetzt das viele Blut, ich weiß nicht mehr, was oder wie, ah, Sie werden sie operieren, okay, Vollnarkose, ah, ich darf ihr einen Kuss geben, ich darf beim Aufzug warten, auf dem Boden, neben einem Abfalleimer, ich darf dort Stunde um Stunde warten und denken, dass sie tot ist, übergebe mich im Raucherzimmer in den Aschenbecher, sehe, wie sich die Aufzugtür öffnet, das Riesenbett macht eine Hundertachtzig-Grad-Drehung, eine kaum wiederzuerkennende Person, die Hülle eines Fortpflanzungsversuches, und weiter und noch mal und von vorn, nur diesmal mit einer stärkeren Rosskur, koste es, was es wolle, es wird gelingen, und siehe da …« Ich bin ein Orkan, der Orkan hat fast ausgewütet. Die weißen Bohnen in roter Tunke triefen von meinem Kinn.

»Davon hat Karl ja nie was erzählt«, sagt Molly betreten.

Sie schämen sich fremd. Sie würden sich jetzt gerne unterm Tisch verkriechen, aber da sitzt schon mein Ego.

»Karl hat nichts davon gewusst«, sage ich.

»Sieh mal einer an«, sagt die Psychologin, wie um einen Schlussstrich zu ziehen. »Wir haben hier also eine waschechte Schriftstellerin am Tisch. Erzähl mal, kennst du das Ende deiner Geschichte, bevor du zu schreiben anfängst?« Unterwürfig bereitet sie ihre Serviette auf ihrem Schoß aus und faltet die Hände.

»Wer …«, fängt Molly an.

»Molly, *darling?*«, fragt Pria exakt im selben Moment. »Hast du vielleicht ein Stück Klopapier für Stephanie?«

»Oh Pria, leider nein«, sagt Molly, »der komplette Inselvorrat ist aufgebraucht.«

»Ich war nicht für sie da«, sage ich.

»Aber jetzt bist du es«, sagt Molly.

»Jetzt schon«, sagt Thomas.

Pria bedauert es sehr, dass sie unser Gespräch unterbrechen müsse, aber Stephanie wolle nach Hause, sie werde müde, aber es sei einfach herrlich hier. Jetzt seien sie wieder an der Reihe mit einer Einladung zum Essen, auch wenn sie das heute nicht toppen könnten. Meine Güte, Stephanie sei schrecklich müde. Saul – dürfe sie das sagen? – sehe übrigens auch todmüde aus, wenngleich noch immer zum Anbeißen. Stephanie schenkt mir einen verständnisvollen Blick.

»Wir werden uns jetzt alle ein wenig ausruhen«, sagt Molly. »Saskia ist sicher auch erschöpft.«

»Aber, aber«, protestiert Thomas. »Saskia, wovor hattest du solche Angst?«

Die beiden Frauen, Pria und Molly, halten sich unterdessen gegenseitig davon ab, Schüsseln in die Küche zu tragen.

»Ich hatte Angst, dass diese kleine dritte Person unseren perfekten Kokon zerplatzen lassen würde. Dass die Selbstverständlichkeit in unserer Beziehung verloren gehen würde«, sage ich. »Unser Humor, die Insiderwitze, das ganze Netz, das man sich nach all den gemeinsamen Jahren aufgebaut hat – zunichtegemacht durch ein Kind. Selbst wenn das Kleine nicht behindert, geistig zurückgeblieben oder mit Schwimmhäuten zwischen den Fingern geboren werden würde, selbst dann, wozu, wozu jemand drittes …«

Der Mann beugt sich zu mir, Stephanie nickt aufmunternd.

»Während der Schwangerschaft bin ich nach einem Konzert einmal in Panik zu einer Freundin gefahren. Ich wollte – was für ein Klischee – getröstet werden, ich bin in Klischees gefangen, ich wurde getröstet und habe mich darauf eingelassen. Daraus ist dann eine Affäre geworden, immerhin stand zu diesem Zeitpunkt sowieso schon alles auf der Kippe. Wenn die Sache schiefging und ich mit so einem Bündel aus Milchprodukten nichts anfangen konnte, was blieb mir dann? Und durfte ich jemandem die Chance auf ein Kind verwehren, wenn dieser Jemand ausgerechnet die Person war, die ich am meisten auf der Welt liebte?«

Weit jenseits des Zaunes hört man nun lautes Knattern. Alle schrecken auf, das Haus wackelt. Ein riesiger Ast schlägt gegen das Fenster. Am Himmel steht ein Hubschrauber, biegt mit lautem Getöse Pflanzen und Bäume um. Eine Strickleiter fällt herab. Papa Thor, der Riesenzwerg, klettert ins Bild, verschwindet in der Luft, während das Helikopterinsekt laut aus dem Rahmen des Fensters hinausschwirrt. Eine Tür öffnet sich.

»Es war«, sage ich, »als wäre meine Traumfrau in einem Moment in mein Leben hineinspaziert, sie hatte mir beigebracht, zu leben, ich habe die Augen geschlossen, und als ich sie wieder aufschlug, war sie mit meinem Leben davongegangen, und ich musste …«

»So siehst du das also«, höre ich plötzlich hinter mir.

Fünf eisige Wörter von ihr. Juli.

IM BETT OHNE WORTE

NOTIZBUCH

Es waren einmal zwei Liebende. Juli und Saskia, blond und schwarz. Ihr unzertrennliches Band hatten sie einer Summe vieler kleiner Geschehnisse zu verdanken, aber vor allem einem alten, unsicheren Mann. Er stellte ihre Beziehung auf eine harte Probe. Denn Juli und Saskia hatten die Welt bis dahin als ein großes Spiel gesehen.

Saskia hatte sich mit diesem Mann, CEO eines mächtigen Textilunternehmens, einen Scherz erlaubt. Unter seinem Namen hatte sie einen satirischen Brief geschrieben, in dem der Mann seine Fehltritte in der Modeindustrie beichtete und erzählte, er würde inzwischen Schafe züchten und seine eigenen Pullis stricken. Eine Frauenzeitschrift hatte den Brief bereitwillig publiziert, allerdings ohne die Quelle zu überprüfen. Juli und Saskia konnten es nicht fassen, als sie den Brief schwarz auf weiß abgedruckt sahen. Neben all den anderen Leserbriefen ging das Satirische verloren. Die Idee zu diesem Brief hatten sie zusammen gehabt, aber Saskia war diejenige, die daraufhin den CEO anrief. Der Mann war verständnisvoll am Telefon, akzeptierte Saskias Entschuldigung wegen des aus dem Ruder gelaufenen Scherzes. Am darauffolgenden Tag leitete er rechtliche Schritte gegen sie ein. Juli stand kurz davor, ihren Job zu verlieren, Saskia sah sechs Monaten Gefängnis und einer gigantischen Entschädigungsforderung entgegen. *Game over* für dieses

Paar, gegenseitige Schuldzuweisungen? Von wegen, das Spiel ging weiter. Das Spiel waren

Wir.

Wir dachten nicht einmal darüber nach, wer Schuld hatte, ob jede für sich oder beide zusammen. Das Wir hatte das getan, und das Wir würde das jetzt wieder lösen, und das Wir löste es.

Das Wir zog vor Gericht und trug dabei ein italienisches Dienstmädchenkleid, das das Wir in Winnipeg gekauft hatte, wo ein Teil des Wirs zeitweise bei Karl wohnte. Das Wir fand es witzig, schön untertänig vor Gericht zu erscheinen, und so hing alles mit allem zusammen.

Das Wir turtelte und küsste sich auf den Fluren des Gerichtsgebäudes, dasselbe Gebäude, von wo aus nach dem Sommer, in dem Marc Dutroux zugeschlagen hatte, der Weiße Marsch, Belgiens berühmter Protestmarsch gegen Pädophilie und die Justizaffäre im Fall Dutroux, aufbrach, und barfuß lief das Wir nach der ersten Anhörung durch die Stadt, einfach weil unsere hohen Schuhe im Widerspruch zu unserem Gefühl für Freiheit standen, wenn das Wir sich auch noch so fürchtete, wenn sich das Ich des Wirs auch beim Eintreffen eines Einschreibens buchstäblich fast den eigenen Schädel einschlug, Juli tat es Saskia nach, schlug sich auf den Kopf, noch fester, und das Wir lachte, die Sie des Wir konnte noch die schlimmste Situation entschärfen.

Und das Wir kam am Tag der Urteilsverkündung viel zu früh zum monströsen Justizpalast und lachte und verlief sich, weil das Wir zum Spaß den Aufzug nahm und den Weg zurück zum Sitzungsraum nicht fand, und

Das Wir erschien zu spät in den Kellergewölben des Strafgerichts und musste den Menschenhändler vorlassen und dann demütig vor den Richter treten, und ein Teil vom Wir wurde zu einer Gefängnisstrafe auf Bewährung verurteilt und bekam einen vorübergehenden Eintrag ins Strafregister

Und das Ich vom Wir dachte die ganze Zeit: Das tun Wir, das ist unser Kind der Liebe

Ein Prozess ist der beste Stresstest für eine Beziehung

Das spürte das Ich vom Wir damals

Das Ich vom Wir war ja so stolz auf das Wir. Das Wir vom Wir überstand alles

Das Wir küsste sich beim Christopher Street Day in den Straßen einer feiernden, regenbogenbunten Stadt

Und das Wir erkannte sich ein Jahr später auf der Kinoleinwand wieder

küssend in dem herzzerreißend schönen Film *La vie d'Adèle*, unbemerkt gefilmt, als das Wir sich betrunken und geil beim Christopher Street Day küsste

Das Wir blickte den kommenden Jahren lachend entgegen

Das Wir war in Sicherheit, und das Wir stürmte vollkommen synchron auf die Tanzfläche der Berliner Disco, vorbei an den vielen Am-Rand-Rumstehern, und das Wir saß nebeneinander auf der Bank, und das Wir schluchzte bei denselben schönen und grausamen Passagen in Filmen oder Büchern

Und das Wir

Und das Wir

DIE FÜNFTE WOCHE AUF DER INSEL, TEIL III

Die Tage vergehen. Sie treiben uns weiter auseinander. Auf einer kleinen Insel, dicht an dicht, suchen Juli und ich uns jede eine andere Ecke. Die Schreibhütte und die Wälder sind mein Terrain, die Felder und Strände gehören Juli. Saul wechselt von hier nach da und bleibt ziemlich oft in der Mitte hängen – in den Händen der Übermutter von Reef Point.

NOTIZBUCH

Saskia kann nicht wissen, was ES ist, das durch diese Familie spukt. Wie lässt sich erklären, dass Karl fortgeht, wieso dürfen sie Trygve und Ira, ja sogar einen unschuldigen Hund nicht sehen, und was war das für ein Brand? ES passt alles nicht zusammen. Saskias großer Nachteil: Sie spricht ihre Sprache nicht, kennt ihre Codes überhaupt nicht. Das Unterschwellige, das, was sie unterstellen. Sie ist eine Touristin, möchte respektvoll sein, weiß aber nicht, ob sie zum Essen die linke Hand benutzen darf, ob sie sich die Haare waschen darf.

Indirekte Kommunikation war die Diät, mit der Saskia aufgewachsen ist. Verschleierung, Scheinmanöver, Schattenspiele, Umwege. Es gab nur eine Gewissheit: Man konnte nichts wörtlich nehmen. Musste sogar den eigenen Herzschlag an den eines anderen anpassen. Auf der Insel hatte sie allerdings nicht damit gerechnet.

Sie erinnert sich daran, wie Juli sie einmal nachts um drei am Flughafen hatte stehen lassen und Saskia völlig empört war. Juli verstand nur Bahnhof. Dabei hatte Saskia doch gesagt: »Du brauchst mich nicht abzuholen, wenn du dafür nachts extra den Wecker stellen musst.« Das war für Juli genug. Juli nahm die Welt direkt und pragmatisch, für Saskia war die eher ein Flipperautomat. Juli hätte die Kugel nur noch einmal zurückschießen müssen:

Doch, doch, ich hol dich schon ab. Woraufhin Saskia dann gesagt hätte: Nein, nein, du musst dir wirklich nicht die Mühe machen. Aber unter allem lag der Befehl: Hol mich ab.

•••

Was ist dieses ES? Ihre eigene Mutter, mit ihrer untrüglichen Intuition, hatte einen gewaltigen blinden Fleck. Was daran lag, dass sie ihre Tochter nicht verstand.

Saskia hatte beschlossen, ES ihren Eltern zu sagen. Als sie – vor Sauerstoffmangel ganz blau angelaufen – ihrer Schwester gegenüber äußerte, sie wolle ES vielleicht sagen, weil sie nicht mehr ungeniert sie selbst sein könne und die experimentelle Phase mit Mädchen inzwischen doch länger anhalte als geplant – nämlich ein Leben lang –, da war ihre Schwester die Erste, die sagte: »Mach das, steig in mein Auto, los geht's.« Die Fahrt in Evas winzigem Peugeot R war unvergesslich in all ihrem Elend.

Als sie auf die Hauptstraße der inselartigen Siedlung einbogen, hatte sie das Gefühl, die Reifen würden durch Butter gleiten und keinen Halt auf dem Boden finden, so wie sie. Sie flehte ihre Schwester an, auf der Stelle umzukehren, sie versprach, ES ihren Eltern zu erzählen, nur nicht jetzt, sie fühle sich nicht gut. Doch ihre Schwester bestand darauf. Sie müsse ES jetzt sagen, ES müsse raus, der Zahn müsse gezogen werden, damit sie wieder normal werden könne, das sei sie sich selbst und ihrer Schwester schuldig. Saskia flehte Eva an – wenn sie sich schon weigerte, umzukehren –, bitte wenigstens einen Umweg von ein paar Straßen zu fahren. Ihre Schwester weigerte sich. Saskia musste ihr mit Mord drohen, oder zumindest damit, offene Rechnungen zu begleichen, bloß um einen Aufschub von ein paar Häuserzeilen zu bekommen, damit ihr Hirn wieder Sauerstoff bekam, sie sich selbst Mut zusprechen konnte, dass nicht ihr letztes Stündlein geschlagen hätte. Es gab ein Vorher und ein Nachher, es gab eine Grenze, die sie gleich überschreiten würde. Zwischen ES und es.

Als sie bei ihren Eltern geklingelt hatte und sich aus den Tiefen des Hauses klappernde Absätze näherten, als die drei Schlösser der Haustür entriegelt waren, als sie auf dem marmornen Treppenabsatz stand, war ihr speiübel – ihre Schwester hatte den Motor abgestellt und sich hinters Lenkrad geduckt –, und sie dachte, gleich würde sie entweder im siebten Himmel oder am Boden zerstört sein. Mit einer Heidenangst und unendlich nervös, hielt sie sich den Bauch. Ihre Mutter, die, seit Saskia klein war, Augen am Hinterkopf hatte, allsehende Augen, die die Welt voller Argwohn musterten, betrachtete ihre Tochter von Kopf bis Fuß. Seufzte. Eiskalt und stocknüchtern erklärte sie ihrer Tochter, bevor die auch nur ein Wort herausgebracht hatte: »Ich weiß ES schon.« Für einen Augenblick fasste Saskia Mut. »Ich weiß ES: Du bist schwanger.«

DIE SECHSTE WOCHE AUF DER INSEL, TEIL I

Etwas rumort an der Tür zur Schreibhütte. Der Wind drückt sie mit Leichtigkeit auf, erst recht gegen Abend. Im Türrahmen steht Molly. Sie stellt einen Teller mit Muffins auf den Schreibtisch. Muffins mit Körnern darauf. Sommersprossen.

»Sie haben zu lange in der Sonne gestanden«, sagt Molly lachend.

Krebs, denke ich. Sicher fängt sie gleich wieder von den wütenden Bäumen an, und dass es meine Schuld sei, wenn ihre Bruchbude einstürze. Molly möchte wissen, was ich schreibe. Doch nicht etwa über sie alle, oder? Oder über Karl? Ob es jetzt wieder etwas besser zwischen Juli und mir liefe? Ob ich mir auch so viele Fragen stellen würde wie Juli? Sie bohrt ganz schön nach. Molly versteht zwar, dass junge Leute manches nicht ruhen lassen können, aber manchmal sei es trotzdem das Beste. Trygve und Laura führten ein zurückgezogenes Leben, so sei das nun mal. Punkt. Ich dürfe das Juli auch noch einmal so sagen. Die sei jetzt bei Tammy. Ich sei doch nicht eifersüchtig? Und ich wisse doch, dass jetzt überhaupt keine Schiffe mehr führen?

Noch einmal fragt Molly, wann meine Geschichte fertig sei. Es gebe viele Schriftsteller auf der Insel. »Wir« könnten einen Workshop organisieren. Das würde mir vielleicht aus der Klemme helfen.

»*I can't wait*«, sage ich. Sie werde es besprechen, wenn Juli und die anderen von ihrem Tagesausflug zu den Austernbänken auf der anderen Seite der Insel zurück seien.

»*Wonderful*«, sage ich.

Dann schreibe ich in der Zwischenzeit mal besser weiter und genieße die Muffins. So hat Nana genug Zeit mit ihrer kleinen Raupe Nimmersatt. Sie zieht die Tür der Hütte hinter sich zu.

Die Muffins riechen nach irgendeinem Gewürz, das ich nicht kenne. Der Wind weht wieder in meine Richtung und trägt verzerrte Klänge mit sich. Gestern Abend läuteten auf einmal Glocken. Thor Thor erklärte mir, das käme von einer kleinen, nördlich gelegenen Kirche. Eine katholische Gemeinde, bestehend aus einer Handvoll Klahoose, wohne dort im Frieden ihres Herrn Jesus Christus.

Das ist eindeutig Sauls Stimme. Kleine Kinder können eine Menge Dezibel produzieren. Er brüllt. Ich schiebe meinen Stuhl zurück und richte mich auf. Es hört sich an, als zerreiße jemand einen Stofffetzen direkt neben meinem Ohr. Saul brüllt, wenn er müde ist, Saul brüllt, wenn er keinen Muffin mehr bekommt, aber er ist doch bei der freigiebigen Molly. Saul brüllt, wenn er Lust hat zu brüllen. Sie sorgen für ihn. Bleib stehen. Saul brüllt weiter.

Warum schaffen sie es nicht, ihn zu beruhigen? Haben sie ihn etwa allein gelassen? Das ist natürlich unmöglich, aber es geschehen die unmöglichsten Sachen. Kinder erschießen im Spiel ihre eigenen Eltern in der Badewanne und halten das Spiel für Realität, mit echtem rotem Badewasser, kleine Jungs bleiben einfach mitten in einem Flammenmeer auf ihren Kinderstühlen sitzen. Ich habe den Geschmack von Mehlwürmern auf der Zunge, mein Rachen ist trocken und fühlt sich wund an.

Hab Vertrauen zu den Leuten, die für ihn sorgen.

Schreib das auf, dann bleibst du länger hier.

Wie in Zeitlupe schlägt die Tür der Schreibhütte hinter mir zu, die Zedern rasen an mir vorbei, während ich den kürzesten Weg zum Haus nehme. An dem Gatter, das die Hirsche fernhält, kommt Molly mir schon entgegen, die sonst rosigen Wangen jetzt dunkelrot gefärbt. Ich remple den Zwilling in der Türöffnung zur Seite, stürme ins Haus, wo es ziemlich dunkel ist.

Da ist er, in seinem Hochstuhl, und stößt schrille Urlaute aus. Sein Gesicht blutüberströmt, ein Stück Fleisch hängt leblos aus der Höhle seines Kindermundes. Ein Schrei arbeitet sich aus der Rose seines Mundes empor, sein Gesicht explodiert.

So sitzt er am Tisch, Karls Kind in dessen Kleidern, das Bild aus dem Fotoalbum, exakt dasselbe Kind, weißgekleidet und mit vollen roten Lippen und einem Trinkbecher, nur blutüberströmt. Ein grässlich entstellter Saul. Seine Zunge ist abgetrennt. Die Erdkugel bekommt einen Stoß von Gottes Hand und dreht sich rasend schnell, plötzlich ist es Nacht, ich spüre einen Schubs. Der seidene Faden, der mich zusammenhält, wird aus meinen Beinen gezogen.

Eine Millisekunde später stürze ich zu Saul, dunkler Sirup trieft aus seinen Mundwinkeln, über seine Bäckchen, sein Blut strömt über mich, endlich schließe ich meinen Sohn in die Arme.

Er wird niemals sprechen, völlig isoliert sein, auch motorisch zurückbleiben, weil das alles miteinander zusammenhängt, in einem Rollstuhl landen und mit einem Hebel am Kinn Kommandos und Befehle in einen Computer tippen, und er wird immer bei uns bleiben und uns zulachen und von uns abhängig sein, immer, und oh, was werden wir alle glücklich sein in dieser herrlich gestörten Fantasie.

Wo steckt Juli?

Wir müssen weg, weg, weg.

Molly eilt mit einem Handtuch voller Eiswürfel herbei. Sie stopft ihm das Handtuch in den Mund, als wolle sie ihn ersticken. Ich ziehe ihre Hand weg. Sie ist verrückt. Alle hier sind verrückt, wo ist Juli, wir müssen weg von hier. Seine Händchen um meinen Hals, Blutsirup ergießt sich über uns.

»Wir müssen sofort mit ihm in die Notaufnahme«, sage ich. Eine Faust hämmert in meiner Brust.

»Es ist halb so schlimm, wie's aussieht«, sagt Molly, die in seine Mundhöhle späht. »Der Schnitt ist zwar ziemlich tief, aber eine Zunge heilt schnell.«

»Zum Notarzt«, sage ich.

Die Zwillinge prusten los. »Hier gibt es keinen Notarzt«, sagt Molly und lächelt unschuldig. »Einen Kräuterdoktor gibt es. Und Kamille. Mindestens genauso gut. Lass uns das mal in Ruhe ansehen.«

»Wie bitte? Er blutet viel zu stark! Er muss jetzt zu einem Arzt!«

»Indischer Wassernabel«, sagt Molly, die laut nachdenkt. »Tammy wird uns etwas aus dem Garten des Doktors besorgen … und …«

»Wie konnte das verdammt noch mal passieren?« Auf dem Tisch steht eine Büchse Tunfisch, daneben liegt der Deckel, die Ränder sind messerscharf.

»Psst. Nicht urteilen, Saskia.«

»Was habt ihr mit ihm gemacht?«

»Raupe Nimmersatt wollte die Büchse öffnen«, sagt Molly. »Die Jungen sollten ihm ein Butterbrot mit Thunfisch geben, aber das ist ein wenig schiefgegangen. Ich hätte besser achtgeben müssen.«

Juli ist zur Tür hereingestürmt. Sie reißt Saul aus meinen Armen und drückt ihn fest an sich, der jetzt völlig in sich zusammensinkt. Sie bildet mit den Fingern eine Gabel, spreizt Sauls Wangen in dem Versuch, einen Blick auf die scharlachrote Mundhöhle zu werfen.

»Eine Schlange kann ein Stück ihrer Zunge abbeißen und auffressen, wenn sie eine neue will«, sagt Thor Thor, »vielleicht will Saul ja eine neue Zunge haben.«

»Niemand ist schuld daran«, dröhnt Molly, »Unfälle passieren nun einmal. Nicht urteilen.« Als lese sie einen ihrer Sprüche vor.

»Aua, aua, mein Spatz«, sagt Juli zu Saul, »wir werden dir helfen.«

»Ja«, sage ich. »Ist ein Auto in der Einfahrt? Wir müssen so schnell wie möglich aufs Festland.«

»Nicht so hastig«, sagt Juli salbungsvoll. »Eine kleine *herbal therapy* kann wahre Wunder wirken, stimmt's, Molly?« Juli schaut mit dämlichem Grinsen von mir zu der Kräuterfrau.

»Hast du sie noch alle?« Ich sehe Juli, eine Frau. Ich kenne sie nicht mehr.

»Es sieht im ersten Moment immer schlimmer aus, als es ist.«

»Stimmt«, sagt Tammy. Sie kommt samt ihrem kurzen Arm helfen. »Wenn es blutet, ist es nicht so schlimm. Das bedeutet, dass sich der Körper selbst reinigt.«

Es muss eine Zeit geben – später –, in der ein vierjähriger Saul aus seinem Bettchen ruft, weil er die Schlafenszeit aufschieben will: »Mama, meine Decke liegt nicht gut.« Oder um Schatten zu verscheuchen: »Da ist ein Gespenst hinter der Tür.« Oder um um ein Glas Wasser zu bitten und ein Gutenachtlied obendrein zu bekommen.

»Wenn ihm was passiert …«, stammele ich, aber in mir gellen zehn Ichs. Die anderen glotzen mich an. »Saul ist auch mein Sohn.«

»Wir sind alle für ihn da«, sagt Juli. Molly wiehert ein »Ja«, Tammy nickt. Einhellige Begeisterung.

Diese Insel macht Monster aus den Menschen, die einem lieb sind.

Ich flüstere Saul ins Ohr: »Wir hauen ab von hier.«

IM BETT

Juli: Saul braucht zwei entspannte Mamas. Atme doch mal ruhiger.
Saskia: Du tust so, als würde ich spinnen.
Juli: Er ist unser Sohn.
Saskia: Du tust so, als wäre ich verrückt, dabei ist Molly hier die Verrückte.
Juli: Sie hat Saul unendlich lieb.
Saskia: Sie hat ihn verletzt, damit sie ihn hierbehalten kann.
Juli: Du spinnst.
Saskia: Ich will mit ihm zu einem Arzt, notfalls in Alaska.

DIE SECHSTE WOCHE AUF DER INSEL, TEIL II

Ausgerechnet jetzt, wo Saul nichts kauen kann, ist sein Milchpulvervorrat aufgebraucht. Ich hätte nie gedacht, dass wir länger als einen Monat auf der Insel bleiben würden. Im Dorf war ich Grünkohl gegen Milch tauschen. Danach bin ich noch einmal beim Sägewerk vorbeigegangen, um auch Janos zu fragen, ob auf der Insel wirklich nirgends richtige Medikamente aufzutreiben seien. Seine Abgeklärtheit beunruhigte mich noch mehr: ein schlichtes Nein.

Juli: abwesend. Auf Surfbrett beziehungsweise in der Sonne gesichtet. Wie eine Blüte reckt sie sich der Sonne entgegen, weg von dem dunklen Boden, in dem sie verwurzelt ist. Wir brauchten einander mit einer solchen Selbstverständlichkeit, jetzt haben wir uns voneinander abgewandt.

Die Zwillinge folgen mir, als ich das Grundstück verlasse. Noah hat das Fenster heruntergekurbelt und fährt im Schritttempo als Leibwächter neben mir her. Es ist überdeutlich, dass ich nicht von dieser Insel stamme. Kein Inselbewohner erledigt seine Besorgungen zu Fuß, obwohl sie momentan mit Sprit sparsamer umgehen. Alles wird knapper, abgesehen vom Wildbret, das dürfen wir essen, bis wir uns selbst in Hirsche verwandeln und scheu und hungrig über den Zaun schauen.

Auf meine Wanderungen nehme ich das gesamte Bargeld mit, das wir bei uns haben. Ich werde die Klahoose suchen und sie überzeugen, ein Schiff ausfahren zu lassen. Obwohl ich den Hund gelegentlich noch bellen höre, habe ich die Suche nach Trygves Haus aufgegeben. Das Haus ist verhext. Es verbirgt sich irgendwo, ganz alleine im Wald, wird von den Bäumen auf schwieligen, unterirdischen Zehen davongetragen. Nachts ändert es seinen Standort.

•••

Saul hat einen Tobsuchtsanfall bekommen. Er wollte die Badezimmertür mit der kleinen Holzaxt von Karl kurz und klein hacken. Er hat sich kaum beruhigen lassen. Und dann ist er plötzlich umgekippt und eingenickt, den roten Zungenbovist aus dem Mund gestreckt.

•••

»Magst du noch ein Salbeibonbon, Mini-Thor?«

»Nein, nicht für ihn«, sage ich. Ich sehe eine Geschwulst aus weichem Fleisch, ich sehe alles andere als einen Heilungsprozess. Saul krabbelt über das Gras, ein rohes Entrecôte im Mund. Das muss sich ein Arzt ansehen. Die Frauen im Laden haben mir geraten, unbedingt eine Salzspülung zu machen, das wirke entzündungshemmend. Die Wunde sei schon schlimm, meinten sie, bevor sie sich rasch korrigierten: »Aber das kriegt die Natur von selbst wieder hin, er ist schließlich ein starker Junge.«

Ich weiß, dass Veränderungen bei kleinen Kindern in Schüben kommen. Auf einmal laufen sie, als hätten sie nie etwas anderes getan, essen aber kaum, und dann hauen sie so richtig rein und schmeißen dafür jede Vase um, oder sie essen ihre eigenen Zehen und sonst nichts. Aber dass Saul derart in sich gekehrt ist, macht mir eine Heidenangst. Als hätte Saul, das kleine belgische Energiebündel, sich irgendwo da drinnen verkrochen.

»Er braucht jetzt alle Kraft für die Heilung«, sagt Molly.

•••

Die Nächte auf der Insel sind das Schlimmste. Ich kann nicht schlafen, wälze mich grübelnd hin und her. Angst ist ein Gespenst, das nachts jede Tür öffnen kann. Karl würde das verstehen.

Ich döse neben der mageren Juli. Mitten in meinen Schlafversuchen höre ich ganz nahe jemanden seufzen. Es ist Molly, die sich über Sauls Bett beugt. Wie die leibhaftige Unschuld hält sie ihn bereits in den Armen, als ich mich neben sie stelle. Sie sagt, sie sei ins Zimmer gekommen, um ihn zu beruhigen. Er könne nicht schlafen, weil Juli und ich uns in unseren Träumen streiten.

Ich sage ihr, dass sie Saul sofort wieder in sein Bettchen legen soll. Quälend langsam und widerstrebend tut Molly, was von ihr verlangt wird.

IM BETT

Saskia: Was läuft da verdammt noch mal zwischen dir und Tammy?
Juli: Hör auf damit, mir reicht's langsam! Weckst du mich deswegen auf?
Saskia: Ich habe Angst.
Juli: Ich auch. Also hör auf, es noch schlimmer zu machen.
Saskia: Aber Tammy …
Juli: Habe ich dir je vorgehalten, dass Karl dein Seelenverwandter ist? Ich habe nichts mit Tammy, und ich will nichts von Tammy. Und das Schlimmste ist: Sie will auch gar nichts von mir.
Saskia: Von deiner Zeit mal abgesehen.
Juli: Du machst aus allem ein Problem.
Saskia: Dass du das überhaupt merkst … du bügelst mich ja sonst auch immer ab.
Juli: Wir sind doch keine Konkurrenten, das ist kein Wettkampf um Sauls Zuneigung und Liebe.
Saskia: Ich habe von Saul geträumt. Er war ein Hund und wurde in einen Pool geworfen, er versuchte, am Rand rauszuklettern, aber keine Chance, er strampelte, was das Zeug hielt, bis er irgendwann nicht mehr konnte und ertrank.
Juli: Es reicht, Saskia. Lass mich bitte in Frieden, bis du wieder einigermaßen normal bist.

DIE SECHSTE WOCHE AUF DER INSEL, TEIL III

Zehn Uhr morgens. Allein mit Saul im Hühnergehege. Keine Schiffe mehr. Die Mücken kratzen ihre Bleistiftlinien bereits in die heiße Luft über den knotigen Obstbäumen. Einst liefen die Bäume in Richtung Klippen, wurden aber vom Wind weggedrückt. Jetzt stehen sie da, in der Bewegung erstarrt. Sie haben den Sommer nicht überlebt. Unsere Kleider hängen wie Gespenster zwischen den Birnbaum-Skeletten zum Trocknen. Wir haben unseren ganzen Kleidervorrat aufgebraucht.

Wie eine Puppe, die sprechen kann, gibt Saul seit dem Rosengarten, wo wir Juli mit Tammy und einem Berg von Hülsenfrüchten allein gelassen haben, den immergleichen kurzen Schrei von sich. Es tut weh, ihn anzusehen. Allmählich versinken seine Augen in seinem verquollenen Gesicht. Geschwollene Lippen, zwischen denen die Zunge wie eine obszöne Wulst hervorquillt. Ich beuge mich zu ihm herunter, weil ich ihn verstehen möchte, aber die Hühner übertönen sein fiebriges Gebrabbel.

Trotzdem bemerkt Saul als Erster die Gefahr, die von oben droht. Etwas saust aus dem Himmel auf uns zu, der dunkle Fleck ist zwischen den Bäumen abgetaucht, bekommt Flügel, wird ein Vogel, ein Adler, fällt wie ein Zementblock aus dem Himmel, zerreißt bei seinem Sturzflug das Netz. Laut gackernd versuchen die

Hühner, sich in allen Richtungen in Sicherheit zu bringen, und drängen gegen den Maschendraht.

Drei Schritte von uns entfernt hockt der Vogel wie angewurzelt. Ich breite meine Flügel schützend um Saul. Ein Ungetüm von einem Adler, Augen wie Eier, geringelte, borstige Fleischkrallen. Ein Fang holt aus. Als hacke eine Gabel in meinen Zeh. Drei Mal.

Er hat nicht genug, er will den Jungen. In meinem Rückgrat erhebt sich eine Schlange der Wut, kriecht in meinen Mund, aus meinem Mund, ich speie etwas aus, das selbst für mich Geheimsprache bleibt. Eine Membran schiebt sich über seine Augen. In einem Anfall von Raserei teile ich das Meer aus Flügeln, Saul klammert sich an mich, wir erreichen die andere Seite des Hühnergeheges. Meine Hand greift zur Mistgabel an der Stallwand. Das Tier stützt sich auf seine hintere Kralle, breitet seine weiten Schwingen aus. Mein Griff wird fester. Der Adler fliegt auf, verstrickt sich im Netz, das über den Auslauf gespannt ist. Gerät in Panik. Jetzt gehe ich vor ihm in Position, die Gabel wie eine Machete erhoben. Ich stoße sie auf seinen Rumpf, verfehlt, treffe einen Flügel. Ein schmatzendes Geräusch, wie wenn man ein rohes Stück Fleisch aufspießt.

Obwohl ein Stück des Netzes an ihm hängen geblieben ist, erhebt er sich in die Lüfte. Die Hühner sehen zu, wie eine Artgenossin, die einer anderen gerade ein Maiskorn hatte abspenstig machen wollen, im Würgegriff ins Jenseits befördert wird. Die Wolken nehmen den Adler samt seiner Beute in sich auf.

Wir verlassen das Gehege unter aufgeregtem Gegacker. Saul ist mucksmäuschenstill, bis wir den Obstgarten erreicht haben. Sein oder mein Herz schlägt zu laut, als dass ich ihn hören könnte. Der Adler hätte Saul wie eine Melone fallen gelassen und auf einem Felsen zerplatzen. Der größte Schock ist der Moment zwischen dem Grauen und jetzt. Dass die Gefahr überall lauert, jederzeit zuschlagen kann. Ich überhäufe Saul mit Küssen, drücke ihn an meine warme Haut. Ich habe einen Unterschied im Leben meines Sohns gemacht, mit etwas so Dämlichem wie einer Mistgabel und meinem Körper. Ich fühle das Blut in meinen Adern strömen, der Beweis von etwas, nenn es Mutterliebe.

Plötzlich ist es ganz neblig in meinem Kopf. Ein Anblick, bei dem mir schwindelig wird: Da steht Molly, dramatisch geschrumpft, halbiert sogar. Kurz bevor ich umkippe, nimmt mir jemand Saul ab. In Sicherheit in schlanken Armen. Schau noch einmal genau hin. Atme. Es ist Juli in dem moosgrünen Kleid, das sie sich geliehen hat. Augen zu. Einatmen. Aufrecht stehen bleiben.

Augen auf. Zwischen den Bäumen blitzt eine Pilotensonnenbrille auf. Aus einiger Entfernung sieht er zu, wie ein neugieriger Nachbar, den der Tumult zwar vor die Tür seiner Werkstatt gelockt hat, der aber gar nicht daran denkt einzugreifen.

»Karl!«, rufe ich. Mir versagt die Stimme. Ich höre, wie er sich räuspert. Er dreht sich um. Das Gebüsch raschelt.

Weg ist er.

Noch immer zitternd, mit puddingweichen Knien, bewege ich mich auf das Wohnhaus zu. Mein aufgepickter Fuß hinterlässt eine Blutspur.

NOTIZBUCH

Molly: Ein Adler, der versucht, ein kleines Kind zu reißen? Natürlich ist das möglich. Mensch oder Tier, das kümmert den Vogel nicht, Hauptsache, es ist genug Fleisch dran. Natürlich kann ein Adler Raupe Nimmersatt packen und forttragen, Kraft genug haben diese Viecher jedenfalls. Aber dass du Karl gesehen haben willst? Unmöglich.

DIE SECHSTE WOCHE AUF DER INSEL, TEIL IV

Die Wellen tosen. Wie ein humpelnder Affe klettere ich über die Felsen, Saul im Tragetuch vor meinem Bauch. Ein in Streifen gerissenes altes Spültuch scheuert beim Gehen an meinen Zehen. Bloß weg hier. Eine Lösung finden. Schließlich hat Saul ein kleines Hausboot geschenkt bekommen.

Aus Karls Werkstatt dringt das Kreischen einer Säge, Bäume jaulen vor Schmerz, weil sie in Scheiben geschnitten werden. Der spindeldürre Noah geht vollkommen in seiner Arbeit auf, Thor Thor starrt über einen Papierwust auf dem Schreibtisch hinweg, ein blutrotes Grinsen im Gesicht, verwildertes Flachshaar. Ich halte Saul die Ohren zu.

»Hallo!«, schreie ich. Sie bemerken uns nicht, wir sind Geister.

»Hallo!«, schreie ich noch einmal. Noah blickt auf, schaltet die brüllende Maschine aus. Er spuckt Nägel aus, fährt sich mit der Zunge über die blutige Unterlippe. Der Werwolf starrt mich feindselig an.

»Wir wollen heute mal mit Sauls Hausboot aufs Wasser raus«, sage ich. Saul lächelt rührend und entblößt dabei seine Zunge.

»Das geht nicht mehr«, sagt Noah schroff.

Die Hormone drücken Haarstoppeln aus seinen hageren Gliedmaßen und seiner Oberlippe. Thor Thor ist ins unendliche Nichts vertieft. Von Zeit zu Zeit greift er in einen großen Korb mit Erdbeeren links von ihm.

»Und wieso nicht?«

»Weil ich das dämliche Haus gerade zerlegt habe. Das heißt, du musst auf Karl warten, aber der kommt nicht wieder«, knurrt Noah. »Ich will aus dem Holz ein richtiges Boot bauen.«

»Wir müssen hier weg, Saul ist krank«, sage ich.

Noah grinst mich an, tritt näher. Urplötzlich presst er mich grob gegen die Wand, drückt seinen skelettartigen Körper an mich, Saul zwischen uns. Noah wird uns durch die Wand rammen. Er keucht mir ins Gesicht. Ich spüre sein sinnlos erwachendes Geschlecht.

»Ihr nehmt uns mit, nicht umgekehrt!«, bellt Noah. Seine Stimme überschlägt sich. »Das hast du uns versprochen.«

»Und was wird aus Nana?«, fragt Thor Thor, der näher gekommen ist. Mir schlottern die Knie, ein trockener Grashalm pikst in meinem Hals.

Noah tritt schnaubend einen Schritt zurück, schaltet seine Maschine wieder an. Alle weiteren Worte der Wut gehen in dem ohrenbetäubenden Lärm seines Holzschleifers unter. Mit aufgerissenem Kiefer beugt er sich über seine Beute, Sauls ehemaliges Hausboot.

Schweißgebadet verlasse ich mit Saul die Werkstatt, setze mich in Blickrichtung der brausenden Wellen.

Während ich auf das Wasser starre, ist mir, als würde ich ihn hören: den Karl aus Winnipeg, aus dem irren, selbstrenovierten Waisenhaus, den Karl, in den ich mich platonisch verliebt hatte und dem ich all meine Hirngespinste anvertrauen konnte. Ich höre seinen angenehmen Bass, trotz der tosenden Wogen. Sauls Stimme, wenn er einmal ein erwachsener Mann sein wird. Doch Karl hat die Insel vor zwei Wochen verlassen.

Ich sehe einen seltsamen Körper, der angeschwemmt wird und gegen meinen klatscht. Wie damals, am Schiff. Ich sehe ihn an. Ich spüre ihn. Und dann taucht er wieder in der Brandung unter.

Apathisch, beide reglos wie Steine am Strand, die dort für immer und ewig liegen bleiben können, von den Flecken im Wasser verzaubert.

Nicht weit von mir entfernt geht ein Mann, krummer Rücken, leerer Gesichtsausdruck. Er scheint sich selbst genug zu sein, plaudert mit den Wellen und den Zeichnungen auf den Felsen. Er ist es! Der Einsiedler. Ich könnte mich noch schnell mit Saul verziehen.

Er erschrickt, als er uns sieht.

»Hier kommt nie jemand her.« Der Mann hat dunkle Augenringe, schmutzig graue Zähne und gelbliche, schwielige Hände, an denen sich Fingernägel krümmen. Wie ein Tausendjähriger. »Niemand will an diesem Ort sein, eingeschlossen zwischen den Wellen und den Felsen. Es ist gefährlich hier.«

Ich sehe das Weiß in seinen Augen, seinen braunen, rissigen Mund. Die surrenden Insekten, ein Tag, der aufbricht wie ein Ei, das Gelb der Sonne, die weißen Wolkenschlieren. Ich erkläre ihm, dass ich mit meinem Kind weggehen werde. Wir möchten ihn nicht stören. Er blickt sich um, sagt mit bleierner Müdigkeit in der Stimme: »Ich habe immer öfter das Gefühl, dass alles aus dem Lot gerät, dass die Natur todmüde ist.« Jemand müsste diesen Mann ins Bett bringen, damit er schlafen kann, bis er wieder ein kleiner Junge ist, der sein Leben noch vor sich hat.

»Wir schaffen es nicht, von der Insel zu kommen«, sage ich, »unser Sohn, mein Sohn braucht Hilfe.«

Der Mann lacht ein raues Lachen.

»Ich bin auch nicht weggekommen«, sagt er grinsend. »Alle glauben, ich sei weg. Bin vor Jahren vermisst gemeldet worden. Der

Einsiedler, den die Wellen verschlungen haben. Ich gehe regelmäßig zu einem der Bauernhöfe, stibitze etwas Gemüse und Kartoffeln, manchmal auch ein Hühnchen. Es ist wirklich unglaublich.«

Ich erzähle ihm, dass ich seinen Bruder getroffen habe, der die ganze Zeit auf ihn wartet und glaubt, er sei ertrunken.

»Er schaut in die falsche Richtung.«

»Er wartet auf Sie.«

»Worauf wartet er denn?«

»Darauf, dass Sie zurückkommen.«

»Ich war nie weg.« Er schüttelt den Kopf. »Ich sage dir, worauf er wartet: auf früher, als wir kleine Kinder waren. Aber da muss er lange aufs Wasser hinausstarren, bis die gute alte Zeit vorbeigesegelt kommt.«

Mir ist schrecklich kalt, ich bereue, dass wir hier sind, es war ein Fehler, auch wenn Saul keinen Mucks macht. Der Einsiedler hat ihn noch keines Blickes gewürdigt.

»Wir haben uns um ein Messer gestritten«, erzählt der Einsiedler. Er deutet hinter sich, auf eine Felsmalerei, auf der ein Strichmännchen ein anderes niedersticht. »Es ging darum, ob das Messer, das ich gefunden hatte, dasselbe sein könnte wie das auf der Zeichnung hier.«

»Was ist hier eigentlich passiert, mit den Olsens?« Ich frage, was ich nicht fragen will. Unwissenheit ist besser.

»Oh, das«, sagt er.

Ich weiche zurück.

»Ich hab das ganze Drama mitbekommen«, sagt er, »damals, nachdem der Oberhippie gestorben war.«

Der Mann zeigt auf Saul. Und dann auf die riesigen Tannenzapfen, als hänge dort der Ansatz einer Erklärung.

»Manchmal werfen die Vögel sie von den obersten Ästen«, sagt er. »Wie Granaten fallen sie herunter, das geht wahnsinnig schnell.« Er entblößt seinen Unterarm und zeigt mir eine Narbe, wo die Haut wie geschmolzen aussieht, wie bei einer Brandwunde. Da habe ihn ein Fichtenzapfen getroffen. Trygve habe die Wunde monatelang versorgt. Und Laura habe ihm zu essen gegeben. Die beiden hätten ihm geholfen, seien so gut zu ihm gewesen. Die anderen Olsens hätten sich nie um ihn gekümmert.

»Trygve hat mir erzählt, dass Besucher auf der Insel sind. Du bist eine der weißen Frauen, die ein Kind von Karl haben, stimmt's?«

»Stimmt.«

»Du hast doch sicher gehört«, sagt er grinsend, »was Karl für einer ist, oder?«

»Was meinst du?«

»Er hat ihre Jungs betatscht. Pädophil.«

Er steht auf und lässt uns allein. Es ist, als würde ein Zapfenhagel auf mich niederprasseln.

NOTIZBUCH

Ein erwachsener Mann, der mit seinen großen, starken Händen einen kleinen Jungen festhält, ihn streichelt, zu Boden zwingt, der zarte Kinderpopo, sein hartes Glied, eine kleine Öffnung, aus der Blut dringt und wo Fleisch an einer Stelle reißt, die das Kind Sternchen nennt oder wofür es noch kein Wort hat, ein Kind, das sich ohne solche Begriffe in der Welt zurechtfinden muss … Sie betritt ein tiefschwarzes Universum in ihrem Kopf, einen Ort, an dem sie nicht sein will, wo alles kaputt ist, beschmutzt und zerschnitten.

•••

Saskia spürt das Papier unter ihren Fingerspitzen flattern. Die Sonne strahlt freundlich, wie in einem schlechten Werbespot für weiße Menschen ohne Sorgen.

Sie spitzt die Ohren, hat wahnsinnige Angst. Will es nicht aufschreiben, tut es aber doch, um das Übel auszutreiben, es nachträglich noch abzuwenden.

Wie sehr sie dieses Notizbuch braucht – heute mehr denn je.

Sie kann das Juli nicht sagen, niemals.

•••

Sie würde sich am liebsten übergeben, aber ihre Gedanken springen weiter.

Sie erinnert sich an Gespräche mit Karl. Wie hatte er es formuliert? In einer Freundschaft bedeutet Vertrauen auch: gewisse Fragen nicht zu stellen, Sachen nicht wissen zu müssen und darauf zu vertrauen, dass es gut ist. Nicht bis zu der Lüge durchgelassen zu werden – so hatte er sich ausgedrückt –, weil man sie nicht mehr aus dem Kopf kriegt.

Was ein einziges Wort anrichtet. Es findet eine Öffnung in deinem Kopf und wühlt darin herum.

•••

Das hier ist der einzige Ort, an dem sie ihre Zweifel begraben kann wie eine in tausend Stücke zerschlagene Vase. Niemand wird sie je rekonstruieren können, kein Kitt der Welt wird die Form zurückbringen, die die Vase in ihrer Fantasie hatte.

•••

Die Schreibhütte, die Muscheln, die Abendsonne, die mit weit aufgerissenem Mund im orangefarbenen Ozean ertrinkt.

Da sitzt sie nun und zittert im späten Sonnenlicht. Wider besseres Wissen wartet sie auf die große Demaskierung. Es wäre doch denkbar, dass das alles Schauspieler sind und sie einer nach dem anderen die Schreibhütte betreten, in aller Seelenruhe, und sich im Kreis um Saskia und ihre Notizen herum aufstellen, sich mit ernster Miene die Hände reichen, einander zunicken und plötzlich aus vollem Hals, herzlich und immer unbändiger loslachen, so richtig aus dem Bauch heraus, damit es kein Missverständnis gibt; das war bloß ein großer Scherz, sie haben sie meisterlich zum Narren gehalten, und jetzt ist Schluss. Lachtränen kullern über Wangen, und Saskia spürt, wie eine bleischwere Last von ihr abfällt, sieht, wie ihre Notizbücher zu Staub zerbröseln, denn sie werden jetzt nicht mehr gebraucht. Man habe ihr nur weismachen wollen, dass man ihr auf den Fersen sei, dass man sie ausschließen würde, dass man sogar Saul vergiften wolle, dass sein Erzeuger ein, hihihihi, jetzt können sie sich gerade nicht halten vor Lachen, … ein Pädophiler sei. Das alles sei nur ein verrückter Test gewesen, den Saskia mit Bravour bestanden habe. Aber sie wurde vor lauter Verzweiflung wahnsinnig. Da spaziert Juli auf einmal mit Saul an der Hand in die Hütte, Saul kann plötzlich laufen, dahinter tritt Tammy Arm in Arm mit ihrem nagelneuen Freund ein, sie haben das gleiche Tukan-Tattoo, die Hütte platzt inzwischen aus allen Nähten, bis die ganze Truppe Karl nach draußen folgt, denn der ist im Privatflugzeug eingeflogen, und der Rest ist Gelächter über ihre Schreibkünste und ihren irren Blick, man stelle sich vor, sie war ja wirklich kurz vorm Überschnappen, auweia, armer kleiner Saul. Komm, mein Junge, spuck das Stück in Rote-Bete-Saft getränkte Butterbrot jetzt mal aus. Du kriegst etwas anderes, etwas Leckeres, was immer du willst.

•••

Karl soll sich an kleinen Jungs vergreifen?

Sie hatten sich stundenlang unterhalten, auf welche Männer er abfährt, dass er nur mit wenigen Frauen im Bett war, wer sein Typ ist und welche Reinfälle er erlebt hat, welche Spielzeuge ihn antörnen, über missglückte Penetrationen und grandiose LSD-Orgasmen. Karl tut nichts lieber, als über sein Sexleben zu reden.

Ohne jede Scham, ohne übertriebenen Machismo, ohne irgendetwas beweisen zu wollen.

Jetzt begreift sie: Wie ein einziges Wort genügt, um eine ganze Geschichte heraufzubeschwören. Aus den Puzzleteilen reimt sie sich eine andere Geschichte zusammen.

Gestrandet auf einer Insel voller Hippies, *one big family* sozusagen, wo sich ein Mann im Wald verschanzt und seinen Bruder der inzestuösen Pädophilie beschuldigt.

Nein.

Karl ein Päderast?

Nein. Das kann nicht sein. Punkt, aus. Pädophilie ist eine Veranlagung.

Sie macht bei diesem Wahnsinn nicht mit.

Sie weigert sich.

Der alte Kauz redet Unsinn. Ein echter Einsiedler ist bestimmt scharf auf Skandale, er erlebt ja nichts. Er übertreibt maßlos, macht aus einer Mücke einen Elefanten, und so wird in seiner weltfremden Fantasie aus einem Bruderzwist ein Pädophilie-Verdacht.

Aber mal angenommen, Trygve habe Karl tatsächlich dessen bezichtigt, was der Einsiedler behauptet, dann passt einiges zusammen: Janos' Frage auf dem Schiff, ob Karl ein wenig Ruhe gefunden habe, die verdächtige Abwesenheit von Trygve und seinem Sohn, Karls Fluchtverhalten. Seine tiefe Gekränktheit, die sie sich mit mangelnder Zuwendung erklärte. Wenn das stimmte, dann hatte er sich ziemlich wacker geschlagen und es relativ lange auf der Insel ausgehalten. Sie wünschte, sie könnte Karl kurz sprechen. Ihm sagen, was sie gerade aufschreibt. Sie versteht seine Scham. Selbst etwas vergleichsweise Banales wie Mobbing empfand sie lange als Schande. Als würde sie damit zugeben, ein Loser gewesen zu sein, das schwarze Schaf in der Herde.

Was für ein feiger Bruder, der sich hinter Eichhörnchen und Farnen verschanzt. Wenn es ihr nur gelänge, ihn zu finden. Ein Vorzeigehippie, der in die Fußstapfen seines Vaters treten wollte, immer überkorrekt Toleranz predigen, aber selbst derart durchdrehen, dass er seinem eigenen Bruder mit so einer entsetzlichen Anschuldigung die Luft zum Atmen nimmt. Dieses eifersüchtige Arschloch. Je länger sie darüber nachdenkt, umso sicherer ist sie sich. Es kann nicht anders sein. Karl ist ihr Bruder.

•••

Sie wird das Wort nicht in den Mund nehmen, Juli darf nichts davon erfahren, sie hat nichts von einer Lüge, die wie ein Virus ist.

•••

Sie hat diese Wahnvorstellung, dass sich ein Monster über ihre Schulter beugt, ihr Kind stehlen, ihre Geliebte vierteilen will, sie selbst schon in zwei Teile zerrissen hat. Ihre andere Hälfte versucht, sie von der Zimmerdecke aus zu beruhigen.

Es ist zu viel.

Es gibt zu viele Versionen von jeder Geschichte.

Es gibt kein Vorher und Nachher. Es gibt kein Gut und Böse, kein Schön und Hässlich. Das Gleiche lässt sich über die Pracht dieser Insel sagen. Unberührte Natur, widernatürliche Neigungen, brave Kinder, harter Untergrund, Schuld, die im Inneren pocht, harte Eierschale, stille Kraft, ein beschlagenes Fenster, Tröpfchen auf einem Heizkörper, erschöpftes Metall, Hoffnung, die nur darauf wartet, dass es nicht wahr ist, dass alles nur ausgedacht ist.

Es geht tiefer. Es gibt einen Kontinent unter dem Kontinent, einen Berg unter dem Berg. Da ist die Welt, die nach vorne tritt und sich zeigt, wie sie ist. Einer der seltenen, beängstigenden Momente, in denen das Leben enttarnt ist, wo sich die Wahrheit hinter der glühenden Sonne zeigt, plötzlich klar zu sehen ist, dir in die Augen schaut, dich niederknüppelt. Du hast es schon immer gewusst. Die Welt ist leer. Du bist auf dich allein gestellt.

IM BETT

Juli: Wieso sagst du nichts?
Saskia: Ich hab doch gerade Gute Nacht gesagt.
Juli: Warum drehst du dich weg?
Saskia: Damit ich endlich mal ein bisschen schlafen kann.
Juli: Wieso redest du verdammt noch mal nicht mit mir? Wo bist du in deinen Gedanken?
Saskia: …
Juli: Gut, dass du hier keine Nachrichten verschicken kannst, stimmt's?
Saskia: Juli.
Juli: Unglaublich, du weißt meinen Namen noch.
Saskia: Hey!
Juli: Gruselig, dass du mich mit meinem richtigen Namen ansprichst.
Saskia: Wird nicht mehr vorkommen.
Juli: Jetzt wach endlich mal aus deinem Koma auf.
Saskia: Ich finde schon eine Möglichkeit, wie Saul …
Juli: … hier wegkommt? Tatsächlich?
Saskia: Ja.
Juli: Nein, kann nicht sein. Dann würde es ja eine Minute mal nicht um dich gehen.

Saskia: Wie meinst du das?
Juli: Du kümmerst dich immer zuerst um dich.
Saskia: Du brauchst mich doch eh nicht.
Juli: Ich muss mir ja schließlich zu helfen wissen.
Saskia: Du hast mich nie gebraucht. Seit Saul da ist, ist für dich doch alles in Butter.
Juli: Jetzt mach aber mal halblang.
Saskia: Du und das Kind – das war der Plan. Ich war doch nur dein Mittel zum Zweck. Wenn überhaupt.
Juli: Was redest du denn da?
Saskia: Ich war dir doch nur im Weg. Ich mit meinen vielen Ängsten.
Juli: Wie kommst du denn auf diese Idee?
Saskia: Dann ist es bestimmt auch meine Schuld, dass wir auf dieser beschissenen Insel sind?
Juli: Unglaublich! Und wieder geht es nur um dich.
Saskia: Was soll ich denn deiner Meinung nach tun?
Juli: Anscheinend glaubst du, dass nur du dich verloren gefühlt hast, oder? Als hätte ich mir nicht gewünscht, dass du für mich da bist. Und zwar nicht mit Smoothies oder Kissen oder deiner Überfürsorge, sondern einfach als du selbst, und nicht nur eine Hälfte von dir.
Saskia: Und du hast einfach nichts gesehen.
Juli: Für so was hab ich wirklich keinen Nerv.
Saskia: Du hast mich nie was gefragt, hast immer bloß dein Ding gemacht.
Juli: Ich war völlig erschöpft, als ich hier angekommen bin. Ich hatte auch Recht auf Urlaub.
Saskia: Als wäre ich gar nicht da.
Juli: In der Tat. Deine Scheißangst, immer die gleiche Leier, dass

wir beide zwei getrennte Einheiten sind, hast du jetzt so oft wiederholt, dass sie – oh Wunder – wahr geworden ist. Herzlichen Glückwunsch!
Saskia: Was erwartest du denn von mir?
Juli: Du läufst nur immer weiter von mir weg.
Saskia: Es ist dieser Ort … Nicht nur, natürlich, klar. Aber, aber, aber … Sie behaupten …
Juli: Jaja, stammele nur vor dich hin. Oder frag mich, wann wir nach Alaska fahren.

DIE VIERZIGSTE NACHT AUF DER INSEL, TEIL I

Während Juli schläft oder so tut, als ob, bin ich aus dem Bett geschlüpft. Draußen umhergestreift. Die pechschwarze Nacht lässt mich schaudern. In der Dunkelheit schärft sich mein Instinkt an der Angst, mein Verstand geht bis an seine Grenzen, um durchzuhalten. Ich schaffe es, mich bis zum Obstgarten vorzutasten. Dann hat der allerletzte Widerstand meinen Körper verlassen. Ich bleibe sitzen, bis mir die Knochen im Leib zittern.

Der Lichtstrahl aus dem schmalen Gang fällt ins Schlafzimmer. Ich betrete es in einer Dunstwolke aus Gestank. Saul war dabei gewesen, fünf Würstchen, einen Berg Bohnen und fünf Scheiben Brot, ihm aufgetischt und mit Gift versetzt von Molly, zu essen. Ich habe ihn aufgehalten. Sie würde ihn am liebsten aufessen oder in den Bauch zurückstecken. In den alten griechischen Mythen machen die Götter das mit ihren Kindern.

Rascheln in Sauls Bett. Finger erscheinen über dem Gitter. Ich wate durch eine dunkle Giftwolke.

Hab Vertrauen, nagt der Holzwurm in der Wand, er weiß, dass noch genügend Holz für morgen und übermorgen da sein wird. Dann stürzt das Haus zwar ein, doch er kann sich immer noch das Bäuchlein rundfressen. Wir können nirgends hin.

Ich stehe an Sauls Bett. Er ist aufgewacht und reckt seine Händchen empor. Ich schwinge die Beine über das Gitter und lege mich neben ihn. Lege meine Hand auf seine kalte Stirn. Das Fieber ist weg. Gemeinsam schauen wir in die unergründliche Dunkelheit über uns, über der Zimmerdecke, über den Baumwipfeln, über den erloschenen Sternen. Unter uns wiegt die Insel hin und her. Schaukelt auf dem Ozean.

Sanft summe ich Tonleitern. Ich singe leise. Ich werde weitersingen, um das Ende der Dinge für eine Weile auf Distanz zu halten. Saul gluckst, er hört mich. Für eine Sekunde fällt eine Last von mir ab. Für Eltern ist es das Höchste, was man erreichen kann: sein Kind zum Lachen bringen. Das ist wie Betrunkensein – man will den Zustand so lange wie möglich andauern lassen, den Rausch genießen. Ich singe weiter, eine kleine Melodie.

Wir müssen einander helfen, auch wenn ungewiss ist, was mit uns geschehen wird, falls wir je wieder in die bewohnte Welt zurückkehren werden. Doch vorher müssen wir zusammenhalten, um hier wegzukommen. Sobald es hell wird, brechen wir auf. Wenn wir erst mal am Hafen sind, sehen wir weiter.

Eine ganze Weile liege ich da und lausche seiner Atmung, bis sie allmählich regelmäßiger wird, tiefer. Behutsam decke ich ihn zu.

Meine Betthälfte klamm und kalt. Spüre, wie die Unruhe in jeder Faser meines Körpers wuchert. Der Schlaf wird nicht mehr über mich kommen.

Bevor es Saul gab, lagen wir jeden Abend nebeneinander, unsere Geschichten zwischen uns. Sie waren mir das Liebste und Teuerste, diese Momente kurz vor dem Schlafengehen, so zusammen zu sein, uns langsam dem Schlaf hingeben, dem Lachen und Reden, das ins Gute Nacht übergeht, noch einen letzten Satz, ein Lachen, ein Kuss, ein Rücken.

Erinnerst du dich noch an Südafrika, Juli? Ich erwachte in dem

Hotel im Kolonialstil mit Marmorböden, aber du warst weg, ich wartete, bis du zurück sein würdest, stand dann aber auf, begann zu schreiben, doch du bliebst verschwunden. Den ganzen Tag. Die Leute von dem Literaturfestival erkundigten sich mit immer größerer Sorge nach dir, du hattest deine Eintrittskarten nicht abgeholt, dein reservierter Platz blieb bei jeder Veranstaltung leer. Doch ich machte mir keine Sorgen, weil ich wusste, du würdest wiederkommen. Du warst mit meinen Schuhen losgezogen. Ich hätte den Veranstaltern und Freunden und Kollegen zwar in hunderttausend Worten schildern können, wie groß unsere Liebe war, aber was hätte das für einen Unterschied gemacht? Diese Liebe war real, man musste sie nicht in Worte fassen. Gegen Abend kamst du anspaziert. Wir ließen die Organisatoren links liegen und gingen zu einer Grillfeier am Strand. Nichts passiert. Von ein paar Blasen an deinen Füßen mal abgesehen, weil die zu groß für meine Schuhe waren. Und du sagtest: Das kann man auch schon nicht in Worte fassen. Wir entwachsen allmählich der Sprache. Dann eben ohne die Rettungsweste der Wörter.

Schon vor Sauls Geburt haben wir versucht, ihn durch Worte groß zu machen. Wir hatten eine Liste aus neunzehn Namen, aber Vater Staat ließ uns nur drei für seinen Personalausweis auswählen. Maximal drei. Wir entschieden uns für drei größenwahnsinnige Namen, von drei Nobelpreisträgern, damit unser Junge sonst nichts weiter zu tun brauchte, als diese Namen zu tragen. Diese Namen sind nur ein Deckmantel.

Nach seiner Geburt sind weitere Namen und Beinamen dazugekommen, aber er steckt da nicht drin, er entkommt.

Du hast mal gesagt, du könntest nicht mehr einsam sein, seit es Saul gibt, weil er immer bei dir sei, auch wenn du ihn gerade nicht siehst. Hinter dem Fenster des Liebeszimmers, irgendwo da draußen grasen die Worte träge auf der Weide, sie können nicht zu euch gelangen. Er umfasst all deine Gedanken mit seiner Existenz.

Zu seiner Geburt bekamen wir beide denselben neuen Namen. Einen Namen, so immens wie das neue Leben. Eine Unterschrift von dir als leiblicher Mutter war für das fortschrittliche Gesetz genug, um mich zur Mutter zu katapultieren. Du schienst keine Sekunde zu zögern. Ich war auf einmal Mutter, schwarz auf weiß. Ziemlich symbolträchtig für jemanden mit Mutterkomplexen von hier bis Belgien.

Doch das Wort allein machte mich nicht wie von Zauberhand zur Mutter. Ich hatte keine Ahnung, was ich zu tun hatte. Ich glaubte all die Zeit über, du wüsstest es. Du hattest neun Monate lang mit deinem Körper einen neuen Körper entstehen lassen, ein neues Glied. Du und ich, wir waren zu zweit, zwei Beine. Ab der Geburt würdest du dann schon wissen, wie wir auf drei Beinen gehen sollten. Natürlich.

Wie gehen wir weiter? Wie geht es weiter? Wo stehen wir? Die Zukunft scheint ein unzugängliches Gebiet in dieser Nacht. Wir sitzen fest.

We will be a happy family forever, rufen jetzt irgendwo Kinder unter den abgenutzten Holzdielen. Das Blut gefriert mir in den Adern. Ob wir es schaffen?

Ich träume von einem Später, von einem alten Paar, das im Bett liegt und immer noch das Gekicher des kleinen Jungen mit den großen Ohren unter dem Bett hört, der sich dort versteckte, die Teller, die durch die Küche fliegen, die Spuren, überall Spuren dieses kleinen Jungen, der da war und der längst erwachsen ist und sie spontan besuchen kommt.

Unter unseren Körpern fließt das Wasser, in ihnen fließen

Atome. Unsere Körper nebeneinander. Beide so rastlos. Wir müssen oben bleiben. Ich will etwas erzählen.

• • •

Tastend fahre ich über die Stelle neben mir. Der Platz ist leer. Oder täusche ich mich? Ist da ein Schatten, den das Dunkel ausgebrütet hat?

Während sich alles in mir mit Unglauben füllt, fällt ein Lichtstrahl herein, eine Silhouette tritt hervor, erscheint neben dem Bett.

Wie eine Fledermaus, in einem Laken, einem luftigen Gewand, einem Operationshemd. Juli.

Ich schreie.

Schlaftrunken dreht sich alles in meinem Kopf. Ich schreie, wo sie gewesen sei. Sie ruft, dass Saul schläft. Das Gefühl, dass der Stöpsel aus dem Abfluss gezogen wurde, das Badewasser wird mit dem Kind und allem anderen verschwinden, diese Insel wird mit uns in einem unglaublichen Strudel untergehen.

Ein Baum rammt seine Faust in die Wand. Das Haus bebt in seinen Grundfesten.

Jemand reißt die Tür auf. Ein greller Lichtschein. Molly. Sie verlangt, dass wir ihr folgen.

DIE VIERZIGSTE NACHT AUF DER INSEL, TEIL II

»Was habt ihr eigentlich vor? Euch gegenseitig kaputt machen? Damit helft ihr Mini-Thor wirklich nicht. Ihr müsst euch zusammenraufen. Ihr habt so einen tollen Sohn! Seht zu, dass ihr wieder zueinander findet. Es darf keine Geheimnisse zwischen euch geben. Ich möchte euch etwas erzählen.

Ich weiß, dass du gewisse Gerüchte gehört hast, Saskia. Hört mir bitte einfach nur zu, ja? Es ist eine lange Geschichte, und alles hängt mit allem zusammen.

Ein Wald ist das, was zwischen den Bäumen ist. Auch eine Familie muss auf die eine oder andere Weise zusammenstehen. Die Dinge sind nie perfekt, oft sogar weit davon entfernt. Aber würdest du sie gegen eine andere Familie eintauschen, wenn du im Vornherein wüsstest, welche Sorgen dir deine Kinder machen werden?

Als ich sie unter dem Herzen trug, konnte ich ja nicht ahnen, dass zwei unserer Söhne so schrecklich aneinandergeraten würden. Trygve war völlig aus dem Lot, als Karl geboren wurde. Da war er schon vier. Und dann kam Thor hinterher. Haben wir Trygve damals zu wenig Aufmerksamkeit geschenkt? Musste er vielleicht zu schnell groß werden? Das denke ich oft. Hinterher kann man sich immer allerlei Theorien zusammenbrauen, aber wenn man in der Situation steckt, versucht man einfach das zu tun, was einem am besten erscheint.

Trygve hat immer versucht, die Liebe seiner Mutter für sich allein zu haben. Oh, das klingt jetzt, als würde ich ihn verurteilen. Das ist es, was Karl will, aber das kann ich nicht. Eine Mutter kann so was nicht. Trygve war Karl und Thor von Kindesbeinen an schlichtweg nicht gewachsen. Thor war ein richtiger Bulldozer mit einem Herzen aus Gold, Karl war eher der unbekümmerte Typ, der mit seiner charmanten Art schon seinen Weg finden würde. Zwei wilde, bärenstarke Jungs. Trygve versuchte, dem etwas entgegenzusetzen, aber immer wieder zog er den Kürzeren und klagte mir sein Leid. Opa Thor und ich ergriffen aber nie Partei.

Karl entdeckte, dass er auf Jungen steht, womit niemand auf der Insel ein Problem hatte, dachte ich. Auch Trygve nicht. Jedenfalls habe ich nie etwas davon mitbekommen. Nach Karls Coming-out blühte er regelrecht auf. Er blieb immer länger auf dem Festland und trieb seine Künstlerkarriere voran. Er reiste um die halbe Welt, war nur noch ein paar Monate pro Jahr auf der Insel.

Inzwischen hatte Trygve die Liebe seines Lebens kennengelernt. Laura war vor ihren tyrannischen Eltern geflohen, sie half uns hier einen Sommer lang bei der Feldarbeit. Auf einer Feier bei Janos war sie Trygve aufgefallen, und er sagte, noch bevor er ein Wort mit ihr gewechselt hatte: Die werde ich heiraten. Und so ist es auch gekommen. So scharf sieht er die Dinge. So unverstellt ist er.

Trygve und Laura wollten unbedingt Kinder, aber es klappte nicht. Zehn Jahre und etliche Geisterbeschwörungen später bekamen sie endlich einen Jungen: Ira. Alle waren verrückt nach diesem kleinen, blonden Gott. Karl besuchte seinen kleinen Neffen so gern. Wisst ihr, was Iras erstes Wort war? ›Karl.‹ Der Name hat bloß eine Silbe, deswegen war er leicht auszusprechen, versuchte ich Trygve zu erklären, aber er fand das furchtbar. Man konnte ihm ansehen, dass er sich wie ein Versager fühlte.

Karl war der positive, locker-flockige Mann in Iras jungem Leben. Auch äußerlich ähnelten sie sich sehr. Die beiden spielten so gerne zusammen – bis vor vier Jahren. Ich musste damals unerwartet Abschied nehmen von meinem geliebten Thor. Herzinfarkt. Für Trygve war das eine ganz schwere Zeit. Für alle Olsens natürlich. Die ganze Gemeinschaft suchte beieinander Trost. Karl kam direkt aus Basel auf die Insel zurück. Noch mehr als sonst verbrachten wir die Tage mit allen Olsen zusammen. Karl spielte mit Ira und den Zwillingen am Strand und in seiner Werkstatt, er munterte die Jungs auf.

Nach ein paar Monaten fing Ira wieder an, ins Bett zu machen. Da war er sieben. Trygve und Laura waren alarmiert, suchten nach einer Ursache. Es war vor allem Laura, die den Braten gerochen haben wollte. Ich vermute aber, Klein Ira pinkelte ins Bett, weil er zu viele Meeresalgen aß. Dann träumt man von Walen und wacht nachts in einer Lache auf.

Kinder reden, um sich die Welt untertan zu machen, und meistens einfach, weil sie etwas erreichen wollen, zum Beispiel einen Nachmittag zum Fischen mit dem Segelboot rausfahren zu dürfen. Ira durfte nicht mit, solange er nicht erzählte, weshalb er Albträume hatte und ins Bett machte. Nach langem Drängen und vielen Fragen erzählte Ira Trygve etwas von seinem kleinen Geheimnis mit *uncle* Karl. Karl hat Ira öfter mal Süßigkeiten zugesteckt, was er als ihr kleines Geheimnis bezeichnete. Aber Laura sieht rot, wenn ihr Süßigkeiten unterkommen. Das habe ich ein paar Mal miterlebt.

Laura hat Ira eine Menge Fragen gestellt, aus denen hervorging, dass er – ihrer Ansicht nach – vielleicht doch mehr über Sex wusste, als für sein Alter normal war. Sie hat ihn einem Kreuzverhör unterzogen und ihm Antworten entlockt. Mit besten Absichten … Aber als Laura von Trygve verlangte, dass er dieselben Schlüsse daraus zog wie sie, brach die Hölle los.

Karl würde jetzt bestimmt wieder sagen, dass ich Trygve verteidige, aber kann ich als Mutter denn behaupten, dass mein ältester, labiler Sohn schlecht und Karl gut ist? Die eigenen Kinder sind nicht gut oder schlecht, sie sind deine Kinder. Der eine ist nicht besser oder schlechter als der andere.

Vier Monate nach dem Tod meines Mannes haben Laura und Trygve Karl der Pädophilie bezichtigt. Das eine Wort reichte völlig. Eine Bombe.

Die Community glaubte nicht, dass die Vorwürfe stimmten. Sie kennen Karl und Trygve schon ihr ganzes Leben. Es gibt hier auch Leute, die finden, ein Erwachsener könne einem Kind durchaus das eine oder andere in Sachen Sex beibringen. Für die war es also nicht einmal etwas Verwerfliches, aber sie glaubten es trotzdem nicht. Janos hat sich als Erster schützend vor Karl gestellt und für ihn die Hand ins Feuer gelegt. Er hatte Karl und Ira oft gemeinsam am Strand beim Spielen gesehen, ohne dass die ihn bei seinen Meditationsübungen hinter einem Felsen bemerkt hatten. Immer mehr Leute meldeten sich zu Wort. Auf einer Insel ist man nie allein.

Karl hat es versucht. Er hat versucht, sich mit seinem Bruder auszusöhnen, Janos hat zwischen den beiden vermittelt, wollte beide an einen Tisch bringen. Leider vergebens. Die Wahrscheinlichkeit, dass es jemals zu irgendeiner Form der Versöhnung kommt, wird von Tag zu Tag geringer. Ira geht seit Jahren auf dem Festland in Therapie. Die Zwillinge dürfen nicht mit Ira darüber sprechen, auch nicht über *uncle* Karl. So lautet die Abmachung. Ich urteile nicht, ich bin eine Olsen, aber für die Kinder ist das alles andere als ideal.

Ich kann nicht sagen, dass ich Trygve nicht mehr sehen möchte, was Karl wiederum falsch findet. Er hält mich für viel zu tolerant gegenüber Intoleranten, ich würde alle mit dem Mantel der Liebe ersticken. Karl will urteilen. Trygve ebenfalls, denn der glaubt noch immer, dass Karl bei seinem Sohn gewisse Grenzen überschritten hat. Ich will keine Urteile, ich will Liebe. Für jeden gleich viel.

Karl hatte uns gebeten, in dieser ganzen schlimmen Angelegenheit Stillschweigen zu bewahren. Er wollte das Wort nicht hören, kann es noch immer nicht, weil es ihn schon zu sehr belastet hat und gefangen hält. So ein böser Geist verflüchtigt sich nicht durch eine Befreiung oder irgendein anderes Ritual. Dämonen leben immer in der Gegenwart. Karl hat das Gefühl, sein Dämon laufe neben ihm her, wenn er auf der Insel ist. Dass die Insel zu klein für ihn und seinen Schatten sei, er falle fast herunter.

Natürlich ist Trygve zu Ohren gekommen, dass Karl jetzt ein Kind hat. Ich habe sie eingeladen, uns doch mal zu besuchen, aber das haben sie abgelehnt, obwohl ich glaube, dass Trygve manchmal da war, um zu beobachten.

Ergibt es eigentlich Sinn, dass ich euch das alles erzähle? Das ist wie ein Loch wegschneiden, finde ich manchmal. Davon wird es nur größer. Aber mir fehlt meine Familie so, und dieses Gefühl dann mit jemandem zu teilen, heißt manchmal schon, es halbwegs loszulassen. Mir fehlt nicht nur das Zuhause, das ich mit meinem Thor hatte, sondern auch das Zuhause, das wir an unsere Söhne weitergegeben hatten. Ich komme einfach nicht drauf, was ich falsch gemacht habe, dass das alles so aus dem Ruder laufen konnte.

Ihr sollt wissen, dass ich euch sehr dankbar bin. Wegen Mini-Thor natürlich. Aber begreift ihr, wie wichtig eure Bitte für Karl war, was es für ihn bedeutete? Eine Art Wiedergutmachung. Und jetzt, jetzt habe ich Angst, dass ich das Falsche sage, dass ihr jetzt wütend seid auf Karl oder auf mich.

Wenn du Mutter wirst, weißt du nicht, was dich erwartet. Für mich ist ein Albtraum wahr geworden: Meine Kinder kommen nicht miteinander aus. Als würden zwei Arme miteinander kämpfen, sich gegenseitig das Leben schwer machen. Und genau an dieser Stelle beginnt meine eigene Geschichte. Die Geschichte einer Mutter geht aus der Geschichte ihrer Kinder hervor. Ich wusste selbst nicht, wie weit eine Mutter gehen kann.

Seit dem Streit meiner Söhne fühlte ich mich nicht mehr zu Hause in unserem Haus, dem Haus, das mein lieber schweigsamer Mann gebaut hatte, das Haus, in dem die Jungen aufgewachsen sind. Ich fragte mich, was noch zu retten sein würde. Eines Morgens saß ich gerade im Rosengarten und schrieb in mein Tagebuch, als ich Flammen unter meinen Fingern auflodern und wieder verschwinden sah: Geister. Sie brachten mich auf eine Idee. Im Rückblick war es eine wahnwitzige Idee.

Opa Thor war knapp sechs Monate zuvor gestorben. Wir wollten ein Gedenkritual mit allen Olsens abhalten. Alle, wirklich jeder der Olsen-Community, würde daran teilnehmen. Das war zumindest der Plan. Und ich wollte das Meine tun, damit der Plan aufging. Karl war bereits vom Festland herübergekommen, er wohnte für die Dauer seines Aufenthalts bei mir. Papa Thor war ebenfalls da, er übernachtete mit den Zwillingen in der Werkstatt. Ich hatte vor, Trygve aus dem Wald herauszulocken. Ich würde meine Söhne wieder zusammenbringen, damit sie sich aussprechen konnten, dachte ich. Aber es kam anders.

Ich war's. Ich habe unser Haus angezündet. Ihr mögt jetzt denken, das wäre komplett irrsinnig, ein brennendes Holzscheit aufs Sofa zu legen und abzuwarten. In der Liebe und in der Trauer überschreitet man so einige Grenzen, und man kann nicht mal einschätzen, ob es etwas bringen wird oder nicht. Trotzdem will man nichts unversucht lassen. Ich weiß natürlich auch, dass ich manchmal maßlos bin. Aber ist Maßlosigkeit etwas Schlechtes, wenn es um Liebe geht?

Karl entdeckte das Feuer schnell. Tammy schlug Alarm. Trygve kam direkt hergefahren, mit heulender Sirene. Er sah, wie sein Bruder in der Küche feuchte Tücher über die Holzmöbel legte und so den Brand im Handumdrehen löschte. Jungen, die auf einer Insel aufwachsen, werden mit allem fertig. Wie hatte ich das vergessen können? Trygve sah seinen Bruder, ihre Blicke kreuzten sich, Trygve sah die Spuren, die feuchten Lappen, die den Flammen den Sauerstoff genommen hatten, den Ruß, das Ende. Er wurde bloß noch wütender, dass er nicht einmal helfen konnte, dass Karl ihn auch noch mit seinem Feuerwehrauto lächerlich machte. Vollkommen erniedrigt machte er kehrt.

Es war einmal ...«, sagt Molly, »das Ende eines Märchens. Das verwüstete Haus war sich selbst überlassen, leckte seine Wände sauber, aber egal, wie sehr es sich auch bemühte: Das Schwarz blieb. Zutiefst verletzt, weil ich nicht für ihn Partei ergriff, verließ Karl vor vier Jahren endgültig die Insel. Bis ihr beide ihn mir für einen kurzen Augenblick wiedergebracht habt.«

Der Wind drückt von außen gegen das Haus. Das Gebälk ächzt und stöhnt über unseren Häuptern. Kalt wie Fische sitzen wir am Tisch. Julis Lippen sind grau, sie zittert.

»Was die Zukunft bringen wird?«, sinniert Molly. »Unser Wohnhaus, unser Stück Land, was damit geschehen wird? Wenn nach

Opa Thor auch ich nicht mehr da sein werde, werdet ihr es höchstwahrscheinlich abreißen. Hoffentlich, um das Zedernholz wiederzuverwenden. Und der Obstgarten? Hundertfünfzig Bäume, mühselig gerodetes Land, schubkarrenweise haben wir alle zusammen Algen auf den sandigen Boden gestreut, der Obstgarten, der uns so viele Früchte geschenkt hat. Opa Thor und ich sind vor allem dankbar, dass wir in diesem Garten all die Jahre so viel ernten konnten. Es hat Zeiten gegeben, da kamen andere Familien her, wir ernteten die Bäume gemeinsam ab, und sie nahmen an die vierzig Kilo Pflaumen zum Einmachen mit nach Hause. Wir haben ein großes Fest veranstaltet. Die Hunde fraßen alle Pflaumen vom Boden auf und furzten tagelang. Heutzutage tun Eltern und Kinder so etwas nicht mehr. Alles verändert sich, die Eltern von heute müssen nicht die von gestern sein. Der Obstgarten entwickelt sich mit uns weiter, mit mir, ich bin zu alt, um mich noch darum zu kümmern, so ist das Leben nun mal. Wir werden hier füreinander sorgen, die Zwillinge und ich, die Übriggebliebenen, zusammen mit euch.«

Plötzlich fängt Saul an zu kreischen. Er hat wahrscheinlich durch seine Träume hindurch gemerkt, dass der Faden von Mollys Monolog abgerissen ist. Wie ein einziger Körper stehen Juli und ich jetzt auf.

Liebster Karl,

bevor ich ein Kind hatte, war ich mir absolut sicher, dass es mit der Welt gut ausgehen würde. Seit ich ein Kind habe, bin ich mir nicht mehr so sicher. Mit einem Kind weiß man, wie es an einem Küchentisch zu richtigen Grabenkämpfen kommen kann, wegen einer Scheibe Butterbrot, wegen einer zu laut zugeschlagenen Tür und der dahintersteckenden Absicht, wegen Telefonrechnungen, wegen spurlos verschwundenem Geld.

Viel braucht es nicht, das alles ausarten zu lassen. Das weißt du besser als jeder andere.

Es ist so still, derartig still, dass ich mein Blut durch die Adern rauschen höre. Draußen wartet die Dunkelheit. Ich bin in der Schreibhütte. Zum letzten Mal. Deine Mutter hat uns alles erzählt. Juli möchte eine Weile mit ihren Gedanken alleine sein.

Ich kann nur noch eines denken: weg, weg, weg von hier mit Saul. Wegen ihm, aber auch, um die Geschichten hinter uns zu lassen. Ich habe sie gehört, will sie aber zurückgeben. Es sind nicht unsere, und erst recht nicht deine. Jetzt verstehe ich auch, weshalb du dich geweigert hast, auch nur ein Wort zu sagen. Eine solche Anschuldigung ist ansteckend. Das lila Gespenst, das es nicht gibt.

Deine Mutter möchte uns hierbehalten, aber das geht nicht.

Mutter. Mama. Dieses eine Wort. Reserviert. Wie verletzlich man plötzlich ist, sobald man diesen Titel trägt. Mich darf zwar jeder ansprechen, mich feiern oder angreifen, und ich kann tun, als hörte oder merkte ich nichts, kann es abstreiten, wegschauen, aber es gibt auf der Welt nur ein einziges Wesen, das mich mit Fug und Recht Mama nennen darf. Saul darf sogar zwei so nennen.

Inzwischen traue ich mich zu sagen, dass ich eine Mutter, eine Mama bin. Nicht als Titel oder Auszeichnung, sondern als eine Tatsache. Ich habe kein Kind gezeugt, nicht ich habe das Kind, das Kind hat mich. Das ist die richtige Richtung. So fühlt es sich echt und wahr an, Karl. Zu wissen, dass es nichts, aber auch gar nichts mit Pflicht zu tun hat. Als Saul gerade geboren war, war ich voller Stolz. Dieser Stolz entsprach der Begeisterung des Kindes, das in die Fußstapfen seiner Eltern tritt. »Seht her, ich mache es wie ihr.« Ich hoffte, meine Eltern würden stolz auf mich sein. Als sie dann am zweiten Tag nach Sauls Geburt zu Besuch kamen, war es, als hätte die Pflicht auf dem Stuhl neben ihnen Platz genommen.

Ich zeige nicht einmal Dankbarkeit für alle Zugeständnisse, die meine Eltern gemacht haben, wie sie sich verbiegen, um mir entgegenzukommen; bis hin zu dem Punkt, an dem das Metall, aus dem sie gemacht sind, Ermüdungserscheinungen zeigt. Bricht.

Eltern müssen über sich selbst hinauswachsen, Kinder müssen sie selbst werden. Jeder klettert die Generationenleiter hinunter. So sehe ich das.

Gibt es das, ein gescheitertes oder gelungenes Kind? Nein. Und welche Mutter ist schon perfekt? Die Mutter, die eifrig alle verrückten Wortschöpfungen ihrer Kinder notiert hat? Die Mutter, die auf dieselben Konzerte wie ihre Kinder geht? Die Mutter, die um jeden Preis ihrer Intuition folgt? Die Mutter aus dem Lehrbuch?

Das Muttchen? Die Glucke? Die Löwenmutter? Die Mutter, die sieht, dass ihre erwachsenen Kinder glücklich sind, und sich nicht an ihren eigenen enttäuschten Hoffnungen aufhält? Die Mutter, die ihre Träume hintangestellt hat für … ja, für was eigentlich?

Hier bin ich. Habe nicht die Seite gewechselt, bin nicht auf der Suche nach irgendeiner glorreichen Einsicht über eine Mauer geklettert. Nein. Der Zweifel ist ein Teil von mir. So unterwegs zu sein wirkt befreiend. Das hätte ich vorher nie gedacht. Es geht nicht um alles oder nichts, nicht um jetzt oder nie, man hat als Eltern nicht nur diese eine Chance, die man vermasselt und dann ist Schluss. Man hat Milliarden von Chancen. Was für eine Verantwortung, was für eine beängstigende Menge an Macht. Welch Freiheit, sich trotzdem mit Hinfallen und Aufstehen oder mühelos und leichtfüßig auf dieses Abenteuer einzulassen. Ich stehe mit leeren Händen da, ich weiß nichts.

Das zu wissen macht mich stark. Am Anfang war ich so unsicher, dass ich regelrecht verbissen war, als müsste ich mich mal eben als Babysitter um das Kind einer Freundin kümmern. Hauptsache, dem Kind passiert nichts. Die Zeit fügt uns mehr und mehr zusammen, Saul und mich, und macht aus mir eine Mama. Die Körnchen in der Sanduhr bestehen aus Zeit und Anwesenheit. Das sind die Zutaten der Elternschaft. Eine leibliche Mutter oder ein Vater, die beziehungsweise der nach einem ganzen Leben plötzlich auftauchen und schluchzen: »Hier bin ich, ich habe mein Leben lang an dich gedacht«? So ein Unsinn.

Worte können die körperliche Anwesenheit einer Person, mit der man Zeit verbringt, nicht ersetzen. Über all diese Umwege komme ich jetzt zu dir, liebster Karl. Um dir zu sagen, dass ich es endlich verstehe. Ich habe dir eine Menge aufgebürdet, zu viel von dir verlangt. Es scheint, als könne ich nicht anders, als sei das Teil meiner DNA, ein unstillbares Verlangen nach mehr mehr mehr. Dass du dich bereit erklärt hast, unser Samenspender zu sein, genügte offenbar nicht. Ich ging einfach davon aus, dass du mehr sein wolltest. Ein Papa, der seinen Sohn mit einer Extraportion Liebe ansieht und seine freien Augenblicke mit ihm verbringt, der nachts aufwacht und sich ein Video von dem Kleinen ansieht. Ich war überzeugt davon, dass es nicht bei der Samenspende bleiben würde, weil das Kind doch zur Hälfte aus deinem Erbgut besteht. Das hätte mir auch sehr gut in den Kram gepasst. Gemütlich danebenstehen und euch dabei zusehen, wie ihr den Kleinen unter eure Fittiche nehmt.

Aber du hast dich verweigert. Aus diversen Gründen. Die ich jetzt besser denn je verstehe. Du hast versucht, es mir zu sagen, als du von hier fortgingst: Auch du bist unterwegs. Wirst schon sehen.

Als hätte ich ein Leben lang voller Ungeduld auf etwas gewartet, bin ich rastlos hin und her gelaufen, habe Bücher gewälzt und welche geschrieben, um meine innere Unruhe in den Griff zu kriegen und die Gedanken anderer liebevoll zu umarmen und zu denken, genau das ist es, was ich mit ganzer Seele liebe. Ich weiß nicht, was geschehen wird, aber ich öffne sämtliche Türen. Endlich. Auch für dich, Karl.

Ohne Vertrauen sind wir nichts, Karl. So kann ich nicht mit Gewissheit sagen, ob Juli insgeheim wirklich keine Sekunde an dir gezweifelt hat. Ich schon, ganz kurz. Bist du mir jetzt böse? Das darf dann sein und durch dich hindurchziehen. Man muss nicht alles teilen oder aussprechen, glaube ich. Etwas kurz zusammen da sein lassen und weitergehen. Ich höre dich jetzt schon verächtlich schnauben: Na, das passt dir ja wieder gut in den Kram.

Es macht mir keine Angst mehr. Wir können jede Richtung einschlagen. Nein, nicht jede. Aber Saul schon, wenn wir ihm den Kompass nicht versauen.

So, wie wir uns kennen, im Wellenschlag von Frage und Antwort, ist jetzt auch der Moment für eine Art Abschied gekommen. Oder besser gesagt für einen Punkt. Für eine neue Zeile in unserer Geschichte.

Diese Reise war notwendig. Nutzlos und notwendig. Und jetzt muss sie zu Ende gehen. Wir sehen uns wieder.

Für immer,

S

IM BETT

Saskia: Und jetzt?
Juli: Halt mich fest.
Saskia: Hab ich dir je gesagt, wie froh ich bin, dass Saul dir ähnlich ist? Du schimmerst in so vielen seiner kleinen Gesten durch, seiner grobmotorischen Art, nach etwas zu greifen, wie er den Kopf schräg hält, wenn er über etwas nachdenkt.
Juli: Das ist erlerntes Verhalten.
Saskia: Das glaube ich nicht. Aber ich finde es klasse.
Juli: Ich will dich in Saul sehen. Ich sehe keinen Olsen in ihm, weil ich dich in ihm sehen will.
Saskia: Du meinst seine Zunge?
Juli: Hör auf damit, dich so runterzumachen.
Saskia: Zum Glück kriegen Saul keine zehn Pferde wach. Er ist schon der Bravste auf der ganzen weiten Welt.
Juli: In den ersten Monaten hatte ich Angst, dass wir ein ultrabraves, aber auch todlangweiliges Kind haben. Manchmal lag er ja einfach in seiner Wiege, ohne einen Laut von sich zu geben. Er war schon zufrieden, wenn er einen einzelnen Sonnenstrahl betrachten konnte. Und als er endlich selbständig sitzen konnte, war seine Lieblingsbeschäftigung, eine Staubflocke vom Boden zu pflücken.

Saskia: Er wollte uns damit bloß sagen, dass es langsam wieder an der Zeit für eine Putzfrau ist.
Juli: Mein Gott, wie langweilig. Wie lange dauert das, hab ich mich gefragt.
Saskia: Hätte ich nicht von dir gedacht.
Juli: Du hast echt nicht alles Recht auf Unsicherheit für dich gepachtet. Als wüsste ich von Natur aus, wie man eine gute, hingebungsvolle Mutter ist. Als fände ich jede seiner Rotzglocken ein Wunder, als wüsste ich, was eine Mama ist, oder ein Papa oder –
Saskia: Ich fühlte mich wirklich überflüssiger als ein Papa.
Juli: Das warst du auch. Und ich musste Saul alles geben.
Saskia: Und selbst kaum etwas zurückbekommen, höchstens mal ein Lachen, einen dankbaren Blick. Aber du hast es ohne mit der Wimper zu zucken getan.
Juli: In der Wirtschaft nennt man das investieren.
Saskia: Und jetzt müssen wir dringend mit unserer Investition von hier fort.
Juli: An einen sicheren Ort.

Wir fallen übereinander her und Juli rollt mich auf den Rücken und presst mich in die Matratze und dringt in mich ein, und Juli sagt, jetzt kann ich dich hören, jetzt stöhnst du, was, jetzt bist du hier, dahinter, und ich schnappe sie mir und beiße und küsse sie überall, bis wir einen gemeinsamen Rhythmus finden, und wir sind zusammen und wir vögeln mit aller Zeit und aller Gewalt und schließlich allem Genuss der Welt, und wir liegen engumschlungen, und sie sagt, du bist so weit abgetaucht, du musst schon mit mir reden, und ich nicke und liebe sie, und dann schmeißt sie das zarte Bauwerk wieder um, indem sie sagt, der hat alles mitbekommen, und sie deutet auf einen Vogel, der mürrisch von der Fensterbank aus hereinglotzt, und wir lachen, und ich sage plötzlich, ich habe Angst, bleib bei mir, und Juli schließt mich in ihre Arme und sagt, du bist gefangen, und ich sage, es tut mir leid so leid so leid.

DIE SECHSTE WOCHE AUF DER INSEL, TEIL V

Die überarbeitete Sonne ist gerade erst aufgegangen. Tautropfen fallen von ihrer kranken Zunge auf Felder und Bäume herab. Saul und ich sitzen auf den Holzstufen zur Schreibhütte. Wir spielen. Wir tun so, als ob, ich beschäftige ihn, während Juli versucht, Molly klarzumachen, dass auch sie für Sauls Wohlergehen verantwortlich ist.

»Du kannst sprechen«, sage ich. Und das stimmt. Er spricht Worte aus, ich muss nur noch lernen, sie zu verstehen. Seine Zunge ist dick und schwarz umrandet. Das Fieber bahnt sich seinen Weg.

»Gegeh su«, sagt er. Ich antworte. Aber ich kann ihm sein Fieber nicht abnehmen.

»Du und ich, mein Junge«, sage ich. »Mama Juli sucht gerade ein Schiff für uns. Alles wird gut. Deine Zunge wird besser. Mama Saskia ist hier.«

Vor fünf Wochen stand der Sommer noch in voller Pracht. Jetzt liegt grauer Nebel über dem Wasser.

»Ma na gi na«, sagt Saul.

Mit seinen molligen Fingern friemelt er an der Puppe herum. Ihr Arm wurde amputiert, die Nähte mit groben Stichen zugenäht.

»Du darfst sie halten«, sage ich. Ich rede die ganze Zeit mit ihm und hoffe, dass Juli bald zurückkommen wird. »Halt sie richtig gut fest, ja? Du darfst sie nachher mit ins Bettchen nehmen, aber erst duschen wir.«

»Wo sa«, sagt Saul. Er spricht deutlich, seine geschwollene Zunge bewegt sich mit. Er spricht wirklich.

Er sagt etwas.

Er sagt wirklich etwas.

»Duschen«, wiederhole ich.

»Wo sa«, sagt er wieder.

Wasser. Die Eile der Tröpfchen, die einander in rasendem Tempo folgen.

Die runden Kugeln kullern aus seinem Mund, er spricht das Wort aus.

Ist das jetzt sein erstes richtiges Wort, nach »Mama«?

Oder steckt unter dem allerersten noch eines und noch eines?

Er spricht, er spricht, er verwendet das Wort. Er macht Fortschritte. Es geht voran.

»Ja«, sage ich, »Wasser. Wasser finden wir toll, stimmt's?«

Duschen ist Sauls Lieblingsbeschäftigung. Das bedeutet: Zuschauen, wie ich dusche, hier draußen hinter der Schreibhütte. Ich gebe ihm ein Handtuch, das er um sich wickelt. Ich ziehe mich aus und knie mich zu ihm, lege meine Arme um seinen plumpen Kinderleib. Er betrachtet meine Nacktheit. Voller Überzeugung nickt er. Er lacht, drückt mit dem Finger auf meine Brustwarze, als würde er anklingeln. Das macht etwas mit mir, etwas Großartiges, das mich ganz beseelt und erfüllt. Es kommt zu mir, Saul reicht es mir, er gibt es mir, er spricht es über meinen Mund aus.

»Du bist mein Sohn«, sage ich.

Er legt sich auf die Erde, zieht das Handtuch über sich.

»Du bist mein Sohn«, sage ich, »für immer.«

»Maa mau«, nickt er mir zu.

»Mama«, sagt er und schaut mich dabei aus Augen wie Feuerstein an. Das ist ein Befehl. Er sieht zu dem dampfenden Wasserstrahl, es ist ein kühler Morgen.

»Mama, Wasser.« Er sagt es tatsächlich.

»Lass uns duschen, mein Junge«, sage ich, ein Handtuch um meinen zugerichteten Körper. Wäre Juli doch nur hier.

»Mama«, sagt er. »Wasser.«

In einem Baumwipfel, als Kind, pfeifst du gegen den Wind an und du hörst, wie deine Mutter dich ruft. Sie vermisst mich, denkst du triumphierend, und bleibst, wo du bist, und es windet, und du antwortest nicht. Du bist frei. Sie ruft dich. Für einen kurzen Augenblick bist du von der Verantwortung freigestellt, auf die Liebe zu reagieren. Das wünsche ich dir, mein Kind, dass du uns gelegentlich ganz und gar loslassen kannst und spüren wirst: meins, meins, dieses Leben ist meins.

NOTIZBUCH FÜR SAUL

Lieber Saul, endlich schlüpfe ich aus der dritten Person, streife meine alte Haut ab. Ich will dir die Geschichte erzählen, die jedes Kind gerne hören möchte. Ich werde sie dir jedes Jahr erzählen, bis du sie auswendig kennst und sie vielleicht nicht mehr hören willst, bis du deine Mama einfach reden lässt.

Früh am Morgen fuhren deine Mama Juli und ich mit einem Koffer ins Krankenhaus. Wir wussten, dass unser Kind um acht Uhr fünfundzwanzig mithilfe eines Kaiserschnitts zur Welt kommen würde. Wir würden dich im Krankenhaus holen und nach knapp einer Woche mit dir nach Hause fahren, für immer verändert, mit einem Kind, auch wenn die Veränderung in Gänze erst im Laufe der nächsten achtzehn Jahre zu uns durchdringen würde, vermutete ich. Ich empfand noch immer nicht viel. Du warst ja noch im Bauch. Theorie.

Juli musste sich gleich bei unserer Ankunft auf ein Bett legen und wurde weggerollt. Wie ein alter Patriarch hielt ich im Wartebereich vor den OPs die Stellung. Selten habe ich mich überflüssiger gefühlt. Die ganze Zeit rutschte ich auf dem Plastikschalensitz hin und her, ständig war ich im Weg, auch wenn es an jenem Montagmorgen um halb acht ziemlich ruhig zuging. Ich werde nie vergessen, wie eine Mutter und ein Vater ihrem Kind, das in einem eisernen Gitterbett lag, Auf Wiedersehen sagten. Sie mussten vor der Operation Abschied nehmen, und es war nicht klar, ob er vorübergehend oder für immer war.

Ich sitze auf einer orangen Plastikschale und fotografiere mit meinem Telefon meine Schuhe, eine Nachricht an Freunde. Was schicke ich? Nichts von Belang, nur Worte, die mich selbst davon überzeugen sollen, dass es losgeht und in dem Raum hinter meinem Rücken meine Freundin liegt und weiß, dass ihr kleiner Sohn auf die Welt kommen wird, eine Tatsache, die ich offenbar immer noch nicht zu fassen scheine, da ich bloß dasitze und meine Schuhe fotografiere.

Eine Krankenschwester tippt mir auf die Schulter, nimmt mich mit. Ich denke an Vorbereitungen, komplizierte Sterilisationsmaßnahmen gegen Bakterien, werde aber einfach in den Operationssaal geschoben. Unter einem grünen Laken, das an verschiedenen Stellen Öffnungen hat, und weiß angestrahlt wie im Rampenlicht liegt meine Freundin, deine Mama. »Betäubt«, sagen sie, »örtlich betäubt.« Bevor wir einen Blick wechseln können, melden die anwesenden maskierten Menschen der Medizin, dass sie jetzt anfangen werden.

In einem exakt drei Minuten und zwanzig Sekunden dauernden Wirbelwind, die Länge eines Sommerhits, nach nur einem Skalpellschnitt und scheußlich viel Ruckeln und Zerren und Ziehen an deiner zartgliedrigen Mama.

Ich höre jemanden rufen: »Das machst du gut« und »Da ist er«, ich höre mich die Sätze wiederholen,

Das machst du gut, das machst du gut

und dann wird ein Etwas in die Höhe gehoben, ein Apfel, der

nach oben fällt, neues Leben, das aufblüht und einen kleinen Menschen in die Welt entlässt. Offiziell. Als sei er noch nicht da gewesen, im Keim des Fleisches, in seiner Mutter.

Bläulich-schimmernd wie ein Hühnchenfilet sieht er aus, als er der Länge nach und mit sanfter Gewalt aus dem Bauch seiner Mutter gezogen wird, denn die Natur leistet Widerstand, wir hören seine kleinen Schreie und halten sie für ein gutes Zeichen. Keine der Krankenschwestern sagt etwas.

Er liegt in den Armen unseres befreundeten Gynäkologen – wir möchten, dass er ein Freund ist, weil eine Freundschaft im Tausch für ein gesundes Kind ein fairer Deal ist –, schnappt nach Luft und erstarrt, sein Schnäbelchen klappt auf, um einen allerersten Atemzug hereinzulassen, die Luft eines kalten Operationssaales, er vergisst, die starre Sekunde in Stücke zu plärren. Keine der Schwestern sagt etwas, was, wie sich später herausstellt, ein Zeichen ist, dass es nichts zu sagen gibt, weil alles so verlaufen ist, wie es sich gehört.

Sein Schrei und wir, die wir uns gegenseitig beruhigen, dass alles gut ist, er ist da, er ist da.

Du bist da.

Deine Mama hat eine Glanzleistung abgeliefert und merkt es kaum. Ich stehe arbeitslos daneben, sehe zu und bin den Damen und Herren im Kreißsaal ausgeliefert. Juli zittert auf dem schmalen Operationstisch, die Kälte beißt sich in ihrem Kiefer fest, ihr Körper bleibt züchtig hinter einem Schirm verborgen, ich kann darüber hinwegspähen und sehe in eine Mulde aus Blut. Nach knapp neun Monaten, in denen du für mich nur eine Theorie in einem immer runder werdenden Bauch warst, bist du in diesem Moment in die weite Welt eingezogen. Du bist da, du bist überwältigend präsent, du bist zu groß für diesen kleinen, einfachen, in undefinierbarem Grün gehaltenen OP. Du musst hier weg. Zuvor drückt man dich noch rasch deiner auf dem Tisch liegenden Mutter an die Wange, ein nasser Stempel aus zähem Schleim. Ich stehe daneben, sehe zu, bin ganz perplex und lasse mir die Gelegenheit entgehen, die Nabelschnur durchzutrennen.

Man drückt mir einen kleinen Jungen in den Arm, dich, Saul, in diverse Lappen gewickelt, während deine Mama einsam auf dem Operationstisch zurückbleibt. Sie werden ihr den Bauch wieder zunähen. »Mit ganz feinen Stichen, damit du wieder einen Bikini tragen kannst«, hat ihr der befreundete Gynäkologe versichert. Der Junge und ich werden in einen Gang gelotst, ein langer, weißer Schlauch, in dem eine Menge los ist. Mit dem Baby im Arm laufe ich mitten durch ein Filmset, hinter weißen Plastikvorhängen werkeln Handwerker, es wundert mich, dass sich die Welt einfach weiterdreht, die Staubwolken sind so groß, als ginge ich mit dir durch den Smog Pekings, ich kann sogar das Dröhnen der Maschinen spüren, während ich mit der Verantwortung für einen kleinen Jungen, der gerade aus dem Bauch seiner Mutter geschlüpft ist, vorbeihusche, voller Angst, er könne mir aus den Armen gleiten wie ein Fisch im Todeskampf. Ich und du folgen einer Krankenschwester im grünen Kittel und ihren klappernden orthopädischen Schuhen, die für diesen Anlass bestens geeignet sind, in einem Mordstempo, nicht so schnell, Welt, ganz ruhig, seht ihr denn nicht, dass ich hier mit einem zerbrechlichen Baby herumlaufe, einem kleinen Kerl, den ich nicht kenne, der zu unserer großen Erleichterung eine von Geburt an atmende, funktionstüchtige Maschine ist, seht ihr das nicht, ich spaziere hier mit einem kleinen Jungen herum, habe ihn selbst noch nicht mal gesehen, alle zur Seite, mir wurde ein Sohn in die Hände gedrückt, also, Welt, wo ist die Fernbedienung, die Pausentaste, stopp, lass uns durch, Mama kommt gleich, kleiner Junge, lass uns gleich noch mal richtig von vorne anfangen. Immer wieder richtig von vorne anfangen.

Ich haste durch die Flure, den Blick auf die Schwester geheftet, der du und ich unser vollstes Vertrauen schenken, sie nimmt uns mit, eine attraktive Frau, die die Erfahrung von Generationen ausstrahlt, eine Frau, die bisher noch jede Schlacht gewonnen hat. Endlich kommen wir in einem warmen Zimmer zur Ruhe, eine Brutzelle, eine zimmergroße Gebärmutter, die Krankenschwester löst ihn behutsam aus meiner Umklammerung, ich merke, wie verkrampft ich das Paket vor mir hergetragen habe. Du wirst in dem grünen Zimmer auf eine Waage gelegt, bekommst eine Dosis Vitamine verabreicht, es ist das Erste, was du auf dieser Erde schmeckst, kleiner, außerirdischer Unterwasserjunge, komm zurück zu mir. Wieder im Trab hinter der Oberschwester her in ein Zimmer, ich mit meinem gekidnappten Sohn. »Deine Mama kommt gleich«, sage ich. Wir erhalten Anweisungen und ein Tragetuch. Werden allein gelassen.

Nackte Haut auf nackter Haut. Dein Körper an meinem. Du so unendlich nahe. Ich drücke dich an mich. Genau in dem Moment, Berührung, Atome am Rand austauschend, treffe ich eine Entscheidung, ganz nüchtern und klar: Hier bist du also, Saul, vier warme Buchstaben auf mir, es geht los, mein Junge, wir machen uns auf, ich werde für dich sorgen, mit dir werde ich die Welt ein zweites Mal sehen, durch andere Augen, kleiner Junge, der du die Welt anders für mich gestalten wirst und manchmal auf den Kopf stellen, was ich so viele Jahre für wahr hielt.

(Ich hätte diesen Moment festhalten sollen. In diesem Moment nicht der geringste Zweifel.)

Ich verabrede etwas mit dir, ganz bewusst: Ich übernehme die Mutterrolle, sage ich, und du spielst das Kind. So werden wir es machen, ich will, dass du dich frei durchs Leben bewegen kannst, ich werde dir nie im Weg stehen.

Eine Beziehung aus dem Nichts heraus beginnen, ohne dass unsere Körper das Geringste miteinander zu tun haben.

Unterdessen ist Mama Juli immer noch nicht bei dir gewesen.

Was tue ich während deiner allerersten Lebensstunde? Ich mache ein Selfie von uns, irgendwie dringt die historische Tragweite des Augenblicks doch zu mir durch, und dass er nie wiederkommen wird, es wird höchstens ein Echo dieses Moments sein, wenn ich mich Jahr um Jahr mit Saul vor dem Spiegel porträtiere. Gerade als ich abdrücke, ertappen uns die Krankenschwestern. Noch heute sehe ich ihre Gesichter vor mir, es ist, als fotografiere ich auch sie, diese Frauen, die ihren Anteil an so vielen Lebensanfängen haben, die so viel Intimität miterleben, anonyme Frauen, deren Gesichter man nicht vergisst. Sie bekommen weit größere Bedeutung, als sie sich und ihrer Arbeit beimessen. Ich lasse sie um uns herumflattern, nehme aber ihre Gesichtszüge, ihre Gesten in mir auf, bevor ich mich wieder Saul zuwende.

Wie in einer Liebesbeziehung ist seine Nähe zuerst ein Schock, die Echtheit seines Körpers, die niemand anders sieht, irgendwie erschütternd, dass er jetzt für sich alleine durch die Luft schwimmt und hilflos ist. Wir. Dass nach der ersten Stunde eine andere kommt, wenn deine Mama ins Zimmer gerollt wird, noch ganz schummrig von der Betäubung, und erst dann verstehe ich, dass ich diese vorübergehende Känguru-Position aufgeben muss. Ich habe dieses Kind nicht einmal auf die Welt gebracht, ich bin eine Art Entführer, genieße es für einen kurzen Augenblick, im Mittelpunkt der Aufmerksamkeit zu stehen, nur um das Kind dann mit Feuereifer bei seiner anderen Mama abzugeben. Eilig rollen die Frauen Essen und Trinken herein: Zwieback und Tee. Mit Unterstützung der Krankenschwester wird der Junge in seinen gläsernen Käfig gelegt, und dann an die Brust seiner Mama, dann wieder ab in den Glaskasten für sein Tagespensum Schlaf, zurück zu seiner Mama, hin und her, hin und her, der kleine Pendler. Du musst trinken oder es zumindest versuchen.

Ich sehe dir beim Schlafen zu: deine Hand unter dem sachten weichen Kissen deiner Wange, eine Gesichtshälfte nach oben gedrückt, mollig und asymmetrisch. Plötzlich wird mir klar, dass ich keine Ahnung habe, wie du wirklich aussiehst, trotz der ersten aufmerksamen Stunde, die wir miteinander verbracht haben.

Wir schauen dich zusammen an.

»Du bist der Allerschönste«, sage ich. Die Sprache, die man einem Kind oder einem Geliebten gegenüber verwendet, ist die gleiche, eine Endlosschleife: Wie schön du bist, wie schön du bist, auch wenn man die Fotos von marzipanfarbenen Vorzeigebabys kennt, die Rosenkelch-Models, egal, wie unähnlich du denen siehst oder wie ähnlich, womöglich dem Gegenteil, denn du hast einen winzigen Teil der ganzen Welt in dir, und so wirst du leben, ihr etwas zurückgeben und von allem etwas nehmen. Das wünsche ich dir. Du bist schön, du bist der Allerschönste, allerliebst auf die einzig denkbare Weise: Für mich bist du am allerschönsten, weil ich jetzt die Welt mit dir darin sehe, fortan bist du das Maß aller Dinge.

DER EINUNDVIERZIGSTE TAG AUF DER INSEL

»›Wir werden uns nie loslassen‹, sagen die Strandläufer zueinander, ›wir sind Vögel, wir sind klüger ...‹« Molly liest mit krächzender Stimme vor. Draußen an der Wäscheleine hängt unsere Kleidung, vom wüsten Wind halb zerfetzt.

»Molly.« Wir stehen mit Saul, dessen Fieber wieder gestiegen ist, im Wohnzimmer. Es kommt und geht in Wellen. Thor Thor sitzt mit einem Kissen im Schoß auf der Couch, glotzt wie betäubt mit halboffenem Mund. Zum ersten Mal läuft der Fernseher. Verschlissene Bilder ziehen vorbei, ein Vogel, der sich in einem Schwimmbecken endlos abstrampelt.

»Sie haken ihre Krallen ineinander und bleiben am Ufer stehen ...« Molly versagt beinah die Stimme. Ihre Haare sind weiß vor Mehl, Teigklümpchen entstellen ihre Finger zu Leprastummeln.

»Langsam sinken sie ein, die Schnäbel tief im Sand. Da kommt eine große Welle und ...«

»Molly«, sagt Juli.

»Den Schluss noch.«

»Nein.«

Noah schaut auf. Seine Hände, ein Geflecht aus Schrammen, liegen vor ihm ausgestreckt auf dem Tisch, den sein Großvater einst angefertigt hatte.

»Wir haben uns noch so viel zu erzählen. Nur noch ein bisschen.«

»Wasser«, sagt Saul. »Mama, Mama, Wasser.«

Und mit einem Mal ist es da. Der Kreis schließt sich. Wir sehen uns an. Die Entscheidung ist uns zuvorgekommen, wir versuchen jetzt, Schritt zu halten. Auf zum Wasser.

Die Bäume kratzen an den Wolken, und diese antworten auf die Berührung mit einem Nieselregen. Reef Point liegt hinter uns. Wir sagen nichts, werden aber immer schneller. Einen Pfad an wildwuchernden Rosenbüschen entlang. Wir lassen sämtliche Gegenstände zurück; hier gibt es nichts mehr für uns. Verdutzt lief Molly noch mit zur Haustür ohne Schlüssel. Als wollten wir einen kleinen Spaziergang durch den Rosengarten machen.

Abwechselnd tragen wir unseren fiebrigen kleinen Jungen. Meine ganze Aufmerksamkeit richtet sich darauf, nicht mit Saul zwischen die großen Felsbrocken zu rutschen. Juli springt behände wie ein Eichhörnchen von einem Stein zum anderen. Am Strand entlang, Richtung Norden, bis zur *Squirrel Cove*, der Eichhörnchenbucht, auf der anderen Inselseite.

Am Brombeerweg aufwärts, vom Strand zu einem gewundenen Asphaltweg. Außer Atem. Hinter der Kurve vermutlich ein Friedhof. Eine Vielzahl katholischer Kreuze unordentlich verstreut auf einer mit grünem Maschendraht umzäunten Grasfläche. Ich drücke Saul fest an mich. Die Kreuze wuseln, sie leben auf einem Haufen, Widerhaken, die gegen den scharfen Wind ankämpfen. Das muss das Klahoose-Reservat ein. Wie oft ich es auch umrundet haben mag, den Zugang habe ich nie gefunden.

Sauls Augen leuchten auf, ein Ertrinkender, mein Körper die Insel, auf die er angeschwemmt wurde. In der Ferne ein Tal, eine Ansammlung von Häusern. Eingangstreppen aus Marmor. Goldene Pforten. Riesige Landhäuser im Plantagenbesitzer-Stil, sie rufen, dass sie hier nicht hingehören. Keine Menschenseele zu sehen.

An den protzigen Häusern entlang, von Mülltonnen gesäumt, abgehalfterte Basketballkörbe gegen Wände aus Quaderstein gerammt, überwucherte Autowracks anstelle von Gartenzwergen zwischen den Sträuchern. Eigentum von Leuten, die nicht wissen, wie sie in all dem Überfluss leben sollen.

Am Fitnessstudio vorbei, das bei unserer Ankunft vom Schiff aus verheißungsvoll geschimmert hatte, kalkweiße Mauern und glitzernde Glasflächen wie ein vertikaler Ozean. Ein diamantener Adler in einer Vitrine spreizt die Flügel und bewacht den Eingang.

Zum Wasser. Im Wald, am helllichten Tag, sind da die Zwillinge, die wir im Stich lassen müssen: Thor Thors Haare sind immer länger geworden, Noahs Körper wird sich eines Tages selbst verzehren. Die Hühner legen gackernd ihre Eier, eine einsame Familie verschanzt sich zwischen den Bäumen. Wir werden nicht wiederkommen.

Wortlos lesen wir Steine vom Strand auf und schleudern sie mit kindlicher Hingabe in die Brandung, so lange, bis wir uns japsend gegenüberstehen und die Steine auf dem Meeresgrund einander von den beiden Verrückten erzählen, die sie vollkommen sinnloserweise von ihrem Platz genommen haben.

Am Ufer ziehen wir Saul die Kleider aus. Er streift sie sich fast selbst ab. Saul will nackt sein, das Fieber soll weg. Unser kleines Spanferkel, nennen wir ihn, wir werden ihn mit Öl bestreichen und über dem Feuer rösten und dann genüsslich verspeisen. Er strahlt. Mmh, ja, sagen wir, genau darauf haben wir gerade Appetit. Wir wiegen ihn über dem Wasser. Juli hält seine Beine fest, ich seine Arme. Er quietscht vor Vergnügen, das Fieber ist kurz abgeklungen. Eins-zwei-drei, zählen wir, als wollten wir ihn in die Wellen schmeißen. Dann legen wir unsere Zähne an seinen Kinderbauch, seine Arme, seine Wangen. Ich lasse einen Schrei los, und Juli brüllt mit Bassstimme. Da sind wir nun, zu dritt im Wasser, und plärren gegen die Klippen und die Wellen an. Saul jodelt so laut, dass die Vögel in der Luft zittern.

»Endlich«, sagt der Fährmann mit größter Selbstverständlichkeit.

Das Salzwasser umschmeichelt unsere Füße. Ein wiedererlangtes Gefühl der Freiheit braust durch uns hindurch. Wir drehen uns ein letztes Mal um. Hinter uns liegt die Insel, die Fetzen, die wir dortlassen, die Gedanken zerschnitten, die Notizen Papierschnipsel, die Dunkelheit, die weiter vor sich hin atmet. Die Liebe, unsichtbar, aber für immer neu geordnet. Wir sind schon nicht mehr hier.

Saul verschläft die Überfahrt. In der Ferne taucht das kleine Städtchen auf, Gebäude atmen plätschernd, unsere Eingangstür zur wirklichen Welt. Der beruhigende Lärm von Autos, Lastern, weitere Tage, uns zu verlieren. Es wartet auf uns. Dort. Auf der anderen Seite des Wassers hören wir es. Die Ahnung einer Zukunft. Geh und finde sie, Saul. Sie gehört dir.

DANK

Anne
Barbara
Bowi
Carolien
Daniel
Daniël
Floor
Frank
Isabel
Jeroen
&Anneleen
Karolien
Koen
Lyanne
Marscha
Niña
Rein
Sarah
Tanja
&Annelien
Toine

Ohne euch zwar vielleicht ein Buch, aber dann eines ohne aufmunternde Worte, ohne rostfreies Fahrradschloss, ohne Clarice Lispector, ohne Entspannungsgeläster, ohne Umsteigen, ohne marschatypischen Zuwendungs- und Humor-Mix, ohne klare Schnitte, ohne Geduld, ohne die ganze Strecke, ohne hochtrabende Pläne, ohne Nora, ohne Punkte und Kommas, ohne Wärme, ohne Pony, ohne Cappuccino, ohne Reese und Nicole, ohne rosa Perücke, ohne Biss, ohne stille Stärke, ohne Mittagessen in De Singel, ohne Zeitschriften für werdende Mütter, ohne Supercover, ohne hyperkritischen Blick, ohne Lachkrampf, ohne Sorgentelefon, ohne Tag und Nacht, ohne Roadtrip, ohne Dramaqueen, ohne Tel Aviv, ohne Übertreibung, ohne St John, ohne Hongkong, ohne Cardi B, ohne Jon Hopkins, ohne MetaRelax, ohne Punkt

Ohne euch kein Buch: Inge & Amos